MARK MILLER

NINGUÉM SAI VIVO DAQUI

Academia Masters, 1909

Elijah Hall sempre pensou ser um garoto (espetacularmente) comum.

Como os outros garotos, ele tinha sonhos — queria se tornar um cientista, como Thomas Edison. *Será que ele descobriria a nova lâmpada?* Como os outros, tinha medos — não suportava a ideia de que tarântulas realmente poderiam chegar a trinta centímetros de comprimento. *Malditas aranhas grotescas.* Como os outros garotos de sua idade, tinha pessoas que amava — seus pais, seu bisavô. *O homem mais brilhante que já conheceu.*

Ele tinha tudo o que um garoto de dezesseis anos precisava. Apesar de espetacular, Elijah não era, exatamente, comum.

E, quando descobriu isso, infelizmente, já era tarde demais.

O ar estava frio; o mar, agitado; e a lua, cheia. *Perfeito.*

Aquela madrugada era violenta como um barco se espatifando nas docas; o véu entre vida e morte estava fino; era a madrugada do sacrifício.

— *Por favor!* — o garoto de fios brancos gritava enquanto era arrastado pelos dois braços, olhos vendados, pés tropeçando no solo irregular e frio. — *Por favor, me soltem! O que vocês estão fazendo?* — Sua pele estava ensopada em sangue, escorregadia; então, eles o seguravam com força para que não escapasse. — Por favor... me soltem...

Ele chorou, e chorou, e chorou, copiosamente, até não ter mais lágrimas no corpo. E, mesmo depois de secarem, elas continuaram descendo, porque sua desolação não tinha fim. Sua voz quebrava, falhava, até se desdobrar no horror mais puro que um ser humano poderia sentir.

— Oh, meu Deus... Por favor, me deixem ir, não vou falar nada sobre isso pra ninguém. — As palavras ecoavam pelo corredor, solitárias, vazias. — Por favor, *alguém me ajude!* — insistiu uma última vez, com todas as forças que lhe restavam.

Os passos cessaram.

Finalmente, Elijah conseguiu retirar uma reação de seus captores.

— Silêncio agora, criança.

E o garoto reconheceu a voz da enfermeira do castelo no mesmo instante.

— Selena? — exasperou-se, preso entre o alívio de uma presença familiar e a confusão por reconhecer que essa pessoa, apesar de conhecida, não lhe poupou de violência alguma. Pelo contrário. — Selena, o que está acontecen...

Ouviu algo sendo sacado de um bolso, e logo uma lâmina afiada estava sendo pressionada contra sua garganta.

— Se falar de novo — a mulher ciciou —, vai perder a língua.

Elijah queria desafiá-la, mas sabia, em suas entranhas, que não deveria fazê-lo. Selena não era conhecida por ter um coração mole. Então, engoliu em seco — a pele raspando na faca — e se forçou a ficar calado.

Satisfeita, a mulher recolheu sua lâmina e logo voltou a arrastar o calouro pelo corredor escuro. Até não arrastar mais. Até estarem os três parados.

Elijah prendeu a respiração. Uma porta foi aberta à sua frente, o deslocamento das dobradiças velhas e enferrujadas fazendo um som estridente. Um novo cômodo se abriu diante do garoto. Mesmo sob a venda, ele conseguiu discernir a mudança de iluminação — do breu quase absoluto a um local ricamente iluminado. O calor das chamas das velas subiu ao seu rosto.

Perante o som estridente de seu coração acelerado, Elijah ouviu a respiração sincronizada de uma multidão em silêncio. E isso, de alguma forma, era ainda mais assustador. Estava em frente a dezenas de pessoas sem poder ver o rosto de uma sequer.

O que está acontecendo? Por favor, Deus, faça isso parar.

E, então, foi arrastado novamente; dessa vez por uma distância curta. Com a ajuda de seus carrascos, subiu os três degraus de um pequeno palanque e foi virado em direção à multidão. Quando seu estômago encontrou a superfície gélida e sólida de um altar, um suspiro escapou de seus lábios.

Seus braços foram soltos, mas Elijah não se mexeu. Estava imobilizado pelo medo. Uma mão em seu ombro foi o suficiente para colocá-lo de joelhos em frente ao altar. A venda, finalmente, deixou seus olhos.

Quando abriu as pálpebras, cada músculo em seu corpo enrijeceu. Seus lábios se entreabriram em terror; deles, nenhum som sequer ecoou.

Dezenas de pessoas estavam à sua frente, uma plateia medonha. Mantos vermelhos cobrindo-lhes dos pés às cabeças. Velas em candelabros nas mãos. Máscaras pretas, com figuras de demônios, ocultando as faces. Chifres partiam das testas e bochechas. Não havia protusão para o nariz, apenas o orifício das narinas. Em sorrisos perturbadores, as máscaras expunham os dentes. E os olhos... os olhos pareciam ter saído direto da camada mais profunda do inferno.

Elijah e seus carrascos não estavam sozinhos no palanque. Havia mais duas pessoas próximas ao altar, à esquerda do garoto ajoelhado. Uma trajada exatamente como os outros na plateia — manto vermelho e máscara demoníaca —, enquanto a outra, a mais próxima...

Ela deu um passo à frente, aproximando-se de Elijah, e curvou a cabeça para baixo, em direção ao garoto.

O manto era preto; a máscara, diferente. Não havia demônio cartunesco, e sim a carcaça de um animal estranho, um animal que Elijah nunca havia visto. Dois chifres de pelo menos cinquenta centímetros se esticando a partir da testa. Três orifícios de dimensões variáveis: dois enormes para os olhos; e um maior ainda, alongado, para o nariz. Uma depressão sutil dividia a máscara ao meio. Era o meio-termo entre um touro e um gato, alguma espécie de aberração; sob a luz das velas, o osso maciço oscilava entre um branco decomposto e um amarelo pútrido.

E sua atenção estava voltada ao garoto.

Até não estar mais.

A figura se voltou à multidão. À sombra da monstruosidade densa em seu rosto, uma voz rouca se fez presente em alto e bom tom:

— *Sanctus esto dominus noster.*

Um coral o acompanhou em uníssono:

— *Sanctus esto dominus noster.*

O coração de Elijah parou pelo mais breve dos segundos, em choque; lágrimas voltaram a arder em seus olhos. Trêmulo e devastado, ele reconhecia a voz da pessoa ao seu lado. Era uma voz que amava.

Seu mundo desabou.

Ele abriu a boca, preso num estrato asfixiante de sentimentos que variavam entre surpresa, desespero e desolação. Voltou-se a Selena, também à sua esquerda, e lembrou-se da sensação da lâmina em sua garganta. Ela *iria* cortar sua língua caso emitisse algum tipo de som, ele sabia disso. Então, se forçou a apertar os lábios.

Seu bisavô — *o homem mais brilhante que já conheceu* — ergueu as mãos em direção às pessoas diante do altar.

— Bem-vindos. — Sua voz era como um trovão. Se Elijah fixasse bem os olhos, achava que poderia ver a máscara se movendo, como se a carcaça não fosse um adorno, e sim sua própria face. — Estamos aqui reunidos em mais um ciclo, neste solo sagrado, sob esta lua cheia... para realizarmos o maior sacrifício que um servo pode fazer ao seu *Senhor*. Um sacrifício capaz de estremecer a terra sob nossos pés, a própria fibra do que é real ou irreal, do efêmero e do eterno. *Ele* é eterno e nos concedeu a oportunidade de compartilhar de uma fração de sua glória infinita; uma fração; uma fração que segura o mundo pela garganta, que o subjuga a nossos pés. E tudo o que precisamos entregar a *Ele*... é este mero *sacrifício*.

Nenhuma das palavras era direcionada a Elijah. Nenhuma, exceto a última, entoada com tanto desdém pelo fundador da Masters que o garoto se sentiu um filhote manco, desprezível, à espera do predador que iria rasgar suas tripas enquanto seus olhos jaziam abertos. Elijah se sentia como um nada, impuro e indigno até mesmo de viver. Tudo por causa de uma palavra.

Ele ainda era bisneto do grande Woodrow Hall?

Ainda era filho de Gregory Hall?

O que ele era agora, ajoelhado diante deste altar, vestido em trapos ensopados em sangue? O que ele era, sendo ignorado por todos enquanto gritava por ajuda? Ainda era um ser humano? Certamente não se sentia como um.

E, devagar, o significado de tudo aquilo começou a ficar claro. O aprisionamento, o silêncio, o banho de sangue, as máscaras, o altar de pedra. Seu bisavô.

Era um culto.
E ele era seu alvo.

Medo e terror dividiam espaço com outra coisa em seu peito torturado. Ira. Indignação. *Por que estão fazendo isso comigo? Você não me ama? O que eu fiz para merecer isso?* Ele queria gritar para o homem ao lado, o homem que o segurou no colo, que o ensinou a nadar, que o levou em seu primeiro passeio pela América.

Eu quero estudar no colégio do vovô, Elijah dizia aos pais todos os anos, desde que aprendera a falar. *Por favor, me deixem estudar com ele,* choramingava, *eu quero, eu quero, eu quero.* Até ter idade suficiente. Até colocar os pés na ilha e ser sequestrado na mesma noite.

Ele ainda amava seu bisavô, no entanto. E, desse amor, nascia espanto.

— O *Senhor* é sempre maravilhoso — Woodrow continuou — e misericordioso. Em seus dons, em seus ensinamentos, em sua devoção a nós. *Dele* é a vossa vida. *Dele* é o vosso corpo. *Dele...* é tudo. *Dele* é esta oferenda. — Uma pausa longa para respirar, a máscara pesada cobrando seu preço sobre os ombros fracos do homem de quase oitenta anos. — Nossa devoção a *Ele* deve ser igualmente maravilhosa. Nosso sacrifício deve ser igualmente... *abundante.* O preço a pagar é tão pequeno. *Laus be.*

— *Laus be* — a multidão repetiu, o murmúrio acentuado preenchendo o ambiente sem janelas, sem passagem de ar, com uma entrada e nenhuma saída.

— *Attenrobendumeos, ad consiendrum, ad ligandumeos, pariter et solvendum, et ad congregantumeos coram me* — Woodrow praticamente rugiu.

— *Attenrobendumeos, ad consiendrum, ad ligandumeos, pariter et solvendum, et ad congregantumeos* **coram me!** — e todos rugiram de volta.

Exceto Elijah. Elijah tentava achar alguma forma de escapar.

Não tinha as mãos atadas, não havia ninguém o segurando pelos braços. Estava, para todos os efeitos, livre.

Pensou que poderia correr em direção à porta. *Teria que passar pela multidão.*

Pensou que poderia se atirar para o lado e tomar seu bisavô de refém. *Mas ameaçá-lo com o quê?* Não tinha arma *alguma*.

Elijah só precisava arranjar uma forma de se esconder por tempo suficiente para que lhe dessem como morto. Então, esperaria que seu pai viesse procurá-lo na ilha e o alertaria sobre tudo.

Parecia um bom plano.

Woodrow deu um passo para trás, voltando-se à segunda pessoa no palanque — que não era Elijah ou um dos carrascos que o arrastaram até ali.

— Gregory — chamou-o à frente, à posição mais próxima de Elijah.

A palavra demorou a se assentar na mente do garoto. Seu raciocínio ainda estava centrado em encontrar uma maneira de escapar.

E, então, conforme os passos se aproximavam, o atingiu.

Ele voltou a tremer, um último suspiro de horror escapou quando ouviu a voz.

— Sim, pai.

Calmo, solene, sábio. O homem que lhe deu o mundo.

Elijah olhou para cima, para a figura por trás da máscara de demônio, sob o manto rubro, e não conseguiu segurar a palavra no peito:

— *Pai...?*

Seu pai virou a cabeça em sua direção, mecânico, sem emitir um som sequer.

Elijah foi agarrado pelos braços novamente. Ergueram-no, forçaram-no a ficar em pé, deitaram-no sobre a pedra fria do altar.

— *Pai! PAI!* — o garoto gritava e se debatia, mas o choque era dilacerante, e a mágoa... a mágoa lhe matou aos poucos, a partir daquele momento. — Pai, por favor... *Não!* — Quando os carrascos se ajoelharam, seus braços foram puxados para baixo, quase se deslocando dos ombros. Seu torso estava exposto.

Woodrow se afastou, caminhando para trás, sendo engolfado pelas sombras da sala. Ergueu as mãos outra vez, convidando algo, alguém, a entrar no recinto maquiavélico.

Uma brisa álgida soprou na nuca de Elijah. Ele fitou a única porta do local. *Como uma brisa pode chegar até aqui?*

Gregory apanhou algo da parte interna do manto. Uma adaga. Longa, brilhante e de ponta curvada. A lâmina de um cinza-escuro; a coronha, bege. Era linda, e aterrorizante. Podia retalhar o torso inteiro de Elijah em um movimento certeiro, como se carne e osso fossem manteiga.

— Não. Não, não, não. Por favor, pai, faz eles pararem. *Pai!* — ele gritou e gritou, até não ter mais voz, até Selena se lembrar de sua promessa.

A enfermeira se levantou e se debruçou sobre seu ombro, imobilizando-o com seu peso. A faca foi empunhada mais uma vez.

Elijah fechou os olhos com força, a face demoníaca da máscara tão próxima de seu rosto.

Ele virou a cabeça para o outro lado, em direção à multidão, tentando fugir da mulher e da inflexibilidade de suas promessas.

— Pai, me ajuda, por favor... — tentou mais uma vez, em vão mais uma vez. Uma mão firme segurou seu queixo. — Alguém! — Sua cabeça foi forçadamente virada para cima. — *Alguém, por favor!*

Duas mãos abriram sua boca, estirando a mandíbula até o limite. Mais um pouco e o maxilar se partiria. Ele tentou cerrar os dentes, mas era impossível. Sua língua foi pinçada por dedos ardilosos, a faca se aproximou do músculo.

— *AH!*

E, então, Elijah não podia mais falar. Apenas gemer, apenas grunhir, apenas...

As mãos o largaram, e ele fechou a boca, afogando-se no próprio sangue.

Era tão doloroso, tão inacreditável, tão brutal.

Elijah gritou com as últimas forças que tinha. E seu grito reverberou nas paredes daquele castelo, na base daquela ilha, na própria linha que separava o que estava morto e o que ainda iria morrer.

Gregory levantou a adaga, apontada para o peito de seu filho.

— Que o *Senhor* abençoe este sacrifício.

— *Laudate Dominum* — Woodrow urrou.

— *Laudate Dominum* — todos urraram de volta.

E a lâmina desceu em direção ao garoto comum de dezesseis anos. Ao garoto que, como todos os outros, tinha sonhos e medos e amor no peito — tanto, tanto amor. Agora, seu amor estava eviscerado na pedra daquele altar.

Elijah morreu fitando a porta daquele cômodo estranho, nos confins do inferno, os olhos arregalados em horror.

E foram esses mesmos olhos que viram, pelo mais breve dos segundos...

Diretor-presidente:
Jorge Yunes
Gerente editorial:
Claudio Varela
Editora:
Ivânia Valim
Assistentes editoriais:
Fernando Gregório e
Vitória Galindo
Suporte editorial:
Nádila Sousa
Gerente de marketing:
Renata Bueno
Analistas de marketing:
Anna Nery e Daniel Moraes
Direitos autorais:
Leila Andrade
Coordenadora comercial:
Vivian Pessoa
Preparação de texto:
Daniel Safadi

Ninguém sai vivo daqui
© 2024, Companhia Editora Nacional
© 2024, Mark Miller

Todos os direitos reservados. Nenhuma parte desta obra pode ser reproduzida ou transmitida por qualquer forma ou meio eletrônico, inclusive fotocópia, gravação ou sistema de armazenagem e recuperação de informação sem o prévio e expresso consentimento da editora.

1ª edição — São Paulo

Revisão:
Rebeca Benjamim e Solaine Chioro
Ilustração e projeto de capa:
Marcus Pallas
Direção de arte:
Karina Pamplona
Diagramação:
Amanda Araújo

**DADOS INTERNACIONAIS DE CATALOGAÇÃO NA PUBLICAÇÃO (CIP)
DE ACORDO COM ISBD**

M647n   Miller, Mark
            Ninguém sai vivo daqui / Mark Miller. – São Paulo : Editora Nacional, 2024.
            336 p. ; 14cm x 21cm.

            ISBN: 978-65-5881-230-2
            1. Literatura brasileira. 2. Jovem-adulto. 3. Thriller. I. Título.

2024-2797
CDD 869.8992
CDU 821.134.3(81)

Elaborado por Vagner Rodolfo da Silva - CRB-8/9410

Índice para catálogo sistemático:
1. Literatura brasileira 869.8992
2. Literatura brasileira 821.134.3(81)

Rua Gomes de Carvalho, 1306 – 11º andar – Vila Olímpia
São Paulo - SP - 04547-005 - Brasil - Tel.: (11) 2799-7799
editoranacional.com.br - atendimento@grupoibep.com.br

A todos os meus leitores. Eu os amo tanto.
Cada um de vocês é corajoso e bravo e especial,
como Andrew Rodriguez,
como Elijah Hall.

Prólogo

O ESCORPIÃO E A RÃ

Liam

Um dia atrás

Caminho pelos corredores escuros do labirinto no subsolo. Tocha em uma mão, bandeja de comida na outra. Assobio para disfarçar o nervosismo. Vê-lo sempre me deixa inquieto. Passei meu terno antes de descer aqui, lavei o cabelo. Preciso estar elegante em sua presença; preciso que saiba como sou superior.

Paro de assobiar. Chego à sala de tortura circular. Meus olhos se fixam na jaula especial, aquela mais ao canto.

— Estão com fome? O garçom chegou.

Não há resposta. A luz das tochas na parede não consegue atravessar as grades da cela, mas estão ali, sei que estão — consigo ouvir suas respirações, os pequenos gemidos de choro.

Mordisco o lábio inferior e entro. Deixo a bandeja sobre a mesa ao centro. Passeio pelo local. Passo a mão livre pelas correntes presas ao teto, o metal tilinta. Olho para cima.

— Tínhamos acabado de matar Benjamin quando eu te trouxe pra cá — digo à jaula. — O sangue dele ainda tava fresco nestas correntes — arrasto a mão pela superfície retangular de metal —, nesta mesa. Benjie era um traidor, tentar te tirar da ilha foi só a gota d'água. Geralmente, as execuções são feitas numa sala adequada, mas Benjamin não merecia esse privilégio. Foi abatido bem aqui, um machado separando a cabeça do corpo com um golpe duro e certeiro.

Bam. A garganta foi cortada ao meio, Andy, você devia ter visto isso. Acho que iria gostar.

Sorrio, imaginando seu rosto atrás daquelas grades. Está perturbado? Está... agonizando? Torturá-lo me dá tanto prazer. Gostaria de poder fazer isso para sempre.

Mas nosso tempo está acabando. A cerimônia acontecerá amanhã à noite.

— *"Pobre Andrew Rodriguez: perde o irmãozinho de vista por um instante, e ele some como uma carcaça num açougue"* — digo com um tom mais agudo, interpretando o que escrevi nas cartas.

Sento-me no chão frio, do outro lado das grades da cela. Trago a comida comigo. Deixo a tocha ao meu lado, ela consegue iluminar o interior da cela. Encaro os dois indivíduos apoiados na parede úmida e suja.

Continuo:

— *"Me responda, o que foi mais prazeroso: o beijo do cavaleiro que se apaixonou à primeira vista, ou o toque do anti-herói que não consegue parar de te destruir?"*

É quase hora do café no refeitório, e Andrew parece determinado a me ignorar mais uma vez. Quase duas semanas, e não se cansa de me tratar como lixo. Acho que não aprecia minhas visitas tanto quanto imaginei.

Ele mantém a nuca curvada para baixo, em direção ao rosto do irmão. A cabeça de Calvin está deitada em seu colo, gemendo de dor. *Deplorável*. Conheço esse gemido, eu o tenho ouvido há mais de um mês. É o som de um estômago digerindo a si próprio.

— *"Já parou pra pensar no motivo pelo qual este colégio fica no centro de uma ilha no meio do nada? Quanto mais afastado está o rebanho, mais fácil para a matilha estripá-lo."*

A bandeja com a porção miserável de comida — insuficiente para os dois — está ao meu lado, e Andrew se recusa a pedi-la, se negando a olhar na minha cara.

Acha que pode me vencer em meus próprios joguinhos. *Hm*.

— Foi divertido escrever aquelas cartas enquanto você rondava o castelo sem direção alguma; plantá-las por aí, em lugares que pensei que encontraria. Há mais duas ou três que você nunca encontrou, sabia? E, sinceramente, são as melhores. Talvez eu devesse entregá-las a você. São suas, afinal de contas. Será um desperdício se algum idiota esbarrar nelas daqui a dez ou vinte anos; não terão mais sentido algum. Não. De alguma forma... sei que você ainda vai encontrar as últimas cartas de C, Andy. Não *você*, exatamente; mas a versão que ficará presa na ilha depois que... — Arrasto um polegar pelo pescoço. — *Ele* vai te manter aqui, junto com os outros, junto com o seu amiguinho. Não tenho dúvidas.

Calvin se encolhe mais em seu colo. *Tem medo do escuro*, preciso me lembrar. As tochas nas paredes não devem ser o suficiente para acalmá-lo.

— Foi cansativo também, sabia? Deixar todas essas migalhas pra que as seguisse. Foi tudo ideia minha; meu pai... me testou, mas as soluções que encontrei foram só minhas. Dopar e arrastar Calvin pra cá foi fácil, mas entediante; vejo isso agora, vejo que... você foi o passo crucial pra que eu me tornasse o homem que preciso ser. Não me entenda errado, você ainda é... *especial*. Tão especial. Lembro dos seus gritos naquela piscina, logo depois de nos beijarmos. Amo a forma como você grita. Me apaixonei bem ali, quando atravessei aquele facão no seu ombro. Você se lembra? Me *diga* que se lembra, Andy.

Ele não diz nada.

Me aproximo mais da jaula, fitando-o.

— Sabe qual é a parte mais engraçada disso? — Agarro as barras, o metal frio castigando minhas palmas. Seu silêncio começa a me irritar. — Quem tá aqui, Andrew? Quem *ainda* se importa com você? Lucas? *Não*. Lucas te abandonou, *ruivinho*. Te abandonou pra apodrecer. Só queria te usar, você era só um pedaço de carne pra ele; agora que tá satisfeito, ele deixou os ossos pros vermes roerem. Roberto? Elijah? Achou mesmo que eram seus amigos? Você não significa *nada* pra eles. *Eu* tô aqui. Sou *tudo* o que você tem agora. Então, acho bom me tratar com um pouco mais de respeito.

Andrew passeia os dedos pelos fios vermelhos de Calvin, tentando confortá-lo. *Finge não me ouvir.*

— Tudo bem. Pode me ignorar, mas se quiser comer hoje — provoco-o —, vai ter que conversar comigo. — Vejo o mais sutil vacilo em seu peito, uma respiração entrecortada. — Talvez você aguente mais alguns dias faminto, Andrew, mas o Calvinzinho aí... não vai ter o mesmo luxo. O tempo não tá do seu lado. *Tique-taque.* Quer mesmo deixar seu irmão sofrendo por puro egoísmo? Por que *não quer* me dar atenção? Que mesquinho. Pensei que o amasse mais, Andrew. Tô decepcionado.

E ele me encara, *finalmente* me encara.

Há lágrimas em seus olhos, um rastro molhado na bochecha suja. Os fios, outrora vermelhos vivo, agora estão secos e desbotados. Vincos profundos bifurcam sua testa, os lábios apertados numa linha fina e tensa. Ele parece ter envelhecido dez anos em alguns dias.

Mesmo derrotado, mesmo destruído... ele ainda é lindo.

Será que algum dia existirá alguém tão lindo como ele?

— O que você quer, seu desgraçado? — grunhe, a fúria na voz ecoando pelas paredes sem fim deste lugar. É como uma melodia de graça e desesperança.

Estreito o olhar em sua direção, absorvendo cada detalhe. Cada. Mísero. Detalhe. Minhas palmas começam a suar contra o metal.

— Quero que você me *diga* se sabe qual é a parte mais engraçada disso — repito.

Uma espécie de gemido deixa sua garganta. Pisca longamente.

— O que tem de engraçado nessa merda toda?

Dou a ele um meio-sorriso enquanto volto a me apoiar na parede, largando a grade.

— Você nunca desconfiou de mim, né?

Andrew engole a impulsividade e desvia o olhar para uma das paredes da cela. Taciturno, tão diferente do garoto pelo qual me apaixonei. Em seu colo, Calvin se encolhe um pouco mais.

— Veja, Andrew, sou muito bom em ler pessoas. Sempre fiz questão de estar perto de você pra garantir que tava seguindo as migalhas à risca, e nunca, nem uma vezinha sequer... vi dúvidas em seus olhos sobre mim. — Expiro devagar, traçando um círculo no chão com o indicador. Revivo alguns dos momentos ao seu lado. *Estarei sempre ao seu lado e vou te proteger e você precisa confiar em mim, Andrew, precisa.*

— Se ao menos meu pai tivesse a mesma confiança em mim que você tem... nada disso teria acontecido. Eu teria trazido seu irmão *e você* pra esse lugar na primeira noite em que colocaram os pés aqui. E as coisas... as coisas teriam sido mais fáceis. Colter ainda estaria vivo. Benjie também, apesar de ser melhor assim.

— *Mais fáceis?* — ele repete, a fúria escorrendo pelas palavras. — Mais fáceis *pra quem?* Pra *você?* — Ri copiosamente. — Que piada. As coisas deram bem certo pra você no final das contas, seu filho da puta. Não é você que tá trancafiado nesta prisão, com fome, com frio. Não foi você que... — Ele se interrompe bruscamente.

— O quê? — Analiso-o com cuidado. Andrew cerra os lábios como se desejasse nunca mais abri-los. — Me diga. Não fui eu que... o quê? — Mira Calvin, e faz menção de dar a conversa como encerrada. — Diga, e vou te dar a comida.

Ele pondera por alguns instantes, até seu irmão gemer mais uma vez.

Posso ver a força com que tenta segurar as lágrimas, o sofrimento que, tão veementemente, não quer transparecer sob minha vigia.

— Não foi você que foi traído por alguém... — A voz é esganiçada, dolorida, como o choro de um animal ferido. Não consegue segurar as lágrimas por muito mais tempo, elas caem delicadamente nos fios de Calvin. Ele sequer parece notar. — Alguém em quem confiava.

E, enquanto está com a nuca curvada, ouço a queixa de um garotinho. Não do garoto que conheci naquela biblioteca, não do garoto que foi enviado para a Masters. Uma criança, desesperada, assustada... *atormentada.*

Entreabro os lábios para fazê-lo chorar ainda mais, mas Andrew explode antes que eu tenha chance:

— Por que não fez isso? Por que não me trancou aqui junto com ele desde a primeira noite? Por que brincou comigo? Por que me deu esperança? Por que... por que, Deus, você fez toda essa merda, Liam? *Por quê?* — grita, grita, e grita, como se tentasse me deixar surdo.

Em certo momento, paro de prestar atenção no que está dizendo. Não me importa. Inclino o pescoço para o lado e foco nos estratos de sentimentos em sua face, os caminhos traçados pelas lágrimas, a sujeira em seus lábios. Andrew é uma criatura peculiar — mais bonita quando está machucada.

Meu meio-sorriso se transforma num sorriso completo. Me aproximo da cela e, pela abertura perto do solo, empurro a bandeja para seu interior. Não muito. O suficiente para que ele ainda precise se aproximar para apanhá-la.

Andrew descansa a cabeça de Calvin no chão e, relutante, caminha até a grade. Não retira os olhos selvagens de mim. Agacha-se em direção à bandeja. Antes que consiga pegá-la, agarro seus pulsos.

Ele se sobressalta.

— Me solta!

Mas sou mais forte, e estou nutrido. Ele não tem chance. Poderia arrancar seu braço do ombro se assim desejasse.

— Cuidado, Andy... — Puxo-o para mais perto da grande, batendo seu rosto no metal frio. — Acho que a escuridão já tá bagunçando a sua mente. Seus olhos... seus olhos têm um brilho de loucura.

E meu sorriso se alarga. Dentes à mostra. Afrouxo o aperto em seus pulsos, ele cai para trás, quase em cima da bandeja. *Não seria uma tragédia?*

— O que tem de errado com você? — Apanha a bandeja e se arrasta até a parede oposta, tão longe de mim quanto pode. Sua respiração é exasperada. *Meu simples toque o deixou assim. Como não consegue admitir que ainda me ama?* — Nunca mais me toque, ouviu?

— berra. — Ou vou arrancar sua garganta com os meus próprios dentes.

A única reação adequada no momento é gargalhar.

Quando recupero o fôlego, indago:

— Tão impulsivo, esse é um defeito dos Rodriguez?

Ele, mais uma vez, me ignora. Segura a cabeça de Calvin e a retorna ao seu colo. Mergulha um pedaço do pão na sopa viscosa e o aproxima da boca do irmão. Calvin é resistente no começo, mas logo aceita, engolindo o alimento com dificuldade, tossindo e se engasgando. *Patético.*

— Sabia que seu irmãozinho praticamente se atirou em mim quando nos encontramos no banheiro da festa de boas-vindas? — Pelo erguer surpreso de suas sobrancelhas, suponho que... — Oh, você não sabia. — Levanto a voz em direção ao garoto que definha: — Ficou com vergonha de contar pra ele como você chupou meu pau, Calvin?

Os ombros de Andrew se tensionam, embora tente se manter austero às minhas provocações. É inútil. É risível. Suas vísceras estão expostas a mim numa tábua. O estrago que posso fazer é imensurável, *delicioso.*

Calvin continua comendo o pão e a sopa, agora com as próprias mãos. Consegue se sentar sozinho.

Andrew dobra os joelhos, sem dúvidas desconfortável pelo estômago vazio, mas satisfeito por saber que o sofrimento do irmão será postergado.

Às vezes, preciso confessar, não consigo classificar Andrew. Altruísta? Idiota? Tão disposto a sacrificar o próprio bem-estar, a própria vida, por outros.

Pelo canto dos olhos, ele me observa — há ameaça e dúvidas nesse olhar.

— Sim, eu fodi seu irmão — reitero, com um sorrisinho casual. — Na sua cama, ainda. Logo antes de arrastá-lo pra cá. — Ele engole em seco, mas mantém os dedos nos fios da nuca de Calvin, acariciando o local. Se sente traído? Amargurado? Preciso pressionar mais: — Não sentiu o cheiro da minha porra nos seus lençóis?

— Acha que isso faz alguma diferença? — rosna, soturno. Abraça os joelhos com o braço livre.

— Não. Não acho que faça. Eu só... — Mordo o lábio inferior. — Droga, Andrew, eu gosto de ver você se digladiar com os próprios sentimentos. Ainda gosta de mim, né? Mesmo depois de eu ter te aprisionado aqui; depois de saber que transei com Calvin. Sua cabeça tá dizendo *não, não confie nele,* mas tudo o que seu coração consegue dizer é *sim, sim, sim, ele ainda pode te tirar daqui, é a sua única chance.* — Minha risada preenche o lugar medonho. Por um tempo, realmente acho que vou morrer de tanto rir. Meu estômago parece prestes a explodir. — Não consigo acreditar em como você é transparente. *Ainda* gosta de mim — afirmo entre uma risada e outra, até me recompor —, bem no fundo. Não importa o que eu faça, *sempre* gostará.

Seja por exaustão, seja por fracasso, Andrew desiste de resistir; apenas me observa, ciente de que tudo o que estou falando é verdade.

— *Sou* o amor da sua vida. Você não pode mudar isso. — Me aproximo da grade e sussurro: — *Ninguém pode.* — E ficamos em silêncio, encarando um ao outro. O único ruído presente é o de Calvin terminando sua refeição. Por fim, suspiro: — É uma pena que você precise morrer. — Deito-me no chão, observando o teto escuro. — Se *Ele* tivesse escolhido qualquer outra pessoa, talvez pudéssemos ficar juntos. Mas deu no que deu. Meu pai me ensinou desde criança a estar preparado pra sacrificar qualquer coisa em nome *Dele*.

Fitando a escuridão, ouço os sons de mãos e joelhos se arrastando pelo chão, aproximando-se da grade.

— *Dele*? De quem você tá falando?

Sento-me novamente, observando-o de perto. Há uma curiosidade temerosa em seu rosto.

Abro um sorriso afiado.

— Do nosso *Senhor*, claro. Da razão pela qual você e Calvin estão aqui. — A confusão em seu semblante se acentua. *Ele não sabe de nada,* preciso me lembrar. *Nada. Nada. Nada.* Um porco sendo estripado sem saber o motivo. — É engraçado — remoo o passado —, se meu pai tivesse me falado que vocês eram... — aponto-os — irmãos, que eram gêmeos... — reviro os olhos — eu não teria me surpreendido ao encontrar uma cópia de Calvin no refeitório, no dia seguinte. — Franzo o cenho e cruzo os braços. — Pode sequer imaginar como fiquei me sentindo estúpido? E pior... *você*. — Seguro as barras de metal. Desta vez, Andrew não recua. — Você não era o seu irmão. Você era... *diferente*. Havia algo em você, algo que nunca tinha achado em qualquer outro garoto. Algo que... me *fascinou*. — Estendo a mão e tento alcançá-lo; consigo tocar em alguns de seus fios longos, antes dele fugir do meu toque. — Bom, não importa mais. — Retraio a mão. — Eu tinha que provar pro meu pai que estou apto a essa tarefa, que estou apto a sucedê-lo na direção do colégio e do Culto de Hall. Nunca houve dúvida na minha mente.

— Culto de Hall? — Seu tom é incisivo.

Fecho os olhos e expiro.

— Há tanto que eu gostaria de explicar, Andy. Se ao menos houvesse... se houvesse uma maneira de reverter tudo isso, ou de mudar o seu destino.

As palavras saem amargas. Largo as barras e me levanto do chão. *Não devo me sentir assim. Não devo me sentir assim. Não devo.*

— Num outro universo, talvez. Num outro universo, poderíamos ficar juntos, seríamos felizes. Eu te amaria muito, todo dia; agradeceria ao *Senhor* por cada dia ao seu lado. Isso seria legal, não seria? Consegue imaginar? Eu consigo, quando me deito pra dormir. Pode achar que eu te odeio, pode duvidar do meu amor, pode achar o que quiser, não importa mais. Mas eu penso em você quando vou dormir; provavelmente, vou pensar pra sempre.

Engulo em seco. Tão, tão amargo.

— Um dia vamos nos reencontrar. Mais cedo do que pode imaginar, talvez no mesmo refeitório em que nos vimos pela primeira vez, na mesma biblioteca em que conversamos pela primeira vez, nos mesmos corredores em que andamos de mãos dadas. Serei forçado a te observar de longe, claro. Nunca poderei conversar com você. Será jovem pra sempre, e eu... vou envelhecer, casar, ter filhos com outra pessoa, assumir o lugar do meu pai. E você ainda estará lá, enquanto eu... ah, droga, tudo o que terei é uma memória, uma lembrança do que fomos, de quem *você* foi, possibilidades do que poderia ter sido. E quando isso acontecer, ainda pensarei em você, Andy. Sua memória vai viver em mim. — Ajeito meu terno, ignorando a barra suja. Aperto o nó na gravata, traço mentalmente o caminho que farei para deixar o subsolo. — Mas o *Senhor* é misericordioso, e você é *Dele* agora.

Apanho uma das tochas na parede.

Andrew fica paralisado por alguns segundos, digerindo minhas palavras. Sai de seu transe quando limpo a garganta, prestes a deixar a sala.

— Espera, Liam — pede. Interrompo os passos e me volto a ele. — Seja lá que merda esteja acontecendo, não precisa... — Umedece os lábios, me encarando com... *esperança?* — Não precisa acontecer dessa forma. Você pode me ter. — Está de joelhos, agarrado no metal. — Você pode *nos* ter — se corrige. Calvin está tão envolto nas sombras da cela que sequer consigo vê-lo daqui. — Seríamos sua família. Sei que se sente sozinho, que não tem irmãos, que seu pai tá pouco se fodendo pra você. Eu seria seu. Eu *sou* seu. Você tá certo. Eu... sempre vou gostar de você, não importa o que faça. Eu vou. Só... — *Tanto desespero.* Na voz, nos olhos, nos dedos trêmulos. — Tira a gente daqui — sussurra. — Ou só Calvin. Só ele. *Por favor.* — Levanta-se, para me fitar do mesmo nível. — Tome suas próprias decisões.

Ele é lindo quando está machucado.

E mais lindo quando está implorando. Implorando *por mim*.

Ainda me ama.

E eu o amo.

Será que ele tem ideia de como eu usaria esse amor para despedaçá-lo?

Eu me aproximo da grade, a luz da tocha pintando nossos rostos de laranja. Olho no fundo de seus olhos; neles, vejo as chamas dançando.

— Se você acha que *isso* vai ter um final feliz... — Sua esperança se decompõe quando meu sorriso floresce. — Oh, meu amor... — Traço o caminho deixado pelas lágrimas em sua bochecha com o polegar — Você não está entendendo nada. — Levo o polegar à boca. — Ninguém sai vivo daqui.

E viro de costas.

Parte I

LUCAS PRECISA MORRER

"Ela não sabia se seu dom vinha do senhor da luz ou das trevas, e agora, descobrindo afinal que, para ela, tanto fazia, sentiu um alívio quase indescritível, como se tivesse se livrado de um peso enorme, que carregava havia muito tempo nos ombros.
Lá em cima, mamãe continuava sussurrando. Não era a Oração do Senhor. Era a Oração de Exorcismo do Deuteronômio."

Stephen King (*Carrie, a Estranha*)

Interlúdio I

PRIMOGENITUS

A dor era tão grande que a fez esquecer do medo.

Era um hospital, mas parecia o inferno.

Camila agarrou o colchão com as duas mãos e se curvou para trás, gritando do fundo dos pulmões.

— Ah! *Ah!* — Sua voz esganiçada preencheu o quarto, os corredores, o prédio. Os médicos no local permaneceram centrados, no entanto. A obstetra entre suas pernas parecia particularmente focada. Isso a irritou. — A anestesia que vocês usaram não tá fazendo merda nenhuma — vociferou, mas continuaram ignorando-a. — Oh, meu *Senhor*... George — voltou-se ao marido, do seu lado —, segura a minha mão. *George!*

Ele a segurou, aproximando-se mais da cama, encostando os dedos da mulher em sua bochecha.

— Estou com você, amor. — Com a mão livre, acariciou os fios dela, banhados em suor. — Estou aqui.

A face de Camila estava deformada em dor, uma agonia quase insuportável. Apesar da gestação múltipla, não esperava que o parto fosse ser tão complicado. Reconsiderando, talvez devesse ter optado pela cesariana.

Ela gritou mais uma vez, esmagando os dedos de George com força quase sobrenatural. Poderia arrancar seu braço se fizesse um movimento brusco. Sua testa brilhava, o rosto vermelho, lágrimas descendo pelas bochechas.

— Não aguento mais — gemeu. — Não aguento...

— Não podem aumentar a anestesia? — George reclamou ao anestesista no outro lado da sala.

Ele balançou a cabeça com desdém.

— Só mais um pouco — a obstetra finalmente falou.

— Mais um pouco? — Camila rangeu os dentes. — Não. Não...

— Vai acabar logo. — A médica a encarou, o tom sereno. — Mais um empurrão. O primeiro já está chegando. Conte comigo: um, dois, três e empurre. Tudo bem? — Camila assentiu. — Respire fundo. Vamos lá.

E elas contaram.

Um, dois, três.

E Camila empurrou. Empurrou até sua visão escurecer, até todo o ar escapar de seu peito. Ela estava morrendo. Tinha certeza de que estava morrendo. Mas quando percebeu que não estava morrendo, empurrou de novo, emprestando força do toque de seu marido, emprestando resiliência do desejo de segurar os dois filhos nos braços. *Mais um empurrãozinho. Mais um. Mais um.* A dor não era apenas grande, era incompreensível.

E quando finalmente parou de empurrar, Camila desabou na cama, respiração entrecortada, visão turva, como se tivesse acabado de correr uma maratona.

Houve um silêncio, breve e efêmero, até um choro preencher o quarto. Dessa vez, não houve negligência; todos os olhos se voltaram para o pequeno ser nas mãos da médica — ensanguentado, sujo, mas lindo, tão lindo.

O choro se intensificou.

A obstetra mostrou a face do bebê para os pais.

— É o primeiro garoto. Grande e saudável.

— *Calvin* — George se apressou a adicionar. — O nome dele é Calvin.

— *Anna* — a médica chamou, e uma enfermeira se aproximou, tomando o bebê de seus braços.

— *Ah! Porra!* — Camila se contorceu na cama outra vez, e então se deu conta de que aquela era somente a metade da maratona. A médica pareceu surpresa ao se reposicionar entre suas pernas.

— O segundo já tá chegando. Nem um minuto sequer de atraso. Eles querem fazer tudo juntos. Camila, mais um empurrão. Você consegue. Respire fundo e empurre.

Camila respirou fundo, e empurrou, e...

— Caralho!

Respirou fundo outra vez, e empurrou outra vez, e...

— Oh, meu Senhor!

O segundo choro preencheu o ambiente.

O corpo da mulher se dissolveu na cama.

Ela fechou os olhos. Sem a dor para distraí-la, o medo voltou a se alastrar em seu peito, em sua cabeça. A respiração pesou. O amor por essas crianças era tão grande que agora a estava aterrorizando.

George beijava seus dedos enquanto os bebês eram limpos e protegidos por cobertas brancas. Tudo tinha acabado e seria perfeito de agora em diante, certo? Precisava ser. *Mas por que não sentia que seria?*

— Parabéns. Eles são lindos.

Quando, por fim, seus filhos foram colocados em seu peito, Camila chorou, desta vez copiosamente; não era apenas emoção, mas, sim, a incapacidade de imaginar um futuro em que abriria mão destes dois garotos.

Estava segurando-os agora, era verdade, mas até quando poderia fazê-lo? *Até quando? E se?* A possibilidade a tem atormentado por meses. *E se? E se? E se?*

E se Andrew ou Calvin forem escolhidos?

Oh.

Oh, não.

Como poderia se desfazer dessas duas coisinhas que sofreu tanto para dar à luz? Como todas as mulheres antes dela conseguiram fazer? Ela já não amava seu *Senhor* o suficiente? Por que teria que viver com o medo de possivelmente...

Ela chorou, e chorou, e chorou; chorou porque não poderia fazê-lo. Achou que poderia, mas sua mente lhe pregou uma peça. Abraçou os bebês com toda a força que podia, sem machucá-los. Eles se aninharam. Ela os amamentou, sem coragem de mirar os olhos de George uma única vez.

Ela sabia que ele estaria disposto a sacrificá-los sem pensar duas vezes, que seu marido enfiaria uma adaga em seus corações caso o *Senhor* assim quisesse. E ela deveria estar disposta também. Fora ensinada desde sempre que isso era o certo a ser feito, que era assim que o mundo seguia em frente. Não era apenas o certo, era o *único* jeito. *Merda. O que estava acontecendo com ela?*

Seu interior estava quebrado; sua devoção, sua fé esvaindo-se mais a cada segundo que sentia os pequenos corações batendo.

A obstetra perguntou:

— Qual é o nome do caçula?

— Andrew. — A palavra escapou dos seus lábios, sem ânimo, quase inaudível.

Camila estava despedaçada.

E, por isso, tentou matá-los.

MONOFOBIA

Lucas

14 dias atrás

Porra.

Merda, merda, merda.

Não consigo ver nada.

Oh, Deus.

Respire, Lucas, respire.

Inspiro em busca de ar, mas acabo me engasgando com meu próprio sangue. Cuspo, e o gosto metálico se acumula em meus lábios. *Deus.* Cada respiração dói, cada pensamento dói. *Estou tendo um derrame? As coisas estão ficando turvas.*

É como se cada osso em meu crânio estivesse quebrado. Meu nariz, esmagado. *Colter realmente me fodeu bem.* Tateio minha mão retalhada, passando as pontas dos dedos sobre as bandagens improvisadas por Andrew; o tecido está molhado, o sangramento demora para estancar, o corte praticamente dividindo minha palma em duas. O mínimo toque é o suficiente para me fazer grunhir de dor. Aperto bem os olhos enquanto as lágrimas se derramam.

Não vou poder usar essa mão pra punhetas por um bom tempo.

Graças a Deus sou ambidestro.

Um risinho me escapa sobre as lágrimas, sobre os grunhidos; ecoa na escuridão total que me cerca. *Ainda estou vivo. Pelo menos, ainda estou vivo.*

E, quer saber, isso poderia ser pior.

Lembro da cena de *Jogos mortais 5* em que os dois últimos sobreviventes precisam enfiar o braço inteiro numa serra circular pra conseguirem escapar.

Saí só com a mão fodida. Se olhar a situação pelo ângulo certo, tive até sorte.

Qual seu filme de terror preferido?, perguntei a ele enquanto procurava aquela bosta de celular.

A hora do pesadelo, ele me disse, relaxando em minha presença pela primeira vez. Eu fui um cuzão tão grande, desperdicei tanto tempo. Coloquei o caralho da vida dele em risco naquela piscina — por ciúmes, por querer ter ele pra mim, por ser covarde o suficiente pra não saber como dizer isso; por raiva, tanta raiva em vê-lo beijando Liam.

Estou febril.

Se as coisas fossem diferentes, eu o teria levado pra assistir a Freddy no cinema. Uma vez, duas vezes; quantas quisesse. Ele assistiria ao filme, e eu assistiria a ele. *Andrew. Sempre Andrew, Andrew, Andrew.* Se eu não fosse um inútil imprestável, poderia ajudá-lo a chegar até seu irmão. Em vez disso, aqui estou. Sangrando. Quebrado. No escuro. Miserável, deplorável, *precisando* de ajuda.

Talvez eu mereça isso. Talvez seja minha forma de pagar por tudo o que fiz.

Respirar começa a ficar difícil, minha cabeça gira. A febre me faz tremer. Por fora, estou derretendo em suor; por dentro, estou congelando.

Arregalo os olhos, tentando enxergar alguma coisa em algum lugar, mas é inútil. Nunca tive medo de escuro — nunca tive medo de porra nenhuma —, mas esse breu é diferente, é... opressor, infinito, parece coisa de outra dimensão.

Estou começando a alucinar?

Minha hora deve mesmo estar chegando.

Miro à esquerda; o cadáver de Colter está ali, em algum lugar. O único conforto que tenho neste momento é saber que esse pau no cu desgraçado agora tá mamando o capeta.

Sorrio, sádico, mas o sorriso se desfaz rápido.

Volto em breve, com o Calvin. Oh, Andrew, gostaria que você voltasse. Gostaria de te ver uma última vez. Gostaria de te ver feliz, pelo menos uma vez.

Ouço passos na escuridão, uma tocha ao longe no corredor, aproximando-se rapidamente.

Estreito o olhar em direção à figura. A visão turva me impede de discernir qualquer coisa além da distância de um braço.

— Andrew? — chamo, esperançoso. E estúpido.

Andrew saiu pela direção oposta. É impossível que tenha dado uma volta de 360 graus nesse labirinto tão rápido. Engulo em seco.

E se for mais um lunático como Colter?

— Quem é você? — grito, mas não tenho resposta.

Merda. Merda. Merda. Isso não é bom.

Grunho e apanho a faca que o ruivinho deixou comigo, apertando o cabo com força — com toda a força que me resta. Não tenho medo, e não caio sem uma boa briga.

A figura se aproxima. Ao passar pelo corpo de Colter, interrompe seus passos e se agacha, como se estivesse investigando o cadáver.

— Ele tentou matar a gente primeiro — explico.

A pessoa se ergue novamente, mas continua parada.

Nem um movimento sequer. Nada além do crepitar suave das chamas.

E, então, ela corre. Corre em minha direção.

***

6 dias atrás

Corro pela floresta, ofegante, desesperado. Olho para trás. Não há nada me seguindo, mas sei que não posso parar. Enfio os dois braços à frente, protegendo o rosto dos galhos que me açoitam. Meus pés descalços afundam nas folhas mortas. O céu é vermelho; as árvores, pretas.

Paro somente quando as coisas começam a girar e sinto que vou desmaiar. Me apoio no tronco mais próximo, olhando ao redor, angustiado. Não há nada além de árvores em todas as direções, mas juro que posso sentir sua respiração na minha nuca, sua sombra me encobrindo.

Recosto-me no tronco e tento me localizar, o peito subindo e descendo profundamente. *Pra qual lado fica a praia?* Não há qualquer marco que indique. Olho pra cima. As copas recobrem o sol. *Estou correndo em círculos?*

Porra. Tô perdido.

Um galho se quebra atrás de mim, à esquerda.

Prendo a respiração e, devagar, viro o pescoço para espiar.

Uma mão encobre meu rosto pela direita.

Abro os olhos, ofegante, encharcado em suor.

Merda.

Merda, foi só um sonho.

Levo alguns segundos até me livrar da sensação iminente de morte, meu coração lentamente retornando ao ritmo normal.

O despertador está tocando. São seis horas da manhã. É segunda-feira.

Merda, é a porra da segunda-feira.

Enfio a mão ao lado e paro o maldito alarme de mesa. Rosno frustrado, mas não há muito que possa fazer. *Por que caralhos o fim de semana sempre parece voar, mas essa merda de semestre não avança?* Nem tivemos a porra das primeiras provas ainda. *Estou muito, muito fodido.*

Encubro o rosto e grunho contra meus dedos. A dor de cabeça continua aqui, latejando nas têmporas, minha fiel companheira há uma semana. *Por que não posso só morrer logo?* Enfio a mão na cabeceira ao lado e apanho o frasco com as pílulas milagrosamente inúteis de Cynthia. Mando uma goela abaixo, sem pena, sem água — e me arrependo no exato instante em que ela chega à minha garganta. Preciso me sentar pra fazer a coisa chegar ao estômago e não morrer engasgado. *Desde quando fiquei tão ruim em engolir?*

O quarto ainda está escuro. Levanto e caminho até a janela. Abro as cortinas. Os tons alaranjados do alvorecer derramam-se sobre mim, iluminam o quarto. Coço o queixo. Bocejo. *O que teremos no café hoje?*

Entro no banheiro. Ligo o interruptor. Analiso minha cara. Cicatrizes recentes nas sobrancelhas, lábios e bochechas. Elas me dão um ar mais durão, não posso negar — *não que precisasse*. Não lembro como as consegui, mas não me importo com isso agora. Flexiono os bíceps, o peitoral, as costas. *Não tem ninguém neste lugar que possa me encarar.*

Quando voltar pra casa, vou fazer uma tatuagem no outro lado do pescoço. Uma cruz, talvez. *Uma cruz inversa.* Farei uma no abdome também; uma palmeira, pra que a próxima pessoa que me mamar possa fazer isso na sombra.

Analiso minha mão direita, enfaixada. Forço a memória, tentando relembrar quando isso aconteceu, ou *o que* exatamente aconteceu. Então, uma pontada de dor me atinge, bem no centro da testa. Grunho e me apoio na pia. Fecho os olhos, respirando fundo.

Maldita Cynthia e sua incompetência.

Quando a dor passa, miro as faixas outra vez. Reteso a mandíbula. Aperto minha palma, até ver o tecido branco se manchando de vermelho. A dor é lancinante, mas é física, é manipulável; necessária pra me deixar no volante do meu próprio corpo de novo, pra conter a sanidade que evapora pelos meus poros.

Suspiro.

Retiro as bandagens lentamente. Jogo-as no lixo. Encaro o ferimento profundo na minha mão, ainda aberto, ainda sangrante. É feio, é... assustador. Parece que alguém atravessou um maldito serrote pela minha carne e me deixou assim: sem memória, retalhado. Cerro o punho, a dor se espalhando pelo meu pulso, alastrando-se pelo braço. *Será a cicatriz que usarei com maior orgulho.*

Abro a mão, lavo o corte até o sangramento cessar. Então, lavo o rosto. Passo os cremes cicatrizantes na mão; escovo os dentes, penteio o cabelo. Por fim, encubro o ferimento na palma com bandagens novas.

Visto o uniforme. Deixo o banheiro, pego minha mochila.
Do que é a primeira aula hoje?
Não lembro.
Não tenho lembrado de muita coisa ultimamente.
Bom, e daí?
Fecho a porta quando saio.
As pílulas ficam na escrivaninha. *Eu que me foda.*

O ANIMAL CORDIAL

Lucas

6 dias atrás

Enfio uma torrada com omelete na boca — é francesa. Este lugar pode ter sido esquecido por Deus, mas a comida, pelo menos, é decente. Mastigo, mastigo e mastigo. Enfio outra torrada, e a primeira omelete foi embora. Tenho mais duas na bandeja. Engulo tudo com suco de abacaxi — eles sabem que num internato pra garotos tem muita gente bebendo porra.

Sinto uma pontada súbita de dor na testa. Fecho os olhos com força, esperando-a passar. É a terceira esta manhã. Pensei que a frequência diminuiria desde que surgiram na segunda passada, desde que Cynthia me deu aquele maldito frasco amarelo, mas está aumentando.

Devia ter trazido ele comigo.

A agonia passa depois de alguns segundos; expiro longamente. Volto a comer, dessa vez mais devagar.

Olho ao redor. Na mesa, há pouca conversa. Anthony, Caio e Romeo se concentram na comida, jogando conversa fora vez ou outra. Romeo me disse que está impaciente e que precisa do celular que peguei emprestado semana passada. Segundo o filho da puta, prometi devolver o aparelho no mesmo dia, mas sumi com a coisa. Talvez tenha enfiado no meu cu, porque não tenho celular algum comigo — *inclusive o meu.*

Nos assentos mais afastados do buffet, tenho uma visão geral do refeitório. Pessoas passam e repassam com suas bandejas, sem muito entusiasmo. O café é fraco; o sol lá fora, tímido. O ambiente está mais calmo do que o comum — muita gente mal-humorada às segundas. Os calouros me olham e evitam se aproximar, sentando-se o mais afastado que podem. *Cagões*. Pelo menos, posso aproveitar o café em paz.

— Cara, é bizarro — comento com o garoto em minha frente. — Quanto mais como, mais sinto fome.

Roberto mexe a comida com o garfo, sem muito interesse. Pensando bem, não me lembro de tê-lo visto comer nada esta manhã.

— É, talvez a sua puberdade finalmente tenha chegado — resmunga, e se recosta na cadeira. Cruza os braços. — Como tá sua mão? — Franzo o cenho, surpreso com sua preocupação casual. — O rosto parece bem melhor.

— Bem foda, né? Todo homem precisa das suas cicatrizes. Tá na hora de você arranjar umas, também.

— Acho que vou passar, mas obrigado.

Miro minhas bandagens.

— Ainda não consigo lembrar quem fez essa merda. Tem ideia do que eu faria com o desgraçado? — sussurro. — Rasgaria ele em dois, da cabeça às bolas. — Um risinho me distrai de encarar *de verdade* o fato de que não sei o que aconteceu com minha mão. — Não tá com fome? — desvio o assunto.

— Tô me sentindo meio enjoado. E esse seu papo meio *gore* não ajuda em nada.

— Eu conheço um remédio pra enjoo.

— Qual?

— Pica.

Ele atira seu guardanapo em mim. Desvio a tempo. O pedaço de tecido voa sobre meu ombro e cai no chão.

Me volto a ele, rindo.

— Passou longe.

— Para de ser um cuzão — soa abatido. — É essa maldita dor de cabeça que não passa.

Termino com a segunda omelete.

— A minha também tá piorando — digo enquanto mastigo, tentando não demonstrar minha ansiedade com o assunto. Lembrar das pontadas de dor me causa calafrios.

Roberto expira fundo e se inclina em minha direção, falando mais baixo:

— Talvez seja um vírus da ilha ou algo assim?

— Tipo ebola? Um que só dá pra encontrar aqui?

Ele arregala os olhos.

— Não, Lucas, claro que não. Para de falar merda.

— É uma possibilidade. Se descobrirem, vão ter que colocar toda a ilha em quarentena.

— Por que você tá rindo falando isso?

— Porque é engraçado. Já imaginou se for isso mesmo?

Ele revira os olhos e volta a se recostar.

— É impossível falar com você.

— Hmm — eu me concentro no latejar em minhas têmporas, que se intensifica lentamente —, vou ter que voltar na enfermaria e pegar algo mais forte.

Enfio a mão na bandeja de Caio, ao meu lado, e pego seu café. Ele reclama até se cansar. Mando-o pegar outro lá na frente. Ele obedece, mesmo que contrariado.

Roberto me fita com desaprovação.

— O que foi? Esqueci de pegar um pra mim.

Tomo um gole do café.

— Sabe que Cynthia nunca vai te deixar chegar perto das coisas *fortes*, né?

Umedeço os lábios.

— E quem disse que preciso da permissão dela pra fazer alguma coisa? — questiono, mais sério. Por algum motivo, ainda acredito que Roberto não respeite minha autoridade, que ache que sou um calouro fraco como ele. Estamos andando juntos há uma semana, e ainda não entendeu exatamente com quem está lidando.

Entreabro os lábios, pronto para expressar minhas...

"Você não quer me ajudar. Nunca quis."

...frustrações.

Meus ombros enrijecem. Pisco várias vezes, olhando ao redor.

— Ouviu isso? — murmuro a Roberto.

— Ouvi o quê?

Continuo buscando a origem da...

"Você não merece nada."

...voz.

Merda. O que está acontecendo?

É como se alguém estivesse sussurrando as palavras em...

"Logo você, a pessoa mais detestável de todo este colégio. Todos te odeiam, Lucas, e por bons motivos."

...meus ouvidos, mas não há ninguém...

"Vou descobrir, e vou te fazer pagar amargamente."

...ao redor.

Praticamente pulo da mesa, desnorteado, tonto.

— Lucas? — Roberto também se levanta. — Lucas, o que foi?

Silêncio.

Me volto para ele, exasperado, coração disparado no peito.

Os outros caras na mesa também me lançam olhares suspeitos.

Levo alguns segundos até me recompor.

— Nada. Só achei ter ouvido algo — respondo sem firmeza alguma e retorno ao assento. — Comam a porra da comida de vocês e esqueçam isso. — Anthony e Romeo obedecem, embora se entreolhem e me observem, de vez em quando, pela visão periférica.

Caio volta com seu café.

— Tudo bem?

Ninguém responde.

— Okay.

E ele se senta.

Roberto continua preocupado.

— É bobagem — tento assegurá-lo, e apanho o garfo novamente.

Ainda há uma omelete inteira em minha bandeja, mas, de repente, não tenho mais fome.

Minha boca está seca, não consigo evitar olhar para os lados, buscando a origem da porra da voz.

Por favor, que isso não esteja só na minha cabeça.

Não é a primeira vez que ouço, nem a segunda, nem a terceira. Uma voz em particular, de um garoto. Geralmente acontece quando estou prestes a dormir, nunca em plena luz do dia.

Preciso fazer algo sobre isso.

— Sua cara não me diz que é bobagem — Roberto rebate.

— Não me amola. — Empurro minha bandeja para a frente.

— Sem fome? Tem alguma coisa muito errada com você.

— Será que cê pode só calar a boca, Roberto? Por favor? — Sai mais ríspido do que gostaria, mas eu *sou* ríspido, e ele tá acostumado.

— Joia, valentão.

Foco naquela voz. *"Você não merece nada"*? *"Você é a pessoa mais detestável deste colégio"*? Jesus, parece mesmo que ele me conhece.

"Você não quis me ajudar"?

Por que precisa de ajuda? Por que recusei?

Tô imaginando coisas? Imaginando vozes?

Por que parecem tão reais?

Imerso na minha loucura particular, não percebo o indivíduo se aproximando pela direita. Só noto sua presença quando Roberto conserta sua postura na cadeira e o encara.

Viro o rosto para o lado.

O que estava ruim, piora.

Mãos nos bolsos, terninho aberto e alinhado, uma meia expressão de divertimento no rosto perfeitamente socável. Ele me encara por um minuto inteiro, sem dizer uma palavra sequer.

— Perdeu o cu na minha cara? — rosno.

— *Lucas* — Roberto repreende, mas não lhe dou atenção.

— Agradável como sempre — o loirinho desgraçado diz, indelicadamente; estica os lábios num sorriso falso, feio e que não chega aos olhos. — Vejo que seus ferimentos já cicatrizaram. — Tenta tocar meu queixo, me esquivo rápido. — Agora se parece menos com o *Leatherface* e mais com... hmm... o paciente de uma cirurgia plástica que deu errado.

Levanto-me da cadeira mais uma vez, peito estufado, queixo erguido. Meus punhos coçam.

Os outros caras na mesa também estão em alerta.

— Perdeu a noção do perigo, Davies? O que você quer? A cara quebrada mais uma vez?

Ele arqueia as sobrancelhas, como se a pergunta o tivesse pegado de surpresa.

— Se lembra da última vez em que brigamos? — E me analisa com cuidado.

Há certa insinuação em sua voz, como se buscasse por mais do que a simples pergunta deixa a entender. Imediatamente, me sinto ameaçado. Não recuo. Ele nunca me faria recuar. *Lucas White não é covarde.* Mas esse loiro *é* perigoso; sinto isso em cada fibra do meu corpo — consigo enxergar o centro vil sob a manta de imacularidade que o recobre.

— Ano passado — respondo, segurando seu olhar afiado.

Ele contrai o rosto um pouco mais, mas então relaxa. *Qual é o seu problema? Não era essa a resposta que queria?*

— Claro. Ano passado — repete, monótono. Então, inclina o pescoço para o lado, como se examinasse um ratinho de laboratório. — Como tá se sentindo esta manhã, Lucas?

— E que caralhos isso te interessa?

— Tem razão. Não me interessa. E você — se volta a —, Roberto? Está bem?

Roberto franze o cenho e não responde de imediato, estranhando a situação tanto quanto eu.

— Tô — murmura, relutante. — Não deveria estar?

— Claro que deveria — afirma em tom cordial. — Só tô checando — retorna a atenção a mim, menos cordial —, pra garantir que tenhamos uma semana pacífica pela frente.

— A única coisa pacífica vai ser meu pau no...

— *Lucas.*

O sorriso de Liam se alarga, satisfeito com seja lá o que tenha vindo fazer aqui.

— Não tem necessidade disso. Já tô indo. Não quero mais incomodá-los.

E me lança uma última piscadela antes de ameaçar se virar.
Roberto o impede:
— Espera. Seu terno tá sujo. — Acompanhamos seu olhar em direção à barra do tecido azulado. — Isso é sangue?
Liam esfrega a mancha, e as pontas de seus dedos ficam vermelhas. Está fresco.
— Droga. Derramei tinta nele mais cedo — explica, risonho. — Mas obrigado por me avisar, Roberto.
Estende a mão sobre a mesa, a mesma mão manchada com a "tinta". Roberto o cumprimenta, sem entusiasmo.
— De nada.
Liam mantém a atenção na mancha enquanto caminha para longe, com certeza envergonhado. Não é comum ver o *golden boy* cometendo erros como esse.
Só me sento quando Liam retorna aos seus amigos, do outro lado do refeitório.
— Filho da puta arrogante do caralho — vocifero a Roberto. — Eu *vou* quebrar a cara dele. Não, vou fazer pior. Vou trancá-lo na piscina de noite, fechar a lona e deixar ele decompondo lá pela madrugada toda.
— Quando se trata de torturar pessoas, você é bem criativo.
Solto uma lufada de ar pelo nariz.
— É meu talento.
— Precisa parar de ser tão agressivo, Lucas. Não tem motivos pra comprar uma briga quando o semestre mal começou.
— Fala isso porque é novato, não conhece esse desgraçado tão bem quanto eu. Cara, ele veio até nossa mesa com essa conversinha fiada. *Ah, só quero garantir que a gente tenha uma semana pacífica.* Acreditou mesmo nessa merda? É só uma tentativa dele de se sentir superior. E você fez ele colocar o rabinho entre as pernas com a coisa do terno. Talvez não seja tão inútil quanto pensei.
— Liam é legal, Lucas — Roberto replica. — Você que é o babaca aqui.
— Então por que não vai andar com ele e sua turma? Por que tá andando com um babaca?

Ele abre a boca, mas não diz nada por um tempo. Parece confuso com a própria falta de palavras, como se a resposta fosse simples, mas simplesmente não chegasse à sua língua.

— Não sei — balbucia quase sem voz.

E algo em sua reação me deixa preocupado.

Eu também não consigo responder algumas coisas às vezes. *Como, por exemplo, o que um calouro tá fazendo no meu grupo de amigos?*

— Quer saber, Robertinho, deixa pra lá. É isso que esse filho da puta faz: ele brinca com nossas mentes. Não podemos deixar que continue fazendo isso. — Observo sua bandeja intocada. — Tudo bem se achar a comida daqui uma merda, mas você precisa comer *alguma* coisa.

Ele cruza os braços e pisca longamente.

— Não consigo, não com essa porra martelando na minha cabeça. No almoço eu como; já vai ter melhorado até lá.

— Tenho umas merdas no meu quarto; chocolate, M&Ms, barrinhas de cereal. — Há uma série de perguntas no seu rosto. — Se você acha que álcool e celulares são tudo o que a gente consegue trazer pra cá, tô prestes a explodir sua cabecinha, calouro. Se precisar de qualquer coisa, fala que a gente — indico os outros caras na mesa — arruma. Camisinhas? Lubrificante?

— Não tô comendo ninguém.

— Bem, deveria. A vida é curta.

Roberto se constrange; é engraçado vê-lo assim. Falar sobre sexo não é o seu forte.

Meu apetite até volta. Tomo mais um gole do café que roubei de Caio, como uma fatia de maçã.

— Mudando de assunto — ele cruza os dedos sobre a mesa —, animado pra conhecer a professora substituta de botânica? — indaga com leveza.

Faço uma careta.

— Qual é o filho da puta que ficaria animado pra conhecer um professor?

— Eu tô.

— Você é um nerdzão. Deve ser até virgem.

— Não sou... droga, só tá tentando me tirar do sério, né?

— É legal tirar sarro da sua cara. Enfim, pelo menos Cynthia não vai mais ser a única mulher nesta festa da salsicha.

Seu olhar se distancia, a mente viajando para algum lugar longe daqui outra vez.

Acabo com meu café e roubo o de Caio novamente.

— Só queria que eles explicassem o que aconteceu com Colter — Roberto declara, a voz mais sóbria, quase... — ou com Benjie. Por que eles podem voltar pra casa por "motivos pessoais", e nós, não?

Engulo todo o líquido amargo de uma vez. Ao final, empurro o copo vazio em sua direção.

— Porque você é a porra de um escravo, Robertinho. — Abro os braços. — Escravo destas paredes.

Roberto estreita o olhar.

— Você tá bêbado?

— Não. — Eu me estico até estar tão perto dele quanto posso. Sussurro: — Mas vou beber pra caralho mais tarde. Quer me acompanhar? — E não tento esconder minha excitação.

— Não consigo pensar numa coisa sequer que seja mais desagradável do que carregar sua bunda bêbada do terraço até os dormitórios.

— Vai se foder.

Roubo o pão de sua bandeja e como sem o acompanhamento de nada.

— De qualquer forma — ele desdenha —, só tenho aula de botânica no final do dia. Você vai encontrá-la primeiro, é o seu primeiro horário. Depois, me fala o que achou. Farei o mesmo com o substituto de Benjie.

— *Merda* — resmungo. — Por que foi me lembrar que a minha primeira aula é logo a de botânica? Botânica é uma bosta.

* * *

Botânica é realmente uma bosta.

A professora substituta, por outro lado, é uma gostosa. Muito mais gostosa do que Colter. Não me entenda mal, eu comeria os dois. Mas ela, pelo menos, sorri de vez em quando.

Tagarela algo sobre o sistema reprodutor das begônias lá na frente; eu até poderia tentar prestar atenção num dia melhor — não hoje. Forço meu lápis pelas pontas, testando até quando aguenta se dobrar antes de quebrar.

Liam está na primeira mesa, tão próximo da professora quanto pode; *pet*.

Entediado, parto o lápis em dois e deixo os pedaços sobre a mesa. Miro a vista pela janela ao meu lado. Suspiro. Quando cheguei aqui, ano passado, tudo era maravilhoso, cheio de vida, estimulante — as árvores, os pássaros, o mar ao longe. Agora, o horizonte é sem graça, mero plano de fundo de dez meses que parecem se arrastar cada vez mais devagar.

A voz continua ecoando na minha mente.

Você não quer me ajudar.

Fecho os olhos.

Você não quer me ajudar.

Esfrego o rosto.

Você não quer, você não quer, você não...

— Srta. Rivera? — elevo a voz, interrompendo a professora no meio da explicação.

Todas as cabeças na sala se voltam para mim, sincronizadas. *Medonho.* Liam parece sorrir.

— Hum? — A mulher me encara, confusa. — Sr. White?

— Preciso ir ao banheiro.

Levanto-me da cadeira antes mesmo da resposta.

— Claro. — Faz uma breve pausa, o tom mudando de cordial a desconfiado. — Tá tudo bem? Percebi que esteve um pouco distraído durante a aula. É algo relacionado aos ferimentos? Se precisar de...

Seguro a maçaneta da porta.

Devolvo sua desconfiança com um belo sorriso azedo.

— Tô ótimo, obrigado pela preocupação.

E meu olhar se arrasta pelo de Liam uma última vez antes de deixar a sala.

Desço alguns lances de escada. O banheiro mais próximo está no andar de baixo, próximo às salas dos calouros. Talvez eu encontre alguém para descontar minha frustração nesta segunda-feira de merda.

No corredor do banheiro, cruzo com Daniel; ele está parado numa das janelas da torre, mirando o horizonte.

— Bom dia, sr. White — acena e levanta a aba do boné em cumprimento.

— Se você diz — resmungo, passando por ele.

— Se recuperando dos machucados?

— Tô bem — respondo ríspido, mirando-o pelo canto dos olhos.

Às vezes, tenho a impressão de que todo mundo nesse lugar sabe o que aconteceu comigo... menos eu.

— Só temo pela sua segurança, sr. White. Sabe, com todas essas brigas, todas essas desavenças... não me surpreende que as coisas tenham chegado a este ponto. Mas podemos trabalhar pra melhorar isso, não acha? Que tal tentar dar uma trégua a todos no castelo? *Ficar na sua*, como os jovens dizem? Olhe só aonde os conflitos o levaram, Lucas. Quer mesmo que as coisas fiquem ainda piores?

Paro na porta do banheiro.

— O que tá insinuando, zelador?

— Apenas que não quero vê-lo ferido dessa forma novamente.

Estreito o olhar.

— Acha que tenho medo de uns cortes? De sangue? *Dor?* Acha que tenho medo de qualquer coisa?

— É claro que não — sorri, viperino —, mas sei que quer chegar ao fim do semestre com vida, não é? Tem algo lá fora... — aponta o horizonte — pro qual você quer voltar.

Me aproximo dele, meu sangue fervendo.

— E como caralhos você sabe disso? Como caralhos sabe qualquer coisa sobre a minha vida?

O sorriso se alarga.

— Ficaria surpreso com as coisas que sei, sr. White.

— Ah, é? — Imito sua risada. — Quer que eu enfie minha mão na sua boca até ver ela sair pelo outro buraco? — Ele se cala. — Me responda, honestamente — insisto. — Quer que eu faça isso?

— Acho que seria... desagradável.

— Então nunca mais fale comigo dessa forma, Daniel. Não tenho medo de você, não tenho medo do diretorzinho covarde que controla esse lugar. Eu poderia cortar os dois em pedacinhos, fazer uma sopa e servir de jantar no refeitório. Não seria boa, sou péssimo em cozinhar, mas sou bom em esquartejar pessoas. — Ele engole em seco, palavras e mais palavras morrendo entaladas na garganta. — Você é patético. Por que não vai limpar o chão ou algo assim? — Esfrego o tênis no solo. — Tá cheio de poeira, tá vendo?

— Não sou da equipe de limpeza, sr. White. Meu trabalho é zelar por este renomado...

— Claro, explica isso pra alguém que se importa.

Entro no banheiro revirando os olhos.

Todo mundo acordou com a missão de infernizar minha vida hoje?

O local está vazio, fresco e silencioso. *Perfeito.*

Me aproximo de um dos mictórios, abro o zíper e faço o que preciso fazer.

O barulho de líquido se derramando sobre porcelana preenche o espaço coberto em azulejos brancos.

Levo alguns segundos até perceber que não estou sozinho no banheiro.

FOLIE À DEUX

Lucas

6 dias atrás

Ouço um ruído às minhas costas.

É alguém gemendo. *De dor.*

Viro o rosto em direção às cabines, fecho o zíper. Me agacho no chão, olhando por baixo da porta. Há apenas um par de pés no interior. *Não é alguém perdendo a virgindade.*

— Oh meu Deus... — o miserável geme novamente, e dessa vez consigo reconhecer a voz.

— Roberto? — chamo, assustado. Bato na porta da cabine. — Roberto, o que tá acontecendo?

Ele fica calado por um tempo, talvez esperando que eu vá embora. Então, o som de algo batendo nas paredes, seguido de um grunhido.

— Ack...

— *Roberto?* Que merda tá acontecendo? — insisto, e não tenho orgulho em dizer que estou com medo.

Ele abre a porta pouco depois.

Segura a testa com uma das mãos, os olhos cerrados com força; com a outra, se equilibra pelas paredes enquanto dá passos cambaleantes para fora da cabine.

Passo um de seus braços sobre meus ombros e lhe seguro pela cintura. Ajudo-o a chegar nas pias. Ele se apoia na louça e liga a torneira. Acumula água nas mãos e lava o rosto; uma, duas, cinco vezes.

Quando consegue abrir os olhos novamente, inspira fundo, como se isso demandasse um esforço extraordinário.

— Mano... — murmuro, angustiado. — Mano, o que houve com você? Alguém fez isso...?

— Não, não, ninguém fez nada — responde, apoiando-se na pia com as duas mãos. A voz sai tensa. De pronto, me encara. — É a maldita dor de cabeça, Lucas. — Contrai os lábios, as sobrancelhas trêmulas. — É como se tivesse uma parafusadeira no meu cérebro, droga. E ela afunda mais e mais... *Ah!* — Ele se sobressalta, fechando os olhos com força outra vez. Larga a pia.

Consigo segurá-lo antes de cair no chão.

Ele se retesa nos meus braços, frio e fraco.

— Sei o que tá acontecendo. Sinto essas pontadas mais fortes de vez em quando também. Vamos te levar pra enfermaria. — Faço menção de arrastá-lo até a porta.

Roberto finca o pé no chão subitamente e me afasta com um dos braços. A face presa num misto de aflição e dor.

— Não — diz firme, me pegando de surpresa.

— Do que cê tá falando, filho da puta? Tá sofrendo pra caralho, temos que pedir ajuda.

— Fui na enfermaria três dias atrás. Cynthia me deitou na maca e me apagou. Dormi o resto do dia, perdi todas as aulas. Acordei na minha cama, com um novo frasco de pílulas na mesa de cabeceira. Seja lá o que ela fez, não adiantou de nada; a dor não passou, não passa de jeito nenhum.

— Por que não me contou que ela te apagou?

Seu semblante muda, ganha nuances de irritação.

— Não quero que uma pessoa com a qual ando há uma semana me veja nesse estado deplorável. Não sou fraco, tá bom? Só... só tô passando por um momento ruim.

Rio.

— Cara, não te acharia fraco por me dizer isso.

Ele arregala os olhos e desvia o rosto para o lado; a dor parece ter dado uma trégua ao menos.

Miro o espelho, nossos reflexos sombrios e abatidos.

— Mas entendo o que quer dizer, faz pouco tempo que a gente se fala. Como foi que nos conhecemos mesmo? — indago.

Roberto cruza os braços e apoia a lombar na pia. Fito seu rosto de lado.

— Não sei. Você tava lá... no refeitório. Eu tava meio perdido, sem ninguém; te vi, senti que deveria me aproximar. Não queria ficar sozinho.

— E teve a sensação de que já me conhecia?

— Sim. — Franze o cenho. — Todo mundo sabe que você é um cuzão, eu sabia disso também, mas... não tive medo. Era como se já tivesse andado por aí com você. — Ele me encara de volta. — Como sabia disso?

Tenho vontade de chacoalhá-lo até o sangue sumir completamente de sua cara.

— Porque senti a mesma coisa, seu idiota. Você... — Mordo a língua, hesitante.

— O quê?

Expiro. Miro a porta do banheiro, me dando conta de que Daniel está logo no corredor ao lado.

Então, me aproximo de Roberto e falo mais baixo:

— Tem partes da sua memória que tão faltando? Grandes pedaços das últimas semanas que deveriam estar lá, mas são um breu completo? Lembra de tudo que aconteceu desde que pisou nesse lugar?

Ele pensa bastante na pergunta. A ansiedade por sua resposta me faz cerrar os punhos.

E, quando abre a boca outra vez, a resposta me faz suspirar em alívio:

— Não. Na verdade, não. Lembro de muito pouco desde que cheguei na ilha. E sempre que tento me forçar a lembrar...

— As dores vêm.

Ele assente.

— Merda.

Um calafrio na espinha.

— O que isso significa, Lucas?

— Não faço ideia, mas tem alguma coisa bizarra acontecendo com a gente, Roberto. E não é culpa de uma doença tropical qualquer. Que tipo de vírus causa esse tipo de coisa? — Ele engole em seco, balançando a cabeça de um lado para o outro. Caminha pelo banheiro, perdido. — E aquele garoto de cabelos brancos? O que você tava perseguindo nos corredores?

Interrompe os passos, me olha sobre o ombro

— O que tem?

— Viu ele de novo?

Ele se volta a mim.

— Sim. Falei com ele, Lucas. Mais de uma vez. Ele me pergunta se lembro dele, como se a gente... já se conhecesse antes. E então some, como um... um... E eu sempre sinto esse vazio no peito quando ele se vai. Sei que tô alucinando, que é tudo coisa da minha cabeça, mas esse vazio, porra, é real, é... doloroso, como um buraco, bem aqui.

— Você é o único que consegue vê-lo?

— Acho que sim. *Você* nunca viu ninguém do tipo, certo?

— *Ver* não, mas eu... — Fico de frente para o espelho; um reflexo derrotado e perturbado me encara de volta. — Eu ouço coisas, Roberto. Coisas que... não estão lá. Tem essa voz, essa voz de um cara que me diz que eu não quero ajudá-lo, que vai me fazer pagar por algo.

Roberto encobre a boca com a mão, apoiando a outra na cintura; posso ver seu peito subindo e descendo mais rápido, o terror cristalino nas íris.

— Então, nós dois estamos enlouquecendo, que beleza. *Folie à deux.*

— Cala a boca.

Ele se reaproxima, quase como se estivesse angustiado em ficar longe por muito tempo.

— Tô com medo, Lucas. — Outra pontada de dor o aflige, menos severado que as últimas. Quando se recupera, balbucia: — Merda, às vezes acho que vou morrer.

— Você não vai morrer. Não no meu turno. — Apanho alguns lenços do suporte na parede e ofereço a ele. Só então percebo que seu rosto ainda está molhado.

— Obrigado. — Roberto se seca e logo atira os lenços usados no lixo.

— Estamos nessa juntos, *precisamos* confiar um no outro — afirmo, convicto. — Chega de esconder coisas como a que aconteceu com você na enfermaria. Cynthia tá envolvida em seja lá o que esteja acontecendo com a gente, sei disso nas minhas entranhas.

Ele sorri sem humor enquanto apanha um frasco amarelo de um dos bolsos.

— Graças a Deus temos suas entranhas pra nos mostrarem o caminho — diz, sarcástico.

Desenrosca a tampa, cuidadosamente despeja uma das pílulas na palma da mão e a engole. Enfia a boca embaixo da torneira e bebe um pouco de água. Limpa a garganta e guarda o frasco em seguida.

Não consigo tirar os olhos da embalagem amarela, mesmo quando está dentro do seu bolso.

— Nunca mais quero passar por isso de novo — ele grunhe.

— Sabe... talvez a gente devesse parar de tomar isso — sugiro, um tanto incerto.

— Tá brincando? — Me olha de soslaio. — Cynthia disse que é a única coisa que pode aliviar essas dores. Se tomando as pílulas a gente tá assim, *eu* tô assim — indica o próprio rosto —, imagina o que aconteceria se parasse. — Nega com a cabeça. — Temos que seguir o que ela disse, independentemente do que sente nas suas *entranhas*.

— Não tô brincando, Roberto, tem alguma coisa na Cynthia que me dá arrepios. Não acha bizarro que as malditas dores não passem, mesmo com o remédio? Que, na real, estejamos piorando? Começando a alucinar?

— Ela me disse que era efeito colateral do remédio, que era só ignorar e logo as alucinações iriam embora.

— E você acreditou? Você é tão ingênuo assim? Efeito colateral meu cu. Isso é mais grave, olha como a gente tá... estamos definhando, cara.

— Mesmo se for mais grave, não podemos tirar conclusões precipitadas. Cynthia é a única pessoa aqui que pode nos ajudar. Esqueceu que a gente tá no meio do nada? Olha, se esses episódios continuarem se repetindo, tenho certeza de que a gente vai poder pedir pra voltar pra casa e ir pra um hospital de verdade. Eles não nos deixariam simplesmente morrer aqui.

— Tem certeza que não? Não confio naquela velha, não confio em ninguém nesse lugar. Nem queria... — No calor do momento, a confissão quase me escapa. Me afasto de Roberto, introspectivo.

— Nem queria o quê?

Considero dar a conversa por encerrada e voltar à sala. A srta. Rivera deve estar sentindo minha falta, assim como o loirinho oxigenado. Não tenho o costume de ser vulnerável, não sou do tipo de choramingar e reclamar dos meus probleminhas fúteis.

Este momento, no entanto, é diferente; as dores, minha aproximação inexplicável a Roberto, a falta de memória. Tudo é tão confuso e angustiante. Sinto como se minha cabeça pudesse explodir a qualquer segundo.

Então, reconsidero.

— Meu pai me forçou a estudar nesse lugar. Não queria ficar aqui, longe da minha mãe, longe... — Meus olhos ardem. Fecho-os. *Por favor, Deus, não me faça chorar na frente de um calouro. Sei que sou gay, mas não tão* gay. *Por favor, Deus, não tão* gay. — Longe do meu irmãozinho.

— Você tem um irmão?

Assinto.

— Michael. Ainda é um moleque, eu não deveria... — Respiro fundo. — Não deveria estar tão longe dele, deveria estar lá pra ser seu irmão mais velho.

— Mas sua mãe cuida dele, não cuida?

— Claro, mas... as coisas são mais complicadas, calouro.

— Então, que tal descomplicá-las?

— Que tal você enfiar uma vassoura no cu, sair voando e me deixar em paz?

Ele revira os olhos.

— Claro, vou fazer exatamente isso.

E se volta à porta do banheiro.

Bufo. Talvez tenha sido abrasivo demais.

— Escuta... só... só não volte à enfermaria sem mim. — Roberto me encara novamente, os braços cruzados. — Na verdade, não vá a lugar algum sem mim. Você vai subir comigo pro terraço depois do jantar e vai me carregar caindo de bêbado pro quarto depois.

Contrai o rosto.

— Não quero fazer isso. E obrigado pela intenção, mas sou bem grandinho, sei me cuidar sozinho.

Neste momento, a porta do banheiro se abre.

— Tudo bem aqui, garotos? Sr. White? Sr. Silva? — Daniel pergunta, enfiando sua cabeça dentro do ambiente, o boné encobrindo boa parte do rosto.

— Já limpou todo o chão?

Ele escancara a porta; mãos nos bolsos, queixo erguido.

— Já expliquei que não faço o serviço de limpeza, sr. White.

— Jesus, então você quer *mesmo* que eu enfie minha mão na sua boca até sair pelo cu, não quer? — provoco-o. Roberto arregala os olhos.

— O que eu quero... — O zelador se controla para manter o tom cordial. — É que você pare de se meter em confusão, Lucas; que deixe de perturbar a paz deste colégio. Wyatt é misericordioso, mas seu comportamento está chegando ao limite. Em breve, teremos que puni-lo severamente.

Caminho até a porta a passos largos, paro próximo a Daniel.

— *Misericordioso?* Não preciso da indulgência de um covarde, de alguém que se esconde nas paredes de sua sala como um vampiro com medo do sol. — Seguro o colarinho de Daniel e puxo-o, aproximando nossos rostos. Olho no fundo de seus olhos. — *Eu* sou a misericórdia em pessoa. *Eu* controlo esse lugar. Se você me abordar com arrogância mais uma vez, se sequer sonhar em me dirigir algo que não seja *bom dia*, ou *obrigado*, ou *sim, sr. White, eu gostaria de ter seu braço inteiro enfiado no meu esôfago, por favor* — bufo —, vou te estripar.

Roberto segura meu braço, me arrastando para longe.
— Vem.
Daniel continua parado na porta, sem resposta. No seu rosto, há ódio. *Oh, como senti falta de fazer inimigos.*
Depois de cruzarmos dois corredores, Roberto me solta.
— Você ainda vai fazer a gente se foder pra caralho.
— Daniel é um ninguém. Tá só querendo pica e não tá sabendo como pedir.
— Jesus Cristo. — Ele dá um tapa em meu ombro. — Volta pra sua aula; tenho que voltar pra minha. — Começa a se afastar.
— Não esquece do nosso compromisso no terraço.
— Não tenho certeza se vou conseguir ir.
Dou de ombros.
— Não tô pedindo, calouro. Se não for, vai se arrepender.

* * *

Ele veio. Bom calouro. Terei que tirar *socar Roberto* da lista de afazeres para hoje. Deixarei para amanhã, sem falta.
É noite. Estamos sentados no balaústre do terraço, nossas pernas balançam diante do precipício no topo do castelo. Uma queda de metros até o chão. *Com certeza quebraria alguns ossos.* Rio sutilmente e bebo mais um pouco do gargalo. A vodca desce amarga pela minha garganta, rasgando-a de forma tão familiar.
— O que é engraçado? — Roberto pergunta, me olhando de maneira estranha. Parece ansioso com algo (e não é com a altura, já fizemos isso antes).
— Nada. — Ofereço a garrafa pela quinta vez, ele nega pela quinta vez.
— Prefiro guardar meu fígado pra quando tiver dezoito anos, pelo menos.
— Nem sabe se vai estar vivo até lá — desdenho.
— Espero estar.
— Se eu te empurrasse daqui... — desenho um arco da trajetória que faria do balaústre até o chão —, *puft*, uma panqueca de Roberto.

Ele franze o cenho e se arrasta para longe.
— Maluco.
— Tô só brincando, você é muito medroso.
— Cê fica esquisitinho demais quando bebe.
— Algumas pessoas diriam que eu fico mais divertido.
— Eu, não.

Inspiro fundo, o ar puro abraçando meus pulmões. Lá embaixo, as árvores se prolongam até a praia, suas copas nos impedindo de ver qualquer coisa que aconteça no chão. Ouço o alvoroço de pássaros noturnos; corvos, corujas. Próximo à areia, o mar é azulado — anil; então, fica completamente preto, estendendo-se até onde nossos olhos conseguem enxergar. A lua não está tímida; é brilhante e viva, seu reflexo ondulado nas águas.

Roberto checa seu relógio de pulso, logo entendo a origem de sua ansiedade:
— Já tá na hora de tomar a próxima pílula.

Desce do balaústre, ficando em pé no terraço. Não preciso olhar para trás para acompanhá-lo enquanto retira o frasco amarelo do bolso e engole uma das pílulas. Ofereço a vodca para ajudá-lo a deglutir a coisa, ele recusa outra vez.
— Você precisa tomar também — ele me avisa.
— Eu sei.
— O que tá esperando?

O álcool alcança meus lábios novamente, esquentando minhas veias, dando-me a coragem necessária para decidir:
— Vou confiar nas minhas entranhas nesse caso.
— O quê?

Depois das aulas, voltei ao quarto para guardar minha mochila e apanhei as pílulas da mesa de cabeceira. Agora, tiro-as do bolso e observo o frasco sem rótulo por um bom tempo. Balanço-o. O chiado de plástico batendo em plástico é agradável, as pequenas cápsulas parecem brinquedos.

Estou cansado de brincar.
— *Não!*

Roberto corre de volta ao balaústre e se apoia, incapaz de fazer algo enquanto observa as pílulas caírem em direção às árvores. O frasco fica cada vez menor, até desaparecer entre as copas; um artefato no solo da floresta, para sempre.

Sorrio para mim mesmo e bebo mais um pouco. Sei que posso me foder bastante por isso, mas me sinto aliviado — e essa não é uma sensação muito comum por aqui.

— Merda, Lucas. Por que fez isso? — Roberto, no entanto, está apavorado. — O que vamos dizer pra Cynthia?

— Foda-se a Cynthia. — Me viro no balaústre, os pés agora firmes no terraço. Encaro a expressão furiosa do meu amigo.

Amigo?

Sim, amigo, mesmo que isso não faça sentido nenhum. Confio em Roberto, mais do que em qualquer outra pessoa aqui. Só não sei a origem dessa confiança.

— Por que você é assim, Lucas? Por que sabota tudo? Não ouviu o que eu disse sobre não tomar decisões precipitadas? Caralho. Já não é o suficiente machucar todos ao redor, agora *precisa* machucar a si mesmo também? — vocifera, severo; e preciso desviar o olhar para o chão, sua decepção, seu medo... são demais para encarar.

Contraio o maxilar, meu coração começando a acelerar. *A raiva. A raiva está aqui de novo, uma terceira entidade neste terraço.* Aperto a garrafa nas mãos. Levanto-me do balaústre com um impulso, me viro e atiro o recipiente de vidro ao longe. Ele gira no ar enquanto voa, livre, até se despedaçar na escuridão.

— Me machucar? Acha que só *agora* comecei a me machucar? — rosno, apontando um indicador para o seu rosto. — Você não sabe *nada* sobre mim. *Nada!* — Meu grito ecoa pelo terraço, doloroso, visceral.

Meus olhos começam a arder de novo. *Oh, Deus, por favor, não. Apenas não.*

Viro de costas e coloco as mãos na cabeça. Tento me recuperar, afastar a ira que borbulha dentro de mim, mas é difícil.

Dei o maldito primeiro passo, agora só me restam duas opções: violência ou me abrir completamente. O familiar ou o desconhecido.

Construir ou destruir. Sou tão bom em destruição, a resposta deveria ser óbvia.

Mas não é; toda vez que destruo algo, parte de mim se destrói também, e o alívio é temporário, a raiva recrudesce; só quem sai ganhando é *ele*.

— Não vou ficar de boa te vendo fazer essas merdas — Roberto declara.

Confiança e amizade são vias de mão dupla. Sempre me achei desmerecedor de amor, que meus laços eram baseados em violência. Não posso continuar vivendo assim.

Não tenho escolha; não de verdade.

Então, me aproximo do balaústre novamente, observando o precipício; tão alto, tão... imensurável. Impossível, como Lucas White falando sobre seus sentimentos.

— Meu pai não conseguia manter o pau nas calças, Roberto — confesso, apreensivo. Aperto a pedra fria do apoio. Distante, vejo uma revoada passando sobre a praia.

Leva um tempo até o calouro responder:

— O que quer dizer? — Sua voz é mansa, mas curiosa.

Mordo o interior do lábio, não tenho para onde fugir. É encarar isso ou me atirar do precipício.

Droga.

Nem tô bêbado o suficiente pra essa merda.

Que se foda.

— Ele teve dois filhos antes de mim — explico —, com a esposa.

Roberto dá alguns passos até estar ao meu lado. Também se apoia no balaústre e fita meu rosto.

— Sua mãe? — pergunta.

Fecho os olhos e nego.

— Minha mãe era a *secretária*. — A palavra sai amarga, ríspida, rasgando minha garganta de um jeito não muito agradável. Expiro longamente, escondo minhas mãos nos bolsos e observo o oceano. Não há como voltar atrás agora. — Todos sabiam que ele tinha amantes, só não sabiam que uma delas tava tão perto. Ela engravidou de mim e continuou trabalhando pra ele. Cresci sabendo quem ele era, mas sempre longe. Tinha que tomar cuidado quando me perguntavam *quem* era meu pai. — Um riso lancinante, autodepreciativo. — Vivia com medo de abrir a boca, até nos dias em que ele me visitava. Uma ou duas vezes por semestre, ele ia na nossa casa. Quando tava lá... — me esforço para engolir as lágrimas, meus braços tremem — era o melhor pai do mundo; então, não tava mais, e tudo o que eu tinha eram memórias. Merda... — Não consigo mais segurar, elas descem pesadas, avassaladoras. Minhas bochechas ficam úmidas. Tento desesperadamente enxugá-las.

— Ei, ei, tá tudo bem. — Roberto toca meu ombro. — Não tem ninguém aqui além de mim, não precisa ter vergonha. Garotos também choram.

— Jurei a Deus que nunca mais choraria por causa dele, tantas vezes. E, em todas elas, falhei.

— Você precisa colocar isso pra fora, senão... vai te adoecer.

Assinto. Uso a barra da camisa social para enxugar o excesso.

— Não sabia que eu era tão gay assim — murmuro entre as lágrimas, arriscando uma piada.

— Você não é gay porque chora, Lucas. — Ele dá alguns tapinhas no meu ombro. — Você é gay porque dá o cu.

— Ah, claro...

Rimos juntos. Dessa vez, não há rancor ou autodepreciação. É inútil tentar conter as lágrimas, então só aceito que continuarão descendo. Miro o horizonte e continuo o conto de Lucas White:

— Minha mãe engravidou de novo, e Michael nasceu. No hospital, fiquei sozinho com ela. Eu tinha só dez anos. O filho da puta não apareceu. Na real, praticamente quis apagar da porra da mente que tinha outro filho. Ele se candidatou e venceu. As visitas pararam, demitiu minha mãe. Comprou nosso silêncio; ninguém podia nem suspeitar da nossa existência. *Especialmente a primeira-dama.* Não era como se minha mãe pudesse fazer muita coisa, ela sabia que estaria morta no momento em que abrisse a boca. E eu tinha raiva, tanta raiva, Roberto. Ainda tenho, ainda sinto... a todo instante. Michael cresceu, eu me tornei... *isso.* — Cerro os punhos, abrindo os braços. A brisa castiga meu rosto úmido, o sangue corre fervente por minhas veias. Faço uma longa pausa. — Logo veio a carta de ingresso; uma carta de ingresso pra porra de um lugar que eu não me candidatei, que eu não fazia ideia que existia. Um internato no fim do mundo, praqueles... que devem ser esquecidos. — Sento na ponta do balaústre, virado para Roberto. — Ele me mandou pra cá, e agora minha mãe e meu irmão tão lá, indefesos. Só Deus sabe... E se a mulher dele descobrir e tentar alguma coisa? Por que acha que trago os celulares pra cá? Por que acho que sou invencível? — Ele fica calado, me olhando de forma penosa. — Preciso garantir que eles estejam em segurança, mesmo daqui. — O horizonte me chama outra vez, viro o pescoço para observá-lo. — Preciso saber que meu irmão tá bem... é o único jeito que tenho de ter alguma paz.

Ao final, não sei o que sinto. Mais leve, com certeza; mais preocupado também. Há uma vantagem palpável em manter seus pesadelos apenas para si mesmo; quando os externaliza, corre o risco de misturá-los à realidade, de transformá-los em... previsões.

— Não fazia ideia de nada disso — Roberto comenta, reflexivo.

Estreito o olhar na direção do desgraçado.

— E é melhor você não usar essa merda contra mim ou começar a me olhar de um jeito diferente. Ainda posso quebrar sua cara até você ficar irreconhecível, calourinho.

— Claro, Lucas, vomite o que quer que seja necessário pra não encarar o fato de que acabou de abrir seu coração pra mim. A verdade é que não vai ter culhão suficiente pra me socar depois de confessar uma coisa dessas.

— Quer testar sua sorte? — provoco, mas sei que está certo; e, no meu peito, sei que assim é melhor.

Ele cruza os braços, algo sombrio passando pelas íris castanhas.

— Prefiro arranjar um frasco novo de pílulas pra você — resmunga.

Fito a floresta, o local provável onde o remédio caiu.

— Não vou mais tomar essa porra — afirmo.

E ele ainda não parece satisfeito.

— Não quer se curar?

— Sim; das alucinações, da amnésia.

Ele se aproxima, as mãos juntas numa espécie de prece.

— Precisamos confiar em Cynthia, Lucas — suplica, a voz esganiçada, tão baixa que preciso me inclinar em sua direção para ouvi-lo direito.

Reviro os olhos.

— Cynthia pode chupar meu saco.

Ele bufa, passando de suplicante a furioso.

— Não disse que quer estar presente na vida de Michael? E se a falta do remédio te der algum efeito irreversível?

— Te disse pra não usar isso contra mim — vocifero e me afasto. Caminho até o meio do terraço. Esfrego o rosto.

— Bom, que pena. É pra isso que amigos servem.

— Preferiria não ter amigos, então.

— Ah é — diz com sarcasmo —, porque ele é todo machão misterioso, *bad boy*, ooga-booga. Quer saber? — Roberto se aproxima rápido e me empurra. Cambaleio para frente e me viro.

— Tá brincando? Quer mesmo levar uma boa na fuça?

— Vai se foder.

Ele espalma meu peito e me empurra de novo.

Meu primeiro impulso é o de pular em cima dele e socá-lo até desmaiar — honestamente, não precisaria de muito. Mas me controlo. Ele só tá preocupado.

— Não parece certo continuar tomando essas coisas, Roberto — tento argumentar.

— Podemos dividir o meu frasco.

— Não quero.

— Tá muito enganado se acha que vou simplesmente deixar você se matar. Você *vai* voltar pra sua família no final desse semestre, tá me ouvindo?

— Vou ficar bem. Olha, se você não quer parar com as pílulas, tá joia. Eu faço isso, e aí a gente vê quem enlouquece primeiro.

— Você... é um *filho da puta*!

— Agora que percebeu isso?

Roberto arregala os olhos e faz um gesto de derrota com as mãos.

— Pode voltar pro quarto sozinho. — Passa por mim, caminhando em direção à porta do terraço. Segura a maçaneta e me observa sobre o ombro antes de abri-la: — Se vai se matar, então é melhor que eu comece a me afastar o quanto antes.
— Você sempre foi tão dramático?
— Não sei. — Ele abre a porta. — Tem partes deste ano que não me lembro. — E a fecha às suas costas, com uma última careta de frustração.

***

Fico no terraço sozinho por mais algum tempo. A apreensão pelo que acabei de fazer me come de dentro para fora. *E se* eu estiver errado? *E se* Cynthia realmente estiver fazendo tudo o que pode para nos ajudar?
Não.
De jeito nenhum.
Aquela mulher não é confiável, tenho certeza disso.
E não tenho como voltar no tempo, então terei que esperar até os sintomas melhorarem ou piorarem para ter uma resposta definitiva.
Me apoio no balaústre.
Na pior das hipóteses, o destino me fode mais uma vez. Não é como se eu não estivesse acostumado a isso.
Aperto a pedra fria.
Gostaria de ter minha garrafa de vodca agora.
A brisa assobia nos...
"Você tá perto demais de alguém em quem não confia."
...meus ouvidos.
Merda.
Uma pressão intensa surge nas minhas têmporas e se espalha para a cabeça toda. Caio de joelhos. Dobro os braços sobre o balaústre, apoio a testa nos antebraços, quase como se...
"Você é bem teimoso."
"E você é desprezível."

"Talvez eu seja. E talvez seja isso que te faz ficar atraído por mim."
...estivesse rezando.
A escuridão sob as pálpebras é interrompida por...
"A sua língua é tão mentirosa. Mas o seu corpo é sincero. Qual dos dois eu devia ouvir?"
"Você devia me largar antes que eu te dê um murro."
...vários pontos luminosos, pontos que desenham uma imagem, uma imagem na qual preciso me concentrar para decifrar.
Hiperventilo, meu peito prestes a...
"Um beijo. Só um beijo."
"Vai me soltar depois?"
"Vou."
...explodir.
Suor frio escorre pelo meu rosto.
Abro os olhos, puxando ar pela boca. Minha visão demora a ficar clara novamente. Me apoio na pedra, tentando entender o que acabou de acontecer.
Um nome...
"Andrew."
...ecoa...
"Andrew."
...pelos meus...
"Andrew."
...ouvidos.
Mas quem caralhos é Andrew?

Durante os próximos três dias, as memórias continuam vindo em flashes.
Elijah.
Liam.
Calvin.
Roberto.
Andrew.
O jogo de basquete.
Ciúmes.
A piscina.
O celular de Romeo.
O subsolo.
Colter.
A cicatriz na minha mão.
Meu rosto ensanguentado.
Na noite do quarto dia, as dores passam.
Na manhã do quinto, lembro de tudo.
Roberto segue tentando enfiar as pílulas na minha garganta de todos os jeitos. Ele acredita que morrerei sem elas. Ele está errado. Eram elas que estavam me matando.

Andrew

ANDREW

Andrew

Andrew dias atrás

Andrew.

ANDREW. Andrew. Andrew. *Andrew.* **Andrew.**
ANDREW. Andrew. *Andrew.* Andrew. ANDREW. Andrew.
Andrew. ***Andrew.*** ANDREW. **ANDREW.** Andrew. **Andrew.** *Andrew.*
Andrew. Andrew. *Andrew.* *Andrew.* Andrew. **Andrew.** *Andrew.*
Andrew. **ANDREW.** Andrew. Andrew. Andrew. Andrew. Andrew. Andrew.
Andrew. Andrew. Andrew. Andrew. Andrew. Andrew. ANDREW.

Meu Andrew.

MELANCOLIA

Lucas

1 dia atrás

Olho através da minha janela. É um dia nublado. Meu coração palpita. Soco a parede. Grito. Arranco as colchas da minha cama, atiro-as ao redor. Jogo o colchão do outro lado, poderia matar qualquer um que cruzasse comigo nesse momento.

"*Volto em breve*", foi a última coisa que ele me disse, as últimas palavras que ouvi saírem de sua boca.

Ele não voltou. Tentaram apagá-lo da minha memória.

— Onde você tá? Onde você tá? — repito para mim mesmo, desnorteado.

Faz quase duas semanas desde que descemos ao subsolo, desde que ele me deixou naquele túnel escuro para ir em busca do irmão. *O que aconteceu?*

Onde você tá?

De samba-canção e regata, saio correndo pelos corredores, como se minha vida dependesse disso. Preciso vê-lo, preciso ver *qualquer coisa* relacionada a ele.

Ele *deveria* ter voltado para mim, com ou sem Calvin.

Em vez disso, quem me encontrou foi...

Minhas entranhas se contraem.

Aquele filho da puta.

Há alguns garotos atrapalhando meu caminho; empurro-os para o lado e sigo em frente. Sigo em frente até sair dos dormitórios do segundo ano. Sigo em frente até chegar nos quartos dos calouros.

Entro no corredor de seu quarto; paro e prendo a respiração. Observo a porta ao longe, fechada. *Porra*. Nada disso faz sentido. Meus pés voltam a se mover, lentos. Um passo de cada vez. Alcanço a maçaneta. Minhas mãos pairam sobre o metal frio até tocá-lo.

Forço a maçaneta, mas está trancada. Soco a madeira.

— *Andrew?* — chamo, mesmo sabendo, no fundo, que é inútil.

Por que ele se trancaria no quarto esse tempo todo?

— Andrew, tá aí? — insisto, ansiando ouvir uma voz do outro lado; uma voz que diga *sim, seu desgraçado, vá embora* e *eu voltei* e *vou te dar um murro se continuar socando a porta*.

Ao invés disso, não ouço nada.

Onde você tá?

Me atiro contra a porta; uma, duas, cinco vezes; até as dobradiças cederem, até a madeira quebrar e a porta ruir.

Meu corpo inteiro dói pelo esforço. Quando finalmente entro no quarto, meus joelhos desabam sobre os restos da porta.

Não há nada no cômodo, absolutamente nada que o conecte de volta a Andrew. Cama, mesa de estudos, livros. Guarda-roupa. Nada. Foi limpo. Estéril. É como se nunca tivesse sido habitado, um lar de fantasmas e lembranças que se contorcem sobre si mesmas na minha mente.

Estou enlouquecendo.

Meus joelhos estão feridos pelos escombros. Sangro no chão.

Me levanto, caminho até o banheiro. A mesma coisa: ausência de vida, de rastros de vida.

Volto ao centro do cômodo, olho ao redor.

Nós estivemos aqui; eu, ele, Roberto, Elijah. E Liam. Estivemos aqui, logo antes do pior acontecer. Se eu pudesse voltar àquele momento...

Mas não posso.

Tudo o que posso fazer é encontrá-lo.

E eu vou. Juro que vou. Nem que tenha que revirar cada pedra deste castelo. Nem que tenha que afundar esta ilha.

Ele é meu.

E se alguém ousou tocar num fio de cabelo sequer...

Vai se arrepender amargamente.

* * *

Aperto a gravata enquanto cruzo a entrada da biblioteca.

O sinal da primeira aula já tocou. Estou atrasado. *Que se foda.*

Não tomei café hoje, não tenho estômago para isso. Minhas prioridades são outras.

Roberto deve estar confuso, se perguntando o que aconteceu. *Como vou explicar isso a ele?* Como vou explicar que Cynthia está apagando nossas memórias? Vai acreditar em mim? Ou vai insistir na confiança cega naquela vaca?

— Sr. White? — a múmia que guarda a biblioteca fala enquanto passo pelo balcão. — O que está fazendo aqui durante seu horário de aula?

— Não enche, Jones.

Não lhe dirijo um olhar sequer.

— Não fale comigo dessa forma, garoto. Você me deve respeito. — Apresso os passos, minha mandíbula tensa, prestes a se quebrar. — Volte aqui, Lucas. — Dá uma corridinha em minha direção. — Ou vou precisar informar o reitor Davies.

Rio, um riso amargo.

— Informe quem quiser do que quiser. E se quer apanhar, continue me seguindo.

O velho é sábio o suficiente pra estacar, me observando sumir entre as estantes.

Odeio admitir quando estou nervoso, quando estou com medo. Agora, estou. Não só isso; estou *angustiado* e *desesperado* e *me eviscerando.*

Se eu tivesse persistido apesar da dor, se não tivesse me rendido como um miserável qualquer naquele túnel, se tivesse o acompanhado... nada disso teria acontecido, eu o teria protegido, *sei que teria.*

Como posso ser tão inútil?

Como posso ser tão fraco?

Fecho os punhos com tanta força que sinto o corte na minha palma começar a sangrar, as bandagens umedecendo; estou anestesiado pela adrenalina, então sofrerei as consequências da dor mais tarde.

Se não consegue proteger um garoto neste lugar, como espera proteger sua família lá fora?

Lágrimas de raiva se acumulam nos meus olhos.

Corro entre as estantes até a luz da entrada se tornar escassa. Paro e ligo os abajures das paredes.

Espere só mais um pouco, Andrew. Estou chegando.

Volto a correr, a escuridão se tornando cada vez mais intensa, mais intimidante. Os livros se tornam mais surrados e grossos, não há uma alma viva sequer nesses corredores.

Devo estar perto da entrada do subsolo.

Eu vou consertar isso, vou consertar isso, vou consertar...

Meus pés param no chão, incapazes de darem sequer mais um passo. Meu queixo pesa e minha boca abre. Cada músculo em meu corpo enrijece.

Não. Suspiro. *Não. Não, não, não.*

A biblioteca *acabou*, uma última parede delimitando seu perímetro — uma parede onde, antes, estava a entrada para o subsolo.

(EU VEJO GENTE MORTA)

VOU CHAMAR OS CAÇA-FANTASMAS

Lucas

1 dia atrás

Me atiro contra a barreira de tijolos e cimento inacabada. Ainda não foi rebocada, a reforma é recente. Toco-a, me certificando de que é verdadeira, de que não estou enlouquecendo. A superfície é fria e irregular sob meus dedos. Com ambas as mãos, tento empurrá-la, grunhindo e pedindo que, por favor, eu esteja sonhando, que este seja apenas mais um pesadelo.

Mas ela não se move, estática, inabalável. Soco, soco e soco, até os nós dos meus dedos se dilacerarem nas extremidades de cimento salientes.

Ele está do outro lado, sei que está; perdido naquele breu infindável, se perguntando se estou vivo; e, se estou, por que não voltei pra salvá-lo. Me odeia agora? Espero que odeie, *precisa* me odiar. Porque, se odeia, quer dizer que ainda está vivo.

Não consigo imaginar o outro cenário, aquele em que...

Oh, não.

— Olá, Lucas. — Uma voz soa atrás de mim, no pior momento possível. — Sei que tá matando aula. Tô aqui pra te buscar.

Não me viro, não tenho a sanidade para fazê-lo. Se virar, provavelmente vou rasgar sua cabeça em dois, de orelha a orelha.

— Vai embora — rosno.

Ele faz exatamente o contrário. Se aproxima até estar ao meu lado. Toca a parede, arrastando a palma sobre os tijolos.

Miro-o de soslaio e preciso de todo o meu autocontrole para não o atacar.

— Meu pai achou conveniente fazer algumas reformas no castelo para modernizá-lo, sabe? A biblioteca, em particular, ficou mais... aconchegante. Ninguém visitava muito esses corredores de qualquer forma, então — se aproxima ainda mais, sussurrando — foram reduzidos. O que acha? — E me olha, curioso.

Meus punhos cerrados se arrastam pela barreira.

Construíram essa merda para prendê-lo lá; enquanto brincavam com minha mente, apagando sua existência das minhas memórias, construíram a parede para me impedir de chegar até ele. Porque sabiam. Sabiam que, uma hora ou outra, eu ia me libertar, eu ia me lembrar...

Mas sabiam que aconteceria tão cedo?
Liam tá aqui pra me testar?

Preciso me controlar, preciso vestir a melhor máscara de condescendência que tenho à disposição. Mas como fazer isso quando quero incendiar o mundo?

Oh, Deus.

Limpo a garganta, pisco várias vezes, engulo minha ira. Escondo os punhos nos bolsos, encaro meu adversário nesse duelo de aparências.

— É só uma parede. Tava procurando um livro, acabei me perdendo.

Ele semicerra os olhos.

— A biblioteca costumava ser muito maior mesmo. Muitas estantes foram movidas para a seção sul. — Então, desconfiado: — O sr. Jones não te falou isso?

— O sr. Jones tá cagando pra mim.

Parece pouco impressionado.

— Claro. — Em silêncio, observa as cicatrizes em meu rosto por um longo tempo.

Em meio à penumbra, o único ruído é o das lâmpadas incandescentes nos abajures. Sob a iluminação amarela e escassa, os traços finos de Liam parecem mais brutos.

— É a segunda vez que me olha assim. Se quiser me dar, é só falar, *loirinho*.

Ele ri e desvia o olhar para o lado.

— Desculpa, é hábito. Não é todo dia que se vê um Lucas White surrado, afinal de contas. Mas é bom que esteja se recuperando bem. Só quero seu melhor, acredite ou não. Todos nós queremos. — As palavras ecoam entre nós, afiadas. Há certa malignidade em seu sorriso enquanto se aproxima, passos lentos. — Tomou suas pílulas hoje?

É a gota d'água. Seguro seu pescoço, meus dedos dando uma volta inteira na garganta, e aperto; aperto até ele arregalar os olhos e perceber que cruzou uma linha.

— O que você tá... — fala num tom esganiçado, quase sem voz.

Forço-o a se ajoelhar.

— Não sei se esqueceu com quem tá falando, mas vou te relembrar com toda a alegria do mundo. — Ele segura meu braço, puxando e puxando. É inútil. — Se tentar me ridicularizar de novo com essas perguntinhas, vou arrancar a pele da sua cara e usá-la como uma máscara. Não vai ter papaizinho que te salve, filho da puta — vocifero contra seu rosto.

Solto-o.

Ele cai no chão, ofegante, buscando ar. Segura o próprio pescoço, me fita com um ódio visceral. *Bom*.

— Por que veio atrás de mim? — pergunto.

Ainda no chão, ele responde:

— A srta. Rivera não quis começar a aula sem você — e sua voz sai mais ríspida do que o normal. Esfrega a garganta. — Me voluntariei pra te procurar. De alguma forma estranha... — revira os olhos — sabia exatamente onde iria te encontrar.

Sorrio, sem humor algum.

— Parece que alguém tem o sexto sentido por aqui. *"Eu vejo gente morta"* — ironizo. — Toma cuidado, Liam, ou vou chamar os Caça-Fantasmas pra cuidarem de você.

Estendo uma mão. Ele a fita com desconfiança, mas então a aceita. Ajudo-o a se levantar. Bem próximo, arrumo seu colarinho.

— Obrigado — ele diz quando termino.

— Disponha; agora, você me deve uma.

— Te devo uma?

— Por não partir seu nariz em dois aqui. Não tem ideia de como cheguei perto. — Inspiro fundo. — Não tem ideia...

Ele dá um passo para trás.

— Você é um psicopata.

— E você não deveria sair por aí atrás de psicopatas. Seu papai não te ensinou isso?

Logo, o Liam arrogante de sempre está de volta:

— Que livro você tava procurando pra acabar se perdendo desse jeito?

— Hm...

Miro a estante mais próxima, um dos nomes na lombada é familiar. Puxo-o.

— Esse aqui. Que engraçado, tava logo aqui.

— *Carrie*? — Tenta tirá-lo da minha mão. Impeço-o e lhe devolvo um olhar de reprovação. Liam suspira, contrariado. — Gosta de Stephen King?

— Adoro Stefen King. Esse é o meu livro preferido dele.

Começo a caminhar de volta ao salão principal da biblioteca. Liam me segue de perto, uma sombra.

— Steven — resmunga depois de um tempo. — Se pronuncia Steven, não Stefen.

— Quem se importa, cara?

— Você. Achei que era um fã.

Meu coração palpita.

Isso é ridículo. Não deveria me sentir intimidado por *Liam Davies*, porra. Mas foi ele que me deixou desacordado no subsolo; sem dúvidas, suas mãos estão sujas com o sangue de Andrew e Calvin. Tá nessa merda, junto com seu pai. E agora aqui, monitorando meu consumo dos remédios. Preciso tomar cuidado com o desgraçado.

— Tanto faz — murmuro.

Um silêncio tenso se eleva entre nós, o barulho de nossos sapatos no chão sendo a única coisa a cortá-lo.

Liam resolve tirar algo do peito:

— Sabe, não entendo por que me trata desse jeito. — Pela visão periférica, vejo-o esfregando a garganta. — Podemos não ser os melhores amigos do mundo, mas somos da mesma classe, e você me preocupa, Lucas. Você e Roberto, pra ser mais exato. Alguns dias atrás, no café... pareciam um pouco perturbados.

— Estamos muito bem sem a sua preocupação, obrigado.

— Estão mesmo? — replica, num tom sugestivo.

Paro e me volto para ele, punhos cerrados.

Liam ergue as mãos no ar em rendição.

— Não tô tentando te provocar de novo, prometo. — Dá um passo para trás. — Só tentando entender algumas coisas.

Não é você que precisa entender algo por aqui.

Arqueio as sobrancelhas.

— Isso é tudo o que tinha pra falar comigo?

Ele abaixa as mãos, empinando o queixo.

— O que tá insinuando?

Que você prendeu Andrew naquela merda de lugar e, então, seu pai construiu uma parede pra nos impedir de resgatá-lo.

Como pode ser tão dissimulado?

— Nada. — Volto a caminhar. A entrada da biblioteca está próxima. — Se eu souber que esteve me seguindo mais uma vez, perderá alguns dentes.

— Não tenho medo de você, sabia? Late, late, late, mas, como todo cãozinho adestrado, perdeu a capacidade de morder há muito tempo. — O loiro desgraçado apressa o passo, passando por mim e me dando as costas. — Tome cuidado com os cantos escuros, Lucas — comenta sobre o ombro. — Dizem que criaturas demoníacas rondam por esses corredores. Costumava acreditar que eram só histórias pra assustar os calouros. Agora... não tenho mais tanta certeza.

— Tá me ameaçando?

Ele solta uma risadinha, mas não responde, se afastando de vez.

Paro, imerso na penumbra. Observo-o entrar no salão principal e logo deixar a biblioteca. Minha boca está seca; meu coração, acelerado. Sem a distração desagradável de Liam, o choque da parede volta a me afetar.

Como vou chegar a Andrew agora? Existe outro acesso ao subsolo? Qual é o interesse do diretor e de seu maldito filho com ele? Com Calvin?

Por que Liam me trouxe de volta dos túneis, em vez de simplesmente me matar quando teve a oportunidade?

Em quem posso confiar? A quem posso pedir ajuda?

"Meu pai me deixou completamente sozinho. Ele disse que não tinha um filho chamado Andrew", ele me contou no quarto. Então, seu pai está fora de cogitação. *Será que também está envolvido nisso?*

Merda.

Sei que Wyatt, Liam, Cynthia e Colter estão, com certeza; todos conspiraram para prender os dois irmãos no subsolo. Mas quem mais? Não posso acreditar que tudo isso seja o trabalho de quatro pessoas.

E o mais importante: *por quê? O que Andrew e Calvin fizeram pra merecer isso?*

São perguntas demais, perguntas que me intimidam. Estou perdido; e, pior: ilhado. A polícia não será de ajuda alguma — assim que pisarem aqui, o diretor e os outros envolvidos vão encobrir tudo. Quem acreditaria em mim, e não neles? *Em mim?* O filho da puta com histórico de arranjar confusão e destruir tudo que encontra pela frente? Eu estaria morto numa vala assim que os helicópteros de ajuda fossem embora, descartando a denúncia como uma tentativa de trote. É inútil contatar qualquer pessoa fora da ilha. Se quero salvar Andrew, preciso fazer isso sozinho. Roberto é o único em quem posso confiar — e, mesmo assim, ainda preciso desmamá-lo da porra das pílulas.

Caralho.

Foi assim que Andrew se sentiu enquanto buscava por Calvin?

"*Quero te ajudar*", disse a ele naquele vestiário, antes de perceber que estava realmente apaixonado.

E eu vou.

Ninguém vai manter o amor da minha vida afastado de mim por muito tempo.

Wyatt, Liam, Cynthia e toda a sua tropa de psicopatas vão perceber que mexeram com um monstro maior que eles.

Nem mesmo o Diabo vai ser capaz de me parar.

VSF ROBERTO

Lucas

1 dia atrás

Educação Física.

É a segunda aula da manhã.

Basquete. Veteranos contra calouros.

Tantos rostos socáveis, mas só um deles me interessa.

Está no time adversário, tentando um drible aqui, outro ali; perdendo a bola todas as vezes. Ainda não tive tempo hábil para encurralá-lo e falar tudo o que descobri — na verdade, sequer sei o que vou dizer para convencê-lo do que está acontecendo.

Acho que vou ter que usar o bom e velho charme do Lucas.

Enquanto isso, continuamos jogando. Minha mente está distante; mesmo assim, consigo roubar pelo menos uma dúzia de seus passes. *Trágico.*

Roberto faz seu *melhor* durante a partida, mas seu melhor é uma *vergonha*; os veteranos ganham de lavada, sem esforço algum; a masculinidade dos calouros escorre pelo chão junto de seu orgulho.

Quando a sirene ecoa, Roberto desaba no centro da quadra, hiperventilando, exausto. Quase sinto pena do desgraçado.

Me aproximo e lhe estendo uma mão, abrindo um sorriso cínico.

— Graças a Deus você não tava no meu time.

Ele aceita minha ajuda, logo está em pé novamente.

— Do que tá falando? Eu fui bem pra caralho — diz entre uma respiração entrecortada e outra.

Retiramos nossas camisas e caminhamos em direção ao vestiário, um pouco atrás dos outros caras.

— Comparado ao resto do seu time, até que foi. O problema é que seu time é uma merda.

— Não somos tão ruins.

— Prestou atenção no jogo que acabamos de jogar?

— O que não temos em habilidade compensamos com... *espírito*. Rio.

— É, e todo esse espírito não vai te salvar de levar uma surra ainda pior da próxima vez.

— Vamos ver. — Ergue uma sobrancelha, me desafiando.

Canalha.

Entramos no vestiário, pegamos toalhas e sabonetes; esperamos. Os chuveiros estão lotados; serão dez minutos, no mínimo, até conseguirmos lavar todo esse suor.

Nossos armários ficam lado a lado. Ele abre o dele, eu abro o meu. Deixo minha toalha sobre o ombro. Olho ao redor, o corredor está relativamente vazio, apenas dois caras com toalhas enroladas na cintura sentados no banco ao longe. *Bom.*

— Onde tão suas pílulas? — sussurro para Roberto, meu olhar ainda centrado ao nosso entorno.

Ele franze o cenho, surpreso.

— Finalmente se deu conta da doideira que fez no terraço? É um milagre que você ainda esteja vivo. — Vasculha as coisas no armário bagunçado até encontrar o frasco. Ele o balança, mexendo as pílulas, e atrai minha atenção. — Podemos dividir esse, depois eu mesmo vou na Cynthia pegar um novo. — Me oferece o pequeno recipiente amarelo. Quando ameaço pegá-lo, ele o recolhe. — Espera, seu olhar é suspeito. Você vai mesmo *tomar* as cápsulas, né? O que tá passando pela sua cabeça?

Outros caras chegam no corredor, caminhando próximos a nós. Os murmúrios de suas conversas — e, mais ao longe, o chiar dos chuveiros — preenchem o vestiário úmido e quente.

— Precisamos jogar elas fora. — Me aproximo e sussurro ainda mais baixo: — Aqui, me dá. — Incito a me entregar a medicação demoníaca.

Roberto revira os olhos.

— Não, Lucas. — Atira o frasco de volta no armário e fecha a porta. — Você tá completamente fora de si.

Parto para o *charme de Lucas*:

— Me dê as pílulas antes que eu perca a paciência e você ganhe alguns ossos quebrados.

Inacreditavelmente, ele falha.

— Não vou te dar nada. Você é impossível.

— *Me ouve:* — rosno, chegando tão próximo que nossas testas quase encostam — hoje de manhã... hoje de manhã, eu acordei diferente. Aqueles apagões de memória que tinha te falado — enfio um indicador em seu peito —, que você também tem, merda, acabaram, *todos*. Me lembrei de tudo ao longo dos últimos dias, os dias que fiquei sem tomar essas coisas. — Respiro fundo e analiso nosso entorno mais uma vez. Ninguém parece particularmente interessado na nossa conversa. Me sinto confortável o suficiente para erguer o tom: — Roberto, são as pílulas, droga. Algo nessa merda tá mexendo com nossas cabeças. Cynthia fez isso de propósito.

Ele não me dá bola alguma.

— Só cala a boca, Lucas.

Vira de costas, se afastando.

Corro até estar em sua frente outra vez.

— Escuta o que eu tô falando, caralho. — Há um breve momento em que parece prestes a me empurrar do caminho. Está frustrado. Por sorte, *sua* sorte, ele desiste da ideia e se recosta nos armários fechados, derrotado. — Andrew. Elijah.

— O quê?

Seu rosto se contrai — não em confusão, mas em *descrença*.

— Esses nomes são familiares, não são? — insisto. Ele se afasta um pouco, a pressão o deixando desconfortável. Graças aos céus, Roberto é incapaz de esconder suas emoções. — Sei pela sua cara que são.

Tenta correr mais uma vez.

Impeço-o mais uma vez.

— Por que tá sendo tão evasivo?

Ele fecha os olhos e suspira.

— Só quero tomar banho — responde aborrecido.

— Olha pra mim. — Roberto obedece. — Eles eram nossos amigos. Elijah era seu colega de quarto. Acho que vocês se comiam de vez em quando, não tenho certeza.

— Mas de que merda você tá falando? Lucas, você tá se escutando?

— Andrew era da sua turma. Você e Elijah conheceram ele antes de mim. Eram um triozinho, não do tipo divertido. O irmão do Andrew sumiu na festa de boas-vindas; ele tava tentando encontrá-lo. Vocês tavam ajudando, caralho, assim como eu.

— Você? *Ajudando* alguém?

— Sim, filho da puta. Assim como tô tentando fazer com você agora. E não me vem com esse sarcasmozinho barato porque sabe que tô falando a verdade. Aí dentro, em algum lugar, sabe que tô.

E ele vacila, pela primeira vez. Abre a boca, mas não consegue responder de imediato. Teimoso, tão teimoso.

Também sou assim?

Jesus, preciso mudar meu comportamento com urgência.

— Você não ajuda ninguém, Lucas, só atrapalha. Você é o cara que atormenta calouros por diversão. Se tem um vilão nesse lugar todo... é você.

— Sério? Vai jogar tão baixo? As quase duas semanas que temos andado juntos não significam nada pra você? Nossa conversa no banheiro? O que eu te disse sobre minha família no terraço? — O arrependimento cintila em suas íris. Ele abre a boca para se desculpar, mas sou mais rápido: — Você mesmo disse que não fazia ideia do motivo pelo qual quer andar comigo. Esse é o motivo. *Andrew*. Ele *fez* a gente se aproximar.

— E onde tá esse tal de Andrew agora?

— Eu não sei, merda, é isso que tô tentando te falar. Ele desapareceu. A última vez que o vi foi lá embaixo, no subsolo do castelo, enquanto estávamos tentando achar o irmão dele, logo depois de você ver...

— Ver?

— Hm.
— Ah, vai se calar agora? *Agora?*
— Têm coisas ainda mais estranhas do que esse desaparecimento, Roberto, tem... pessoas... que não são *bem*... hmm... pessoas. Elijah é uma delas. Vocês dois tavam juntos, como eu falei, e achamos o corpo dele num sarcófago, superpreservado, como se tivesse morrido ontem. Mas o Elijah de verdade, pelo menos eu *acho* que é o de verdade, tava bem do nosso lado. Ele sumiu logo depois, de um jeito bizarro...

Roberto arregala os olhos, rindo, incrédulo.

— E você quer mesmo me convencer de que não tá doidão? Tem certeza de que não misturou um pouco de LSD no seu café essa manhã? Não tava no refeitório mesmo.

— Tô dizendo a verdade, seu puto.

— Lucas, Lucas. — Ele segura meus ombros, como se *eu* precisasse de afirmação, como se *eu* fosse o perdido aqui. — Andrew... não existe, tudo bem? *Elijah* é só um nome que você inventou. Acho que eu lembraria de ter um colega de quarto, ou de ter ajudado alguém a encontrar o irmão desaparecido.

— Você não lembra de merda nenhuma, e esse é o problema. Como pode ser tão cego? As dores de cabeça, os apagões, o garoto de cabelo branco... Roberto, é *ele*, é Elijah. Ele ainda tá por aqui, ou são as memórias escapando do confinamento. Cynthia é tão inútil que nem apagar nossas memórias direito ela consegue fazer.

— E por que *alguém* teria o trabalho de apagar nossas memórias?

— Pra que não interferíssemos mais no que quer que esteja acontecendo. Acho que queriam Calvin, e Andrew acabou se metendo onde não devia. Agora, prenderam os dois, e a gente é só efeito colateral.

— Bom, Lucas, então vamos ser exatamente isso: efeitos colaterais. A vida já tá bem complicada nessa desgraça de lugar do jeito que tá; jogar meninos-fantasma e irmãos desaparecidos no meio não vai melhorar em nada. Eu nunca devia ter te contado sobre a porra das minhas alucinações, e você não devia ter se livrado do seu remédio. Cynthia tava certa. Faz uma semana que não vejo mais aquele garoto, era um *delírio* temporário, entendeu? Como uma dor de barriga. Só isso. E quer saber? Vou na enfermaria agora pegar um frasco novo pra você.

— Você *não* vai voltar na enfermaria sozinho, já te disse isso. E nós somos *amigos* deles, caramba... — Inspiro fundo, começando a perder fé. — O Roberto de antes nunca diria uma coisa dessas, nunca sequer consideraria a ideia de deixar seus amigos apodrecerem no cu desse castelo, ou ainda pior... serem assassinados pelo maldito diretor e seus capangas.

— O Roberto do qual tá falando — nega com a cabeça — não existe, Lucas. Assim como todos esses outros caras...

Algo pesado e ácido começa a se espalhar pelo meu peito. É decepção.

— É... — balbucio — talvez esteja certo.

— Tudo bem aqui, garotos? — O professor de basquete cruza o corredor e se aproxima.

— Claro, sr. Loewenstein. — É Roberto quem responde, sempre cordial, sempre... ignorante.

Como eu fui idiota de imaginar que poderia convencê-lo de qualquer coisa com palavras? Devia apenas ter arrancado a merda do frasco de suas mãos e jogado na privada.

Forço um sorriso azedo para o professor de meia-idade. Não tenho nada a dizer.

— Se apressem com o banho — ele comanda, sem necessidade. Quando termina a fala, já estou caminhando em direção aos chuveiros.

Sozinho.
Sempre sozinho.

* * *

Ainda há uma pessoa que pode me ajudar a encontrar Andrew, no entanto.

E estou cansado de bancar o bonzinho.

PILANTRA

Lucas

1 dia atrás

Sento-me na cama de baixo do beliche, a escuridão me envolvendo como um tecido. As cortinas estão abertas, a luz da lua derramando-se sobre o chão de madeira, no meio do caminho entre a cama e a porta. Ameacei castrar seu colega de quarto caso não sumisse daqui por algumas horas. É essencial que o pegue sozinho. Não me movo, não pisco, sequer respiro durante muito tempo. A lâmina está firme em minha mão, não balança em momento algum.

O silêncio do cômodo é cortado somente pelo assovio da brisa — violenta esta noite.

Encaro a porta. Encaro. Encaro até meus olhos se cansarem, ressecados. Sou forçado a piscar e, quando o faço, a maçaneta gira.

Observo a porta se abrir, a figura entrar no quarto sem uma preocupação no mundo. Está cabisbaixo — pensando seriamente em algo; carrega a mochila em um dos ombros; os fios longos balançam diante do vento.

Ele mira a janela, confusão dançando em seu rosto. *Eu deixei isso aberto quando saí? Como sou idiota.* Fecha a porta e passa reto pelo interruptor. Caminha até a janela. Segura-a pela base, pronto para puxá-la e fechá-la.

— Não se mexa. — Suspiro, pouco mais alto do que o barulho do vento. Minha voz ecoa no pequeno cômodo, ríspida e absoluta; sobrenatural; a voz do monstro que se esconde debaixo da cama.

Assustado, ele se vira em minha direção; mira a escuridão, o olhar estreito, tentando discernir os limites do monstro que o espera. É engraçado. Por um breve instante, há medo em seu rosto; um medo... imobilizante.

— Tem medo do escuro, loirinho?

Me levanto e dou alguns passos à frente, até estar sob a luz da janela. Liam cambaleia para trás, mas é muito lento. Seguro-o pelos cabelos da nuca, encosto minha lâmina em sua garganta.

— Lucas... — murmura, e o medo dissolve-se em seu semblante, passa a algo mais... *ordinário*.

Se não de mim, então do que estava com medo?

— Não fale — ordeno com frieza, afiado como a faca que roça a pele sensível do filho da puta —, a menos que eu mande explicitamente. Entendido? — Sob o capuz escuro, parte do meu rosto está escondido. Ele busca meus olhos, mas não consegue encontrá-los. Demora mais do que o esperado para assentir. — Coloque sua mochila no chão, devagar, e a chute para baixo da mesa.

— Lucas, podemos conversar...

— Você *quer* essa faca no seu pescocinho? — Afundo a lâmina sobre o pomo de adão, apenas o suficiente para tirar um fio de sangue. O líquido fino desce pelo seu pescoço. — Posso retalhar sua garganta bem aqui, sem remorso algum, e atirar seu corpo pela janela. Liam? Liam seria apenas uma pilha de ossos e carne nas rochas lá embaixo. *Quer isso?* — Sem ter para onde fugir, ele fecha os olhos com força e balança a cabeça freneticamente, quase sem se mexer, evitando raspar ainda mais a pele na lâmina. — Então poderemos ter uma conversa amigável. — Afasto a faca, o suficiente para aliviar a pressão em seu pescoço. — Viu? Tudo depende da sua cooperação.

— Minha cooperação? — ele vocifera, sua expressão um misto de fúria e angústia. Abre os olhos e encara a ponta da lâmina. — Lucas, sinto muito se te chateei por alguma coisa...

— Lembro de tudo, Liam. — Ele arregala os olhos. — Quem acha que eu sou? Um animal na coleira? Uma cobaia pros seus experimentos sádicos?

— Não. Não, eu juro — diz numa só expiração. Pela proximidade, posso sentir seu coração galopando no peito.

Puxo os fios de sua nuca com mais força, forçando algumas lágrimas a escaparem.

— Você me deu um chute no queixo lá embaixo, me desacordou. O que aconteceu depois? Enquanto eu tava inconsciente? Me carregou de volta pro castelo? As pílulas foram ideia sua? — Liam me encara em silêncio. Suas íris se distanciam, voltando àquela noite. — Andrew. O que fez com ele? O que *aconteceu* com ele? — insisto. A lâmina volta a pressionar sua garganta, sobre o mesmo corte que já abrira. — Juro por Deus, se mentir pra mim... — Minha raiva preenche o quarto inteiro.

Liam não mente. Faz pior:

— Andrew? — repete com desdém. Força um sorriso desorientado. — Lucas, de quem você tá falando? Não tá tomando seus remédios?

Chuto seus joelhos com força, quase quebrando a articulação. Ele desmorona no chão. Me posiciono às suas costas, em pé, puxando sua cabeça para trás. Coloco a ponta da faca na depressão sob a mandíbula, próximo à orelha.

— Te avisei o que aconteceria se viesse com esse papinho de novo. Não precisa de toda essa pele na sua cara, precisa?

Ameaço iniciar o esfolamento.

— Okay, okay — ele choraminga —, desculpa.

Me agacho, aproximando os lábios de seu ouvido, fitando-o de lado, como um demônio.

Liam treme e começa a suar; a gravidade da situação finalmente penetra seu crânio vazio.

— Não teste mais a minha paciência — digo delicadamente. — O que aconteceu com Andrew? *Onde ele* tá? Por que, de verdade, seu papaizinho construiu aquela parede na biblioteca? Foi pra me impedir de chegar até ele? Vocês acham mesmo que alguns tijolos vão me impedir? — Liam se debate, e tudo o que consegue é um novo corte na garganta. — Gosta de se esfregar na minha faca, né? Pode confessar, não vou dizer pra ninguém. Somos só você e eu aqui, Liamzinho, pode deixar seus desejos mais carnais virem à tona. Sempre quis me pegar sozinho, né? Sei que sim. Herdei isso do meu pai; é o *efeito White*, nenhum puto resiste. — Ele continua em silêncio, a dor em sua face dando espaço à ira. — Não, não, não, Liamzinho, raiva não combina com você, te deixa feio. Não é isso que quero ver no seu rosto. Vamos lá. — Pressiono a faca contra sua jugular. — Se eu cortar aqui, sabe o que acontece? Você sangra nesse quarto como um porco. Eu vou ser a única testemunha.

— Tira essa coisa de perto de mim — rosna.

— Então me diz a verdade. O que aconteceu com Andrew? E Elijah? E Calvin?

— Por que se importa? Ele não é nada pra você. Você tá vivo, devia ser grato por isso.

Encaro o fundo de seus olhos, o mar azul opaco, a parte branca, agora vermelha pelo estresse. Pondero, e pondero, e pondero. Ele está tentando ganhar tempo, enrolando até achar uma abertura para se libertar. Não pretende me contar porra nenhuma. *Merda*.

Volto a me levantar; ainda agarrando seus fios, curvo sua nuca para trás até o limite — mais um pouco e a espinha se parte em dois. Exponho seu pescoço totalmente à minha lâmina.

— Últimas palavras?

Ele me fita dessa posição desconfortável.

— Achei que ia me estripar durante a noite toda.

Cuspo no chão, ao seu lado.

— Não vale a pena, tô operando em estado de emergência aqui. Se não vai falar nada, você é tão útil pra mim quanto uma camisinha usada. Pior, até. Uma camisinha, pelo menos, em algum momento foi útil.

— Obrigado pelo elogio. — Abre um sorriso largo, cheio de dentes. Sob a iluminação parcial da janela, sua expressão é macabra.

— *Essas* são suas últimas palavras? — O sorriso morre, mas ele não responde. — Você é mesmo uma obra de arte.

Me preparo para o arrastar final da lâmina, retalhando carne, pele e cartilagem.

— Espera, espera. — O sarcasmo se decompõe. Rapidamente, volta a ser o mesmo garotinho assustado encarando a escuridão sem saber o que estava vendo. A lâmina paira inerte, um milésimo de segundo antes de fazer seu trabalho. — Se você tá tão disposto a arriscar a própria vida por ele... — As palavras saem forçadas, amargas, mas saem. Ouço com cuidado. — Andrew tá preso no subsolo. Ele não saiu de lá.

Empurro sua cabeça para frente, ele cai de bruços no chão. Eu me viro em direção à janela, mordo meu próprio punho. Apesar de não me surpreender, a revelação ainda é como um soco cruel no queixo. *Tão cruel. Meu Andrew, naquele lugar...*

Ninguém merecia passar por isso, especialmente alguém que estava apenas tentando salvar o irmão.

Chuto o estômago de Liam com toda a força que tenho, enfurecido.

— *Ah!* — Liam grita alto. Entra em posição fetal. — Por que fez isso?

— Quase duas semanas? — Aponto a faca para o seu rosto. — Deixou ele lá por quase duas semanas? *Por quê?* — esbravejo e o chuto de novo, por cima dos braços e tudo.

Liam se arrasta para trás, até alcançar uma parede, apavorado. Ele se levanta usando a parede de apoio. Estende as duas mãos à frente, tentando me manter longe.

— E-Eles precisam estar lá, tudo bem? Não consegue me entender? Acha que *eu*, sozinho, fui o responsável por isso? Acha que você, *você*, pode salvá-lo? Tire a cabeça do próprio rabo e olhe ao redor, Lucas. Eu tava seguindo ordens. Tem muito em jogo com esses dois garotos, muita gente envolvida nisso tudo. Nosso maldito futuro depende de Andrew e Calvin ficarem exatamente onde estão.

— Teve o sangue-frio de traí-lo *desse* jeito?

— Não — se apressa a responder —, não *só* eu — corrige.

— Você é um maldito verme.

Viro de costas outra vez, a mente dando voltas e voltas.

— Há um propósito... — Liam continua. — Andrew e Calvin têm um propósito a servir neste lugar, Lucas, e ninguém... ninguém pode impedi-los de cumpri-lo, não importa o quão importante se ache.

Volto a encará-lo.

— E você vai me contar qual é? Hm? Esse "propósito"?

Ele pensa por um segundo.

— Vou fazer melhor. — Se afasta da parede e dá um passo em minha direção, os dedos entrelaçados como numa prece. — Vou te levar até ele.

— Como? — desconfio.

— Tem outra entrada pro subsolo.

— Onde?

Liam aperta os lábios.

— Se eu te contar, você vai só me matar e seguir em frente. Vou te *mostrar*, pra garantir que não me mate agora. Depois, você vai me soltar. — Há ansiedade em sua voz, uma vulnerabilidade que não apaga minhas dúvidas sobre suas intenções.

É Liam, é claro que ele não é confiável; deve ter algum outro esquema traçado nessa cabecinha traiçoeira.

Mas, agora, é minha única opção.

Aperto o cabo da faca.

— Não brinque comigo.

— Já percebi que essa é uma má ideia. Tô falando a verdade, Lucas. Vou te ajudar. — Ele se aproxima um pouco mais. — Se quer rever Andrew, esse é o único jeito.

— Não confio em você.

— Não me importo, *nunca* me importei com você, Lucas. Sempre tão... violentamente ordinário. Isso é uma vantagem agora, só quero que suma da minha vida o quanto antes. Te mandar pro mesmo lugar em que Andrew está é, na verdade, o jeito mais simples de conseguir isso. Se quer se sacrificar, o problema é seu, não vou mais me opor.

A saliva desce amarga pela minha garganta, suas palavras me afetando mais do que deviam. Talvez eu esteja sendo impulsivo, talvez devesse pisar no freio e estudar outras formas de chegar a Andrew. Mas não sei por mais quanto tempo posso esperar, se ele sequer ainda está...

— No fundo, você também sabe que não tem nada de especial. Por isso, se esforça tanto pra chamar a atenção daqueles ao seu redor, em perturbar a paz, transformar a vivência de todos num inferno. As tatuagens, a agressividade, a falta de educação. O *bad boy* é só uma farsa. Não passa de um bebê chorando, faminto pelo afeto que nunca vai ter — diz convicto, soberba escorrendo pelos cantos dos lábios como o veneno de uma víbora. — Sua máscara não é tão eficaz quanto imagina.

Inspiro fundo, me permito um momento de reflexão. Lá fora, a brisa continua violenta; aqui dentro, a escuridão é reveladora.

— Talvez eu não tenha nada de especial, talvez seja... violentamente ordinário. Talvez não mereça afeto, amor, amizade. Talvez seja um monstro. E talvez um monstro seja exatamente do que Andrew precise agora. — Solto uma lufada de ar pelo nariz. — Temos algumas coisas em comum, afinal de contas. Dois monstros. — Sorrio, petulante. — Mas, diferente de você, nunca traí as pessoas que amo.

Ele ri, amargurado.

— Amor? Que caralhos *você* sabe sobre amor? Sobre *devoção*?

— Muito mais do que você, aparentemente. Se eu não sou merecedor de afeto, Liam... então do que sequer podemos te chamar?

Seu semblante cínico se contorce devagar em fúria — que reprime.

— E qual é o seu plano? — questiona frio. — Ao menos *tem* um plano? Ou simplesmente acha que vai conseguir sair com Andrew e Calvin pela ilha? — Não respondo. — Você é tão ingênuo, tão estúpido. Acha que pode conquistar o mundo todo porque seu pai é o ex-presidente? Acha que pode comprar quem quiser com o dinheiro dele? Bom, tenho uma péssima notícia pra te dar: seu pai não vai poder te tirar dessa, não vai ter dinheiro ou poder no mundo que tire aqueles dois do buraco onde estão. *Isso...* isso é diferente. Tudo bem se não tem medo de mim, se acha que sou só uma pedra no seu caminho. Mas devia ter medo *deles*.

— De quem caralhos tá falando?

A resposta está na ponta da língua, mas ele a engole. Mira a faca em minhas mãos, receoso.

— Acho que vai ser mais divertido quando você vir com os próprios olhos. Se eu contar, não vai acreditar de qualquer jeito. — Os olhos sobem até os meus. — Não deveria, mas vou insistir mais uma vez: esqueça essa merda, esqueça Andrew. Você pode viver uma vida normal, terminar esse semestre e voltar pra casa, são e salvo. Não tem alguém lá fora que precise de você? — Enrijeço. Ele sabe quais feridas apertar. — Como acha que essa pessoa vai ficar quando você não voltar mais? Vale mesmo a pena arriscar sua vida por Andrew? Confie em mim: ele *não* gosta de você como imagina. — Minhas entranhas se reviram. — Sabe disso, não sabe? Ele ia *me* escolher, pretendia ser *meu*. Você sempre foi dispensável pra ele. — E segue me encarando, esperando uma reação que não vem. Já estou insensível às suas provocações. — Você tá lidando com o *Diabo* aqui, Lucas. Com o *Seu* desejo.

— Diabo? — Encerro a distância entre nossos corpos e levanto a barra de sua camisa, pressionando a ponta da lâmina contra o abdome. — *Eu* sou seu Diabo agora. — Fito suas íris de tão perto que posso ouvir seu coração palpitando. — Me leve até Andrew, antes que eu abra seu estômago e arranque as tripas pra fora com minhas próprias mãos.

DADDY ISSUES

Lucas

1 dia atrás

A faca está firme em suas costas.

Descemos as escadarias de rocha do castelo, caminhando em direção à floresta. Há uma breve clareira entre a pedra que sustenta o prédio do colégio e a vegetação alta da ilha. Observo as árvores imponentes e densas, misteriosas sob a luz da lua. Além de nossos passos, o único som ao redor é o de animais noturnos — as corujas são, em particular, escandalosas. Se você se concentrar, pode ouvir o quebrar das ondas ao longe, muito longe.

Descemos os últimos degraus e estamos na clareira. Olho para cima, o castelo se ergue sobre nossas cabeças, as torres mais altas parecendo tocar o céu. Nem se tentasse conseguiria discernir o balaústre no qual balancei meus pés dias atrás.

Na clareira, acerto a nuca de Liam com o cabo da faca. Ele cambaleia para a frente.

— Caralho... — resmunga, esfregando o local do golpe. Ele me observa sobre o ombro, ainda sob a ameaça da faca. — Por que fez isso?

— Devia ter arrumado uma desculpa melhor pra passar pelo segurança da recepção.

Nossos pés afundam nas gramíneas. Estamos contornando o castelo a oeste.

— O que mais eu poderia dizer pra convencer ele a me deixar sair do castelo, no meio da noite, *acompanhado*?

Liam volta a encarar o caminho em frente. Sombras dançam à nossa volta.

— Levar caras pra transar na floresta é algo que você faz diariamente, então?

— Não — responde rápido. — Mas foi o melhor que pude improvisar na hora.

— Foi mesmo? Não sei, acho que aquela teoria de que você sempre quis me pegar sozinho não é tão absurda afinal de contas. — Vejo seus ombros se tensionarem. Controlo um sorriso de satisfação. — Estamos no matinho, Liam, é a sua chance; abaixa a calça, vamos acabar com essa tensão de uma vez por todas.

— Você é um filho da puta asqueroso.

Rio, e minha risada perturba a aura serena da floresta. Por um momento, tenho a impressão de ver algo medonho se movendo entre as árvores, algo grande demais para ser um animal.

Engulo em seco. Paro de caminhar.

— O que foi? — Liam se vira. Diante do meu semblante desconfiado, acompanha meu olhar até as árvores.

— Achei ter visto uma coisa. — Pisco várias vezes, mas não noto qualquer outra movimentação. — Foi só coisa da minha cabeça. Volta a andar.

E retornamos à caminhada.

— Quem é que tem medo do escuro agora? — ele caçoa.

— Cala a boca.

Liam não cala.

— A gente vai ter que entrar na floresta, sabia?

— Por quê? Não estamos indo pra entrada externa do subsolo?

— Sim, mas o único acesso é pela floresta.

Mordo o lábio inferior. Observo as árvores outra vez, as sombras se mesclando de uma forma nada natural.

— Já fez esse caminho antes, loirinho?

— Durante o dia, sim. Nunca saí do castelo durante a noite. — Me fita de relance. — Sabe as coisas que andam nessa ilha à noite...

— Sei um monte de historinhas de terror feitas pros calouros se cagarem de medo de noite.

E Liam não responde, seu rosto fora do meu campo de vista.

— Certeza de que aquele segurança vai falar pro seu pai que liberou o filhinho dele, pra um passeio noturno, na companhia de *Lucas White*, pra que ele liberasse... você sabe o quê.

— Meu pai não se importa com o que eu faço, Lucas. Ele nunca se importou.

Reviro os olhos.

— Pobre Liam, tão novo, tão cheio de *daddy issues*. Você é tão fraco, é vergonhoso.

Um pouco hipócrita? Sim. Liam pode chupar meu saco.

Ele interrompe os passos, a ponta da faca perigosamente próxima de perfurar sua espinha.

— *Fraco?* Você não tem ideia das coisas que já tive que fazer, Lucas, do tanto que tive que sacrificar por... — Engole as palavras. — Não importa, falar com você é como falar com uma porta. Te conhecer é o maior desprazer que já tive na vida.

Abro um sorriso largo, divertido.

— Oh, não se preocupe, o sentimento é mútuo. — Empurro seu ombro com a mão livre. — Continue andando.

Ele leva alguns segundos até obedecer, a ameaça da faca já não lhe causando muito temor.

Entramos juntos na floresta.

Imediatamente, sinto um calafrio na nuca; as coisas tornam-se mais turvas; curvas e os cantos se misturam; a penumbra debruça-se sobre minha pele, bagunça meus sentidos. Meus instintos gritam para que eu dê meia-volta e retorne à clareira, minhas entranhas praticamente imploram. Minha cabeça diz *não não não* e *tem pessoas dependendo de você* e *isso não é normal não é normal*.

A escuridão é profunda, como aquela que se vê quando se fecha os olhos, cortada apenas pelos raios de luz da lua que penetram pelas copas. Lá de fora, podíamos ouvir os pássaros; aqui dentro, não ouço coisa alguma, somente os galhos secos se quebrando sob nossos pés. É bizarro, é... inexplicável, como invadir uma outra dimensão.

Depois de alguns minutos na floresta sombria, Liam para outra vez.

— O que foi? — sussurro no silêncio absoluto.

— Chegamos.

Acompanho seu olhar em direção à base de uma árvore particularmente grande, o caule grosso como um pilar. Ao seu redor, num raio de cerca de dez metros, não há qualquer tipo de vegetação, apenas terra. Meu coração acelera.

— A entrada pro subsolo do castelo — ele aponta para a base da árvore — é ali.

Franzo a testa.

— De que porra tá falando? — Saio de trás dele e me aproximo da estranha clareira ao redor da árvore. — Isso não parece a entrada de nada.

— Confia em mim — Liam insiste num tom aveludado, a voz ecoando pela floresta, como se viesse de todos os lugares ao mesmo tempo. — Chega mais perto — incita.

Meus pés ficam paralisados. Então, lembro de Andrew, lembro do *volto em breve, com Calvin*, lembro do muro que construíram entre nós. E, de repente, não tenho mais medo. A faca está firme em minhas mãos, posso retalhar qualquer coisa que se aproxime sem ser convidada.

Não sou covarde.

Meus pés se movem até a base da árvore. Uso seu tronco colossal de apoio enquanto olho ao redor, por toda a terra devastada. Não sei o que estou vendo. Na verdade, não estou vendo nada. E quando abro a boca para mandar Liam se aproximar e me mostrar exatamente onde fica a entrada, percebo que cometi um erro ao deixá-lo para trás, sozinho. Meu primeiro instinto é o de virar a cabeça e verificar se ainda está no lugar que o deixei, mas meu pescoço fica parado.

— Tá vendo? — Liam questiona atrás de mim.

— Sim.

Eu vejo.

Um retângulo no chão, preto, do tamanho de um livro, estranhamente reflexivo, projetando-se da terra, camuflando-se à escuridão da floresta. Ao redor, uma estrutura circular, como um domo.

O que é isso?

Me aproximo devagar; cada passo como se estivesse dentro d'água, e a correnteza estivesse me levando para a direção contrária. O retângulo fica cada vez mais nítido.

Tudo parece saído direto de um sonho: a floresta bizarra, o silêncio quase absoluto, a voz de Liam ecoando de todos os lugares, essa coisa no chão.

Não consigo desviar a atenção, já não consigo cogitar a ideia de voltar.

Me ajoelho no solo, tão próximo do retângulo quanto posso. Toco a estrutura circular ao redor. É branca, mas imunda; metal frio, com padrões desenhados ao longo da superfície. Miro o retângulo de perto e percebo que não é, exatamente, preto.

Na verdade, não tem cor.

É vidro.

Uma janela.

E, através dela, posso ver...

— Mas que porra...?

Uma face familiar olhando para cima, em minha direção, ao lado de dezenas de estranhos.

Salto para trás, me afastando do retângulo. Viro a cabeça procurando Liam. Ele sumiu.

— Liam? — chamo.

— Aqui — ele responde, à minha esquerda.

Viro o pescoço a tempo de ver o pedaço de madeira descendo em direção ao meu rosto.

HEREDITÁRIO

LUCAS

1 dia atrás

— *Preciso encontrar ele...*
  — *Então vai logo, ruivinho...*
  — *Nossos amigos?*
  — *Sim... São seus amigos também...*
  — *Espera...*
  — *Volto em breve...*

A cena se desenrola na escuridão total à minha frente, fragmentada. Tento mover as mãos em sua direção, tocar seu rosto, mas não consigo; tento beijá-lo, mas não tenho forças para fazê-lo. Estou zonzo. Tudo gira, e pesa, e me dilacera. Minha nuca mole não equilibra minha cabeça, que balança pra cá e pra lá.

A escuridão lentamente começa a se dissolver, interrompida quando minhas pálpebras se erguem por momentos muito breves. Vejo sombras à minha frente, luzes, móveis; pessoas discutindo.

Estou vivo.

Tonto, mas vivo.

Recuperando a consciência.

Foco em minha própria respiração, no movimento lento do meu peito subindo e descendo. A cada nova inspiração, consigo buscar o ar de forma mais profunda, recuperando controle sobre meu corpo. Quando consigo expirar com força, minhas pálpebras se abrem de vez.

Há pessoas na minha frente, rostos encobertos por penumbra. A iluminação não é forte, apenas alguns abajures e lâmpadas fluorescentes coladas às paredes. Sou o único iluminado pela luz da lua. Olho para cima. Estou logo embaixo do retângulo de vidro que usei para espiar mais cedo, desta vez do outro lado da imagem. É uma pequena janela para o exterior.

Onde estou?

Analiso o ambiente ao redor. É uma espécie de casa subterrânea, larga, espaçosa. As paredes e o teto são feitos de pedra. Os móveis e a iluminação indicam que essas pessoas já estão aqui há algum tempo.

Mas quem são eles?

Encaro as sombras mais ao longe. Dezenas. Paradas. Me encarando. Em silêncio.

Engulo em seco, aterrorizado. Tento me levantar ou me afastar até a parede oposta. Não saio do lugar, no entanto. Estou amarrado a uma cadeira, pés e mãos. Grunho, puxando um dos braços. A corda não cede.

Estou fodido.

Aquele filho da puta do Liam.

Se o vir de novo, vou arrancar seu couro cabeludo.

Uma das sombras se movimenta, dando um passo em minha direção.

Minha mandíbula trava, esqueço de respirar.

Então, lembro do que vi pela janela.

— Pai? — chamo, hesitante, minha voz saindo trêmula.

E a cada passo que a sombra dá em minha direção, meu coração acelera mais. Até seu rosto estar visível mais uma vez, banhado na luz amarela das lâmpadas.

Não pode ser.

Não poder ser, não pode ser, não pode...

— Isso não deveria ter acontecido — ele murmura, esfregando a boca. O homem que costumava me visitar uma ou duas vezes por semestre, o homem que assistia aos jogos do Knicks comigo, que me disse *um dia, serei presidente, e sua mãe será a primeira-dama, você gostaria disso?*.

O homem que me abandonou. O homem que odeio.

Lágrimas se acumulam nos meus olhos, rápidas e insidiosas.

Lágrimas de quê? Dor? Felicidade? Alívio?

— Pai, o que...? — Sequer consigo elaborar a pergunta, angústia crescendo no meu peito. Há dezenas de outras sombras às suas costas, todas em silêncio, observando nossa interação como hienas. — Por que você tá aqui? — pergunto, e minha voz soa trêmula. De repente, me sinto um garoto de dez anos, *o garoto de dez anos esperando pelo pai no batente da porta, todos os dias, até perceber que ele não retornaria*.

Ele me observa numa mistura de pena, remorso e desespero. Meu peito afunda.

Meu pai se aproxima mais, os fios grisalhos finamente iluminados pela luz da lua que se espreme pelo retângulo, as rugas e as marcas de idade mais visíveis do que nunca. Suas íris são brandas, sua voz... *acalentadora*.

— Não tava esperando te ver de novo tão cedo.

Ele se ajoelha em minha frente, o jeans escuro arrastando-se pela pedra do chão. As mãos tocam meus joelhos. Meu queixo despenca.

— É melhor que falemos sobre tudo quando o semestre acabar e você retornar pra casa.

— O que você tá fazendo aqui? — vocifero, olhos arregalados. — O que é esse lugar? Por que tô amarrado?

— Pare de fazer perguntas, filho — suspira —, por favor...

— Como caralhos você espera que eu pare de fazer perguntas?

Meu pai me ignora, levantando-se, dando-me as costas. Esfrega a testa, cabisbaixo.

— Ei! *O que tá acontecendo?* — grito do fundo dos pulmões, parte irritado, parte apavorado.

Outra sombra deixa a escuridão e se aproxima do meu pai. Toca seu ombro, confortando-o. É...

— *Daniel?* — cuspo, exaltado. O zelador se afasta dele, mas continua a encará-lo com seriedade. — *Que porra você tá fazendo aqui?* — esganiço ainda mais alto. — Como conhece meu pai?

Os dois homens me ignoram, conversando como se eu não estivesse presente.

— Quem deixou ele sair no meio da noite? — meu pai pergunta a Daniel. — Quem o trouxe até o abrigo?

— Liam — o zelador responde.

Mesmo de costas, percebo a decepção na postura do meu pai.

— Eu vou matar aquele filho da puta — rosno feroz —, eu vou enfiar as mãos na garganta dele e rasgar sua cabeça em dois...

— Exato. — Daniel dá alguns passos em minha direção, ficando sob a luz da lua e parando a alguns metros. Meu pai se vira para nós, o semblante ainda manchado com pena e remorso. — Lucas ameaçou Liam de morte caso não o levasse até... — O zelador se interrompe de maneira estranha, como se estivesse irritado por ter que explicar algo.

— Até...? — meu pai insiste, apoiando uma mão na cintura e jogando um lado do cardigã cinza para trás.

— Seu filho... — o zelador vocifera, *vocifera*, contra o meu pai. *Que merda tá acontecendo aqui?* — Seu filho tem uma relação problemática com *o garoto*.

— "O garoto"? Tá me zoando? Tão falando sobre Andrew? — A atenção dos dois se volta a mim de maneira afiada. *Toquei na ferida*.

— Já falei pra você parar com as perguntas, droga — meu pai ralha.

Na surdina, sigo tentando libertar meus braços. As cordas esfolam minha pele.

— Não vou fazer nada até você me desamarrar ou me explicar o que tá acontecendo.

E, mais uma vez, sou prontamente ignorado.

— Ele é muito perigoso — o zelador diz ao meu pai.

— Ei, seu filho da puta, caso não tenha percebido, tô conversando com meu pai aqui.

Daniel vira o pescoço para mim, lento e espástico, como um boneco — um boneco que transborda ódio, que deseja arrancar a pele da minha cara com os dentes. Desde quando esse zelador desgraçado ficou tão atrevido? Vou me certificar de torturá-lo até que peça demissão quando conseguir me soltar dessas malditas cordas.

— Perigoso? — Meu pai o puxa pelos ombros e o obriga a lhe encarar. — É só um garoto de dezessete anos, Wyatt. Que perigo pode representar pra nós?

Meu cérebro leva um segundo até processar o que foi dito.

Wyatt?

Nós?

Wyatt, caralho?

Daniel deve ter nome composto, como *Daniel Wyatt* ou *Wyatt Daniel*. É a única explicação plausível.

Mas que merda de nome, hein? E é uma coincidência enorme que seja o mesmo nome do diretor do colégio.

Espera. *Nós?*

Miro todas as sombras aglomeradas mais ao longe. *Quem são "nós"?*

— Acho melhor não nos submetermos a risco algum enquanto o Ritual não acontecer — Daniel afirma após um breve silêncio.

— Ritual? — questiono. — Pai, que merda você tá fazendo aqui? Por que tem um esconderijo embaixo da terra e por que caralhos *você* tá nele?

Ele praticamente se atira aos meus joelhos outra vez, as mãos unidas numa prece.

— Pro bem de nossa família, filho, por favor... Pare. Com. As. Perguntas.

— *Nossa* família? *Qual* família? A com a primeira-dama ou com minha mãe? — O ódio é palpável. — Onde tá o Michael? — sussurro, pra que apenas ele me escute. — Onde tá o meu irmão?

— Com a sua mãe, com Evangeline — responde rápido, num tom igualmente baixo —, em Miami. Está a salvo. Isso não tem nada a ver com ele ou com ela. — É o suficiente pra me dar algum alívio momentâneo. — Eu nunca colocaria a vida deles em risco...

— Nunca *mesmo*? Quer que eu acredite nisso? Depois de todo esse tempo longe?

— Não tinha o que fazer, imagina o que Sophia faria se descobrisse sobre vocês?

— Por que não abandonou ela e ficou com a minha mãe? — grito, freneticamente, e as lágrimas caem por todos os lados. — Por que não tava lá no parto de Michael? Por que *nos* abandonou? Por que *me* mandou *pra cá*? Por que tô amarrado? Por que não me responde? Sou a porra do seu filho. Eu sou. *Eu sou*. Não ligo se tentou me apagar da sua vida me mandando pro cu do mundo, *ainda* sou seu filho, *mereço* respostas.

Ao final, estou transtornado; todo o meu corpo treme, em amargura, em *dor*. Poderia partir pra cima dele se não estivesse contido.

O homem em minha frente grunhe, tentando enxugar suas lágrimas de forma sutil.

— Não *ouse* chorar, tá me ouvindo? Não *ouse*, e me tire daqui. *Agora!*

Ele se levanta e, mais uma vez, se afasta. Anda em círculos diante de mim, a luz da lua reluzindo em suas bochechas úmidas.

— Você precisa acreditar em mim, Lucas. Pelo menos agora, precisa acreditar que...

— Como quer que eu acredite em qualquer coisa que diga depois de tudo o que fez? Quando tô conversando com você pela primeira vez depois de anos, amarrado numa cadeira?

Ele fixa o olhar numa parede qualquer, o semblante distante.

— Há algo muito importante que precisa ser feito — afirma, embora soe mais como uma reflexão.

— Joseph... — Daniel o repreende.

— Ele já tem idade suficiente — meu pai argumenta.

Grunho, tentando afrouxar as cordas — tudo o que consigo é arrancar um pedaço de pele.

— Esse não é o tipo de informação a ser compartilhada com um aluno — Daniel murmura baixinho para o meu pai, com aquela aproximação íntima completamente bizarra.

— Quer me explicar por que é tão amiguinho do zelador do meu colégio? — questiono, mas continuo sendo ignorado.

Ao fundo, as sombras reagem à minha pergunta. Balbuciam entre si.

— É mesmo? — meu pai rebate. — Então por que Liam pode saber de tudo?

O rosto de Daniel se contorce. Estufa o peito, responde:

— Liam tem um dever a cumprir, um lugar marcado pra ele na sucessão deste lugar, e você sabe *bem* disso. Não pense em questionar minha liderança, Joseph.

Liderança? Do esfregão e do pano de chão?

A ousadia de Daniel não é a coisa mais absurda na conversa entre os dois, e sim a subserviência do meu pai. Esse homem já controlou o país mais poderoso do mundo, mas agora está baixando o tom pra falar com um empregado?

— Não tô tentando questionar liderança alguma, mas Lucas é igualmente importante. Ele vai herdar *o mundo*.

Desisto de tentar entender qualquer coisa, desisto de me libertar. Encaro o chão, dissociando.

— Só porque tem grandes planos pra ele, não significa que se tornarão realidade, Joseph. Lucas é um garoto problemático. Apenas o *Senhor* sabe o que seu futuro espera. *Ele* escolheu a mim, *Ele* escolheu Liam, *Ele* escolheu... — Daniel vira o rosto em direção às sombras, fixando-se numa em particular. Um homem grande e que está próximo. Eles se encaram por um minuto inteiro antes de o zelador finalizar: — Lucas não está em seus planos, pelo menos... não *ainda*.

— Lucas pode ser problemático, pode ser... ordinário, mas ele *estriparia* o seu filho de olhos vendados, Wyatt. Liam é... *fraco*, débil, uma desculpa esfarrapada de ser humano — vocifera, alto o suficiente pra que todos no lugar possam ouvir. — Não importa o quanto tente forjar uma realidade que não existe, o quanto tente *provar* que ele *não* é patético; um teste aqui, uma decisão difícil ali; nada vai mudar quem ele *é*, *o que* é. Liam *nunca* liderará o Culto de Hall. Seria uma ofensa ao próprio Woodrow colocar um garoto como ele nessa posição.

Culto de Hall? Claro. Um bando de fanáticos religiosos então. Ótimo, mesmo que meu pai nunca tenha dado qualquer indício disso. Ao menos significa que estou seguro, certo? Que Andrew e Calvin também estão? Cristãos não saem por aí sacrificando garotos inocentes, saem?

Daniel — *ou Wyatt? Ah, vai se foder* — pisca rapidamente, em frenesi, exalando violência e animosidade por todos os poros. Punhos cerrados, mandíbula trêmula, jugular exaltada.

Antes que possa responder, no entanto, uma das sombras se intromete e caminha até a luz das lâmpadas:

— Se Liam é especial, Roberto também é. Na verdade, meu filho seria um candidato mais adequado à sucessão do Culto do que o seu, Wyatt. — É uma mulher, baixa, pele retinta, voz ríspida.

Roberto?

Meu Roberto?

— Xander merece a posição tanto qualquer outro garoto naquele castelo.

— E Jeff.

— Carlos.

Um eco de nomes se espalha pelo local. As sombras finalmente se dissolvem, dando lugar a rostos, corpos e olhos vivos. Reconheço alguns. Todos os professores, incluindo a srta. Rivera. O sr. Jones, é claro. *Puto.* O homem que tomou a atenção de Daniel/Wyatt há pouco também é familiar. O único ruivo entre eles.

Meu pai acrescenta:

— Ninguém quer aquele garoto no seu lugar, Wyatt. Engula isso de uma vez por todas, ou o faremos engolir. — Há certa ameaça nas últimas palavras.

A raiva de Daniel lentamente esvaece. Os punhos se abrem, os músculos deixam de tremer.

— Que seja, então. Esperaremos a decisão do *Senhor.* Não deixarei minha posição por mais algumas décadas.

— E não queremos que deixe. — Meu pai aperta seu ombro. Daniel assente. A tensão abaixa.

O autocontrole do zelador é admirável. Se alguém tivesse falado assim do meu filho, eu cavaria um novo buraco na sua cara com meus punhos.

Filho.
— Espera... — balbucio, incrédulo. — Não... — Dezenas de pares de olhos se depositam sobre mim. — Não devo ter entendido direito. Você não é... o pai de Liam, certo?

Ele estica o canto dos lábios numa expressão de desdém.

— Finalmente abrindo os olhos, hein?

Ele se afasta do meu pai, caminha em minha direção.

O cabelo loiro, os traços finos.

Como caralhos eu não percebi isso antes?

— Você é *Wyatt Davies*? — abro a boca para falar, mas não consigo fechá-la depois.

— Sabe — ele se volta à pequena multidão às suas costas —, quando decidi me infiltrar entre os alunos, foi justamente pra evitar situações como esta.

— Mano... — murmuro, pasmo. — Todas aquelas histórias, nunca aparecendo em público... achávamos que você era algum tipo de monstro. Você não é um *monstro*, é só o *zelador* fodido.

— *Já chega, Lucas* — meu pai ralha, mas o ignoro.

— E você... — miro a mulher baixinha. — Você é a mãe de Roberto? Roberto *Silva*? — Ela umedece os lábios e inclina o pescoço para o lado. Não responde nada, apenas me fita com mais... fervor. — Sabe o que tão fazendo com seu filho? Tão apagando as memórias dele, enfiando pílulas e mais pílulas goela abaixo pra ele esquecer quem é, pra virar... um vegetal.

— Por favor, garoto, não precisamos de hipérboles. Sei exatamente o tratamento que Cynthia receitou para Roberto. Precisei aprová-lo em caráter emergencial, depois de seu envolvimento com... — Ela se vira ao mesmo homem de antes, o ruivo. Ele ainda está retraído, apoiado numa das paredes com os braços cruzados, nuca curvada para baixo. — Bom, infelizmente, Roberto se desviou do caminho que deveria seguir.

— Graças à incompetência de Wyatt e às suas tentativas mirabolantes de retificar Liam — meu pai complementa. — *Isso* — me aponta —, isso aconteceu por culpa do *seu* filho. Se tem alguém que precisa virar um vegetal pelo que aconteceu, é ele. É honestamente surpreendente que Liam permaneça sem punições.

— O que tá acontecendo? — grito mais uma vez, minha voz reverberando pela pedra das paredes.

Meu pai me observa com pena, uma pena que o faz se aproximar e, finalmente, cuspir:

— Isso não vai ser fácil de assimilar, mas preciso que tente o máximo que conseguir, tudo bem? Preciso que ouça cada palavra que eu disser com atenção. — Diante do meu silêncio contemplativo, ele prossegue: — Nossa família é parte de uma comunidade. Uma comunidade de pessoas poderosas... que se ajudam, que estão conectadas por algo que aconteceu no passado. Nosso sucesso, nossa... prosperidade depende disso. Acha que me tornei presidente apenas por sorte? — Ele pausa, esperando uma resposta que não consigo elaborar. *Sim, mas também, Eu te odeio e Você é foda pra caralho, por favor pare de me convencer do contrário.* — Não somos sortudos, Lucas; trabalhamos duro por tudo o que temos. E pra alcançar certas coisas na vida... precisamos sacrificar outras. Olhe ao redor. *Quem* você acha que são essas pessoas?

Atônito, desvio o olhar até a aglomeração parcialmente imersa em sombras próximo a ~~Daniel~~ Wyatt. A mulher baixa, o homem escorado na parede. Engulo em seco.

— Os pais dos outros alunos. Os professores. As pessoas que trabalham aqui.

Joseph assente. Volto a me concentrar nele.

— Alguns dos pais, sim. Não todos. Nossa comunidade é mais extensa do que pode imaginar, Lucas. Espalhada pelo mundo. Milhares de pessoas. Nós... — Aponta para trás, então para o próprio peito. — Nós somos especiais. Temos um fardo maior do que os outros. Nossas famílias estiveram aqui desde o princípio, desde que Woodrow Hall colocou os pés pela primeira vez nesta ilha. É *nossa* responsabilidade realizar o Ritual, prosseguir com o que foi colocado em prática há mais de um século. — Suas íris cintilam, *emocionadas.* — Apenas *nós* temos o privilégio de estar no mesmo local que nosso *Senhor.*

A convicção de suas palavras me causa um aperto no peito, a sensação estranha de estar mais próximo da verdade e de querer, ao mesmo tempo, correr desesperadamente dela.

— Sobre o que você tá falando? — titubeio, minha cara de espanto já diz o suficiente. — Pai... *enlouqueceu*? Como caralhos chegou na ilha? Quando? Tava aqui ano passado também? — disparo.

Ele e Wyatt se entreolham brevemente. Há uma dúvida implícita. Wyatt dá sua benção.

— O Ritual precisa ser repetido todos os anos — meu pai explica. — Chegamos na ilha quase duas semanas atrás, em nossos iates, no meio da noite, pra que ninguém nos visse. Os barcos estão estacionados na costa oeste, num ponto cego do castelo.

Olho para cima, em direção à porção quase insignificante da floresta que consigo ver através do retângulo no teto.

— O que é esse lugar? Por que ficaram escondidos aqui?

Ele acompanha meu olhar.

— É um abrigo subterrâneo. Foi construído próximo do castelo pra ter acesso fácil ao subsolo. A cerimônia acontecerá em pouco tempo, Lucas. Será... *glorioso*. Mas, infelizmente, está fora do alcance dos alunos.

Voltamos a nos encarar.

— Cerimônia? Pra quê? *Por quê?*

— Para devolvermos a *Ele* as bênçãos com as quais nos agraciou. Não é uma coincidência que você, ou qualquer garoto dentro daqueles muros, tenha sido enviado pra cá. Seus destinos estiveram traçados desde o momento em que respiraram pela primeira vez, como os nossos estiveram. Se essa conversa tá acontecendo neste momento, é porque é do desejo de nosso *Senhor*.

— *Senhor*? Que *Senhor*? — A palavra soa estranha nos meus lábios. — Desde quando você é religioso?

— Todos somos... — ele afirma, como se fosse a coisa mais óbvia do mundo. Se aproxima um pouco mais, seus passos pesados ecoando pelo ambiente alucinógeno. — Este é um solo sagrado, Lucas. A Academia Masters foi construída por Woodrow para ser um palco de adoração; adoração ao único e verdadeiro *Senhor*. O *Senhor* que retribui sua devoção, seu amor, o seu *sacrifício*. Que oferece uma saída a seu sofrimento, que encerra seu martírio. Aquele que vive entre nós, nesta ilha.

Fico sem palavras por um tempo, ponderando sobre tudo o que falou, sobre todos os absurdos que falou. É possível que esteja drogado? Não. Sua convicção não é a de alguém que comeu um cogumelo estranho ou fumou demais. *E a forma como falaram sobre Andrew, Roberto, Liam...*

Rituais, cerimônias, prosperidade. Milhares de pessoas. Um Senhor que vive na ilha.

Não parecem só um bando de fanáticos religiosos.

Na verdade, nem tenho certeza se estão falando sobre Cristo.

São um culto organizado. Wyatt é o líder.

Sequestraram Andrew e Calvin. Meu próprio *pai* está envolvido nisso.

Todos os pais, todos os adultos no castelo estão.

— Mais uma vez — meu pai continua —, sei que é muita coisa pra assimilar em pouco tempo. Com a maturidade, tudo vai fazer mais sentido, as coisas serão... mais fáceis, menos intensas. É por isso que explicamos tudo pra vocês no tempo adequado, depois do fim de sua estadia na Masters, durante um longo processo de iniciação. Quer dizer, não é o único motivo, mas é um dos mais importantes. — Ele pode ver o choque em meus olhos. — Michael. — O nome me deixa alerta novamente. — Você ama Michael, não ama?

— O que ele tem a ver com essa merda toda?

— Me responda. Você ama o seu irmão, certo?

— Claro — respondo sem hesitar. — Mais do que tudo. — E apenas a menção ao seu nome me deixa apreensivo. Calafrios me castigam, minha boca seca.

Ainda não entendo tudo o que está acontecendo, mas sei que preciso manter Michael o mais afastado possível dessas pessoas.

Na verdade, pelo que fizeram a Andrew... tenho a impressão de que nenhum dos alunos nesse castelo está a salvo.

— Então, você faria tudo o que estivesse ao seu alcance pra garantir que ele tivesse um futuro brilhante, não é? — Enche o peito para dizer: — O mais brilhante de todos. Ele poderia ser o primeiro homem a pisar em Marte. Poderia ser o cientista a descobrir uma cura definitiva pra todos os tipos de câncer. Poderia... poderia acabar com guerras, erradicar a fome. Ele poderia... Ele *vai* ser... um presente para a humanidade. — E meu peito aperta mais e mais conforme seu entusiasmo se intensifica. — Mas, pra isso, como eu disse, sacrifícios precisam ser feitos. Você faria, Lucas? Faria pelo futuro do seu irmão? Pelo *seu*? Pela prosperidade de nossa família?

— Pai... — digo, tenso. — Mas de que caralhos você tá falando?

— Tô falando sobre ter o mundo na palma de suas mãos. Sobre controle, sobre... — seus olhos brilham — *poder*. Poder absoluto. — Caminha em círculos ao redor da cadeira, o discurso se alongando e se tornando cada vez mais enfadonho. — Estou falando sobre devoção, sobre amor. Seu avô era parte disso antes de mim, seu bisavô antes dele, o pai dele antes dele, e assim por diante. Por gerações, até o século XIX, até quando Woodrow Hall estava vivo. Ele fundou a Masters, é verdade — para em minha frente —, mas a escola é apenas a fachada, a ponta do iceberg. Ele achou o lugar perfeito pra adorar o seu *Deus*, longe da civilização, isolado, onde poderia fazer oferendas, sem o risco da interferência daqueles que são ignorantes ao poder em sua volta.

— Certo. — Forço uma risada ácida. Por dentro, sigo aterrorizado. — Então... *todo mundo* aqui é doidinho das ideias? É isso? Vocês todos tão alucinando?

O entusiasmo derrete de seu rosto.

— Isso é inútil — Wyatt comenta.

— Seu filho forçou isso a acontecer — meu pai responde, sem virar o rosto. — Agora, não intervenha. — Seu olhar permanece fixo em mim, me analisando minuciosamente. Há certo julgamento neste olhar. — Em 1892 — prossegue, num tom mais sóbrio —, junto à inauguração da Masters, Woodrow fundou o Culto de Hall. Uma comunidade cuja cúpula se reúne nesta ilha uma vez por ano, enquanto os dias são mais curtos, e as noites, mais longas. Um grupo de pessoas que detêm uma grande responsabilidade: a de adorar seu *Senhor* como lhe foi instruído, de trazer sua graça para a Terra. *Nós* — abre os braços, estufando o peito — somos essas pessoas, nós somos descendentes dos fundadores do Culto de Hall.

Todos erguem os queixos, orgulhosos.

Joseph segura a lateral da minha cabeça, seu olhar eletrizante.

— Agora, você é um de nós. — Todos os músculos no meu corpo se contraem, minhas veias entupidas de adrenalina. *Não. Não, não, não.* Sussurra: — Eu também fiquei intimidado quando meu pai me contou tudo isso, um dia depois da minha graduação. Ele me mostrou os registros de nossa família, a presença de cada um de nossos antepassados neste lugar. E então eu entendi, entendi que não existem coincidências no mundo, que o *Senhor* não brinca com dadinhos na hora de decidir nossos destinos. Ele é firme e eterno, onipresente e totalitário. Ele nos *escolheu* pra servi-lo, meu filho, desde o momento em que Woodrow e o primeiro White pisaram juntos neste solo sagrado. — Se afasta, uma aura macabra rodeando-o. — Nós somos *Dele*, assim como ele é *Nosso*.

— De quem você tá falando? — Respiro sem muito controle, meu coração batendo tão forte que consigo escutá-lo. — Que *Deus* é esse? Não é... Não é o Deus *Deus*, certo? Tá falando sobre outra coisa?

Ele umedece os lábios, guardando as mãos nos bolsos.

— Seu nome é Lúcifer — responde tão casualmente que demoro um segundo a digerir a informação.

E quando digiro, desejo poder voltar no tempo e *parar de fazer perguntas do caralho.*

Um culto satanista. É claro. *Um culto satanista.* Pau no meu cu.

— Os *ignorantes* o dão vários nomes: — Wyatt acha de bom-tom elaborar — Leviatã, Diabo, Belial.

— Pode chamá-lo como quiser — meu pai afirma, sua atenção não se desviando de mim por um segundo sequer. — Nosso *Senhor* é generoso, Lucas; mas também é... ávido, faminto. Em troca de sua graça, firmou um pacto com nossos ancestrais. — Tudo o que comi o dia inteiro começa a se revirar no meu estômago, ameaçando subir. — Um primogênito seria oferecido a ele, todos os anos, como prova da fé de seus servos. Uma alma pura entre os garotos do colégio, de sua escolha. Com isso, com essa pequena — cerra um dos punhos à frente, esmagando algo, talvez sua sanidade — prova de amor... nós controlaríamos o mundo. — Abre a mão, observando a palma pálida. — E é isso que temos feito há séculos. É o que continuaremos fazendo por milênios, pois *Ele* é absoluto, e sua graça é eterna. *Laus be.*

— *Laus be* — todos os outros no abrigo ecoam, como um maldito coral demoníaco. Meu sangue gela, gela até que começa a ferver.

— Tá brincando comigo? — questiono entre dentes.

— Acha que tudo isso foi uma falácia? Acha que desperdiçaria o tempo de todos aqui?

Ranjo os dentes.

— Satanistas? — Nego com a cabeça. — Vocês todos são satanistas? *Illuminati?*

— Os *Illuminati* — Wyatt corrige — são apenas uma imitação fajuta, uma distração pra entreter a massa analfabeta.

— Claro que são... — Reviro os olhos pelo local. Isso é o bastante, preciso sair daqui. — Pai — suspiro —, me desamarra dessa cadeira.

Ele dá de ombros.

— Não posso. Não até você entender.

Rio.

— A única coisa que tô entendendo é que tem alguma coisa no ar dessa ilha que tá bagunçando os miolos de vocês. Sou o único *são* aqui? Não percebe o tanto de bosta que tá falando?

Wyatt semicerra o olhar.

— Deveríamos cortar sua língua por tamanho desrespeito.

Rio ainda mais, um riso do fundo dos pulmões, fanhobom-tomquecido.

— Faça isso, filho da puta, *faça*; porque, se não fizer, seu filhinho vai se arrepender amargamente. Vou sair daqui e vou fazer ele pagar por tudo que fez comigo, tudo que fez com...

O pensamento de Andrew causa um nó na minha garganta. Minha fúria se desfalece, tomada pelo medo de perdê-lo, pela frustração em, mais uma vez, não conseguir chegar até ele.

Miro o rosto de todos os malucos neste lugar, abrigados sob a terra, esperando o momento oportuno para... fazer um sacrifício? Um sacrifício ao demônio?

Jesus, estou *completamente* fodido.

— Respire. Limpe sua mente. Reflita sobre tudo o que sabe, sobre tudo o que já viu nesta ilha — Wyatt incita, calmo, mas viperino. — Pense bem, Lucas... e chegue às próprias conclusões.

Ignorando todos os meus instintos, faço exatamente o que ele diz. Respiro, limpo minha mente e navego até um dos corredores no segundo andar do castelo, até sentir dois olhos me seguindo o dia inteiro, até encurralá-lo quando menos esperava.

Já notou coisas estranhas acontecendo neste colégio? Ele me perguntou.

A coisa.

Eu a vi, uma única vez, logo depois de chegar na ilha. Através da janela do meu quarto. Ela estava atravessando a clareira, entrando na floresta. Um vulto totalmente preto, se movimentando mais rápido do que qualquer ser humano conseguiria.

Desde então, nunca mais a vi.

Mas Andrew disse ter sido perseguido por ela dentro do colégio.

É possível que...?

Encaro meu pai, atônito.

Não.

— Não pode estar falando sério. *Aquela coisa* é o *Diabo?* — cuspo.

Wyatt abre um sorriso largo.

— Em sua forma feral, sim. Geralmente, se limita à floresta, exceto quando tem... um apego particular ao sacrifício do ciclo.

— Isso não pode ser real — digo pra mim mesmo, me recusando a cogitar este delírio coletivo.

Mas não há muito para onde fugir. *Sei* que esta ilha é assombrada. *Sei* que aquela coisa ronda pela floresta, *vi com meus próprios olhos.*

Meu pai limpa a garganta.

— Isso é completamente inadequado — afirma, desgostoso. — Este momento, um momento tão especial, não deveria acontecer sob estas circunstâncias, de maneira tão... *vil.*

— Seu filho forçou Liam a fazer o que fez — Wyatt rebate.

— Liam... — murmuro. — Liam sabe de tudo isso. Ele me disse. "Você tá lidando com o *Diabo* aqui, com o *Seu* desejo." "Pode viver uma vida normal, terminar esse semestre e então voltar pra casa" porque não fui o escolhido, certo? Foi Andrew? E Calvin? Por que os dois, e não só um?

— É o primeiro ano em que enfrentamos uma situação como essa. Devido à condição incomum dos gêmeos, decidimos purificar os dois — Wyatt explica.

Meu pai assente e adiciona:

— Liam precisou ser introduzido ao Culto precocemente. Apesar de divergências quanto a seu valor, ele está certo, você *vai* voltar pra casa são e salvo, Lucas. A única coisa que precisa fazer... é seguir seu semestre. Nada disso diz respeito a você. Não ainda. Não precisamos apressar as coisas.

— Tudo o que diz respeito a Andrew me diz respeito, pai. Eu *prometi* ajudá-lo a reencontrar o irmão, jurei que o manteria em segurança. Ele disse... — Engulo as lágrimas. — Disse que voltaria pra mim quando o encontrasse. Eu falhei. — Mas elas são numerosas demais, dolorosas demais, e acabam escapando, borrando minha visão. — Falhei com ele naquele túnel, quando o desgraçado do Colter tentou nos impedir.

— Somos homens, meu filho... — Ele se aproxima e toca meu ombro, me assegurando. — Às vezes, não conseguimos manter todas as promessas que fazemos. Isso tá fora do seu alcance.

A serenidade em seus olhos me perturba.

— Vocês vão sacrificá-lo praquela... praquela... coisa?

— Sim, Lucas. Andrew e Calvin. Como Wyatt explicou, por serem fruto da mesma gestação e do mesmo parto, os dois irmãos Rodriguez precisam ser oferecidos ao *Senhor* — responde sem se alterar. — Esses garotos vão pagar com a vida pra que o mundo continue às nossas mãos. Como sempre foi, como sempre será. É um preço pequeno. Em breve, vai compreender.

O suco gástrico sobe ao meu esôfago; luto arduamente para não vomitar, enquanto tudo gira, gira e gira.

Não posso deixar isso acontecer.
Não posso deixá-los entregarem Andrew àquele demônio.
— Preço pequeno? *Pra quem?* — rosno. — Quem decidiu isso? Seu *Senhor*? Não me parece muito democrático. Andrew e Calvin com certeza não concordaram em serem sacrificados pra satisfazer essa... *coisa*.

A luz da lua que entra pelo retângulo no teto é bloqueada por um segundo. Ergo a cabeça a tempo de ver o vulto escuro passando sobre nós.

— *Ele* está escutando, Lucas — meu pai sussurra, acompanhando meu olhar em direção ao teto. — Tome cuidado. Nosso *Senhor* é orgulhoso. — Logo se afasta, casual, despreocupado. — E a opinião dos garotos Rodriguez não importa. Os alunos não têm poder de voto no Culto antes de serem formalmente iniciados.

— Quando? — pergunto. — Quando isso vai acontecer? Quando vão...?

— Amanhã. — Ele aponta para cima. — Será a primeira lua cheia do ano, o véu entre a vida e a morte estará tão fino que você poderá segurá-lo entre dois dedos. — Esfrega o polegar no indicador. Seu olhar se distancia. — Será... maravilhoso.

Amanhã.
Tenho até amanhã para livrá-lo desse culto de malucos, e então...
Então, o quê?
O que faremos, mesmo se conseguir tirá-lo do subsolo?
Escapar dessa ilha nem será o maior desafio; como escaparemos quando chegarmos na Flórida? Para onde iremos? Não poderemos confiar em ninguém.
Mas se não conseguirmos escapar, Andrew será morto amanhã.
Nossas únicas escolhas são: morrer aqui ou morrer lá fora.
Lá fora, ao menos teremos a chance de lutar.
E preciso resgatar Michael. Não permitirei que Joseph o envie para cá pra ser... pra ser...
Preciso pensar em algo. Rápido.

Meus olhos divagam até pararem no homem ruivo, ainda encostado na parede. Wyatt e a mãe de Roberto trocaram olhares com ele enquanto falaram sobre Andrew.

— Você — digo a ele. O homem descruza os braços e se afasta da parede. — Você é... — *Não é a hora de ter dúvidas.* — Você é o pai de Andrew?

Um silêncio asfixiante se segue.

Todos os olhares se direcionam ao homem, aguardando sua resposta — se sequer terá uma.

É toda a confirmação de que preciso.

Mesmo assim, quando fala, me deixa pasmo de qualquer forma:

— Não mais. — Sua voz grave e firme ecoa no cômodo subterrâneo. — Andrew e Calvin agora pertencem... — Há uma breve hesitação. Ele limpa a garganta e finaliza: — Pertencem ao *Senhor*.

— Meu cu — replico, e o choque se transforma em ira. — Tem ideia do quanto seu filho lutou pra tentar te pedir ajuda? De tudo o que fez pra tentar pedir a ajuda de *qualquer um*? Ele me odiava, fiz coisas terríveis com ele por ciúmes e, mesmo assim, ele me pediu ajuda pra encontrar o irmão, pra falar com você. Como... — Minha voz falha. — Como tem coragem de fazer isso com seu próprio filho? Com seus *filhos*?

— Você não entenderia — o pai de Andrew argumenta —, não ainda.

— Acho que entendo muito bem. — Não tento esconder o nojo nas palavras. O terror de antes agora se transforma em repulsa. — Calvin sumiu na primeira noite em que chegaram aqui. Se os dois são seus sacrifícios, por que deixaram Andrew pra trás? Por que permitiram que sofresse desse jeito? Por que o deixaram seguir em frente, mesmo que não houvesse chance de escapar?

É Wyatt quem resolve responder:

— Andrew era um teste.

— Um teste?

— Para Liam. Meu filho precisava se mostrar capaz de superar adversidades. Ele foi informado de que era responsável pela captura do sacrifício, mas não de que se tratava de dois garotos. — *Eu te disse, Andy, te disse pra ficar longe do desgraçado. Te disse.* — Mas você tá certo. A decisão de manipular Andrew dessa forma não foi nossa, não foi... minha. Foi de Liam. E pode-se argumentar de que se tratou de uma crueldade desnecessária. Por que você torturaria um vitelo que já está indo pro abate?

— Você é um monstro.

O comentário passa por Wyatt como uma brisa suave.

— O importante é que os dois irmãos estão onde precisam estar, e o Ritual está assegurado. Seria uma pena ter submetido Andrew a todas essas armadilhas pra nada. — Mira meu pai de relance. — Acredito que Liam tenha se provado mais do que apto a ascender à posição de líder neste Culto.

— Liam é pior do que pensei. — Rio. — Eu sempre soube. Os bonzinhos por fora, hmm... sempre tão podres por dentro. Assim como vocês — cicio —, assim como *todos* vocês — elevo o tom, e minha voz ecoa pelo ambiente. Volto a me concentrar em Wyatt: — Seu... filho... não vai ascender à porra nenhuma. Vou fazê-lo pagar, vou fazê-lo sofrer. Não haverá mais Liam, sr. Zelador-Davies. Me certificarei disso, nem que seja o caralho da última coisa que eu faça. — Miro o homem ao longe, nas sombras. — Você é o pior de todos. Abominável. Psicopata. Seu filho te ama, e você o deixará ser estripado.

Ele parte em minha direção, furioso. Os traços são iluminados. Não é apenas ruivo, tem *o mesmo cabelo longo de Andrew. Os mesmos olhos, o mesmo nariz.* É como uma versão décadas mais velha do garoto que amo. Meu coração palpita, pego de surpresa.

— Quem você acha que é pra falar comigo dessa forma? Hein? — Passa pelo meu pai e por Wyatt, chegando tão próximo quanto pode. Sob a luz da lua, seus fios vermelhos tornam-se acobreados. — Eu conheço Andrew minha vida inteira. Vi esse garoto nascer, crescer, se tornar... — dispara quase sem respirar, num tom inflamado, completamente defensivo. O rosto se deforma em indignação. Não preciso de muito para entender que as palavras são mais pra ele do que pra mim. Pisa firme no chão. — Esta é a maior prova de amor que eu posso *Lhe* oferecer. Qualquer um de nós faria a mesma coisa. Muitos já fizeram, vários outros o farão.

Mordo minha própria língua, esfregando os braços, tentando desesperadamente me libertar dessa cadeira e esmagar a cabeça desse desgraçado com minhas próprias mãos.

— Você não merece seus próprios filhos — afirmo, ríspido.

— Ele tá dizendo a verdade, Lucas — meu pai intervém, atraindo nossas atenções. — Todos nós faríamos o mesmo.

— É assustador como vocês falam como se estivessem abrindo mão de um carro, uma casa, e não da porra de seus filhos... — Reteso a mandíbula, centrado no meu pai. — Você me mataria, né? Me mataria se... se eu estivesse no lugar de Andrew. Mataria Michael também.

— Não é tão simples. — Ele se aproxima. — Com o tempo, você vai aprender que o mundo não é dicotômico.

Deus do céu.

Preciso ouvir isso da sua boca:

— Pretende colocar Michael na Masters também? Oferecê-lo ao Diabo? — Meus olhos voltam a arder, as lágrimas de decepção, de raiva, de... mágoa caindo pesadas.

Ele não hesita:

— É meu dever como servo...

E é uma faca no meu peito; ele a enfia e gira, garantindo que não terei qualquer chance de sobreviver.

— Seu dever... — grunho, subitamente me sentindo como o ser mais inútil do mundo, enfrentando um gigante. A desolação é demais, a dor é opressora. — Seu dever é ser um pai pra nós dois. Seu dever... é nos proteger, é nos amar. Nosso amor não significa *nada* pra você? Pra *nenhum* de vocês? Todos os garotos dentro daquele castelo, *todos nós*... — Suspiro, falando entre uma ou outra respiração entrecortada. — Vocês nos trouxeram aqui pra sermos *assassinados*. Nos odeiam tanto assim? — grito. — *Você*... — trêmulo, encaro meu pai — *me* odeia tanto assim?

— Nunca odiaria você, Lucas. Você é meu filho, é um dos meus garotos. Exatamente por isso, oferecê-lo ao *Senhor*, caso fosse de *Sua* vontade... seria a maior honra que eu poderia ter.

Engulo as lágrimas; nego com a cabeça, alma e espírito destruídos.

Meu pai continua:

— Tudo o que você precisa fazer quando for solto... é nada, filho. Nada. Continue estudando, continue suas amizades, continue sua vida naqueles muros... e absolutamente nada mudará. Nada *precisa* mudar.

Olho para cima, em direção à floresta. Dos estilhaços do meu espírito quebrado, apanho minha coragem, acumulo a convicção necessária para decidir que, embora pareça impossível, eu *vou sair daqui*. Nem que tenha que rasgar o pescoço de todos nesta ilha e destruir aquela coisa com minhas próprias mãos...

Vou sair daqui, e vou salvar Andrew.

Volto em breve, ele me disse.

— Eu falhei uma vez com Andrew naquele túnel. É verdade, falhei. Mas nunca mais cometerei o mesmo erro. Não importa o custo, não importa a dor, não importa... quantas paredes construam entre nós... Eu *vou* chegar até ele, porque *ele é meu,* e *eu sou dele.*

As palavras preenchem o ambiente sórdido, ardentes, impetuosas. Não há uma sombra de dúvida restante em meu peito de que resgatarei Andrew. Assim como não resta dúvida alguma em Wyatt de que:

— Ele é um caso perdido, Joseph.

— São só os nervos adolescentes falando, Wyatt — meu pai responde, sem se desviar do meu olhar desafiador. — Não se lembra de como éramos quando tínhamos essa idade? Esse... desejo por destruição, a sensação de poder conquistar o mundo inteiro se quiséssemos? Sem contar que ele tinha algum tipo de envolvimento com Andrew. Sua cabeça está só... confusa.

— Não, não tá — rebato, mirando o grupo de psicopatas. — Não tão me ouvindo? Eu *vou* matar Liam e *vou* me matar se tentarem me forçar a ser parte disso. E que Deus tenha piedade... — Me dirijo ao meu pai. — Vou me certificar de que Michael esteja tão longe das suas mãos quanto possível, a qualquer custo, *qualquer um.* Você não terá nenhum de nós. Não vai sacrificar seus malditos filhos pra *caralho* nenhum.

Wyatt intervém.

— Já chega. Você *vai* ser punido por essas palavras, garoto. Essa distração já se prolongou por tempo suficiente, temos assuntos importantes aos quais precisamos retornar. — Pondera. Então, mais calmo: — Liam também será punido por tê-lo trazido até aqui. Se está apto como imaginei, deveria ter arranjado outro jeito de lidar com a situação.

— Não podemos apagar suas memórias com os remédios outra vez? — meu pai pergunta a Wyatt.

— Não. Se usássemos o mesmo tratamento de antes, correríamos o risco de acabar neste mesmo lugar, de lembranças residuais continuarem bagunçando sua mente até que se lembrasse de tudo. Não é o suficiente. Precisamos de algo mais duradouro.

Do fundo da multidão, até então escondida, Cynthia começa a se deslocar entre as pessoas, aproximando-se dos dois.

Merda.
Isso não é bom.

— Podemos mantê-lo em coma — ela sugere.

Meu sangue gela.

— O quê? — meu pai indaga, incerto com a ideia.

— Sim. — Wyatt, por outro lado, se entusiasma. — Por algumas semanas, para impedir futuras intervenções.

Os três se voltam para mim.

Meu pavor é visível.

— Não podem fazer isso — balbucio, mas é como se eu sequer estivesse presente.

— Depois que o tirarmos do coma, usaremos drogas mais fortes para apagar as memórias de vez. Não apenas seções, Joseph. Tudo! — Os olhos do diretor brilham de excitação. Meu pai franze o cenho, mas lentamente parece se ajustar à ideia. — Ele será... uma nova pessoa, uma folha em branco. Vocês poderão recomeçar do zero, sem conflitos. Sendo honesto, acho que todos aqui vão se beneficiar de um Lucas White... *renovado*. — E abre um sorriso macabro.

— É a única saída — Cynthia acrescenta. — Não podemos deixá-lo livre por aí. Ao menos, não nesse estado; não depois de tudo o que disse.

— Vocês são malucos — grito. — Se encostarem um dedo em mim, vou arrancar suas tripas com meus dentes. — Puxo meus braços, as cordas me esfolam. — Pai... — clamo, mas, no fundo, sei que será inútil. Não conheço mais o homem à minha frente. Nunca o conheci, na verdade. Talvez o homem que assistia aos jogos comigo e me fazia acreditar num futuro feliz sempre tenha sido uma ilusão.

Ele me analisa, e seu rosto se torna mais apático a cada segundo. *Sua mãe será a primeira-dama. Você gostaria disso?*

— É apenas uma medida de segurança, Lucas. — Aperto os olhos e choramingo de dor. *Não, não, não, não. Não sou fraco, não deveria chorar desse jeito, mas...* Não sei quem é esse homem, não sei se ainda deveria chamá-lo de pai, dói *tanto*. Dói mais do que qualquer coisa que já tenha sentido.

Por que sou forçado a amar alguém que me odeia? Alguém que me rejeita? Alguém que me *mataria*?

— Você renascerá como uma nova pessoa — ele continua, o entusiasmo de Wyatt agora ecoando em sua voz. — Um servo de verdade para o nosso *Senhor*. *Ele* ficará tão feliz.

— Só me deixe ir embora... — me forço a implorar. — Por favor, só... Só me deixe ir.

Encaro-o mais uma vez, sua silhueta resumida a um borrão de cores e formas conforme as lágrimas se acumulam em meus olhos. Lágrimas de um filho implorando pela misericórdia do pai. Pisco. Ele se torna nítido novamente. Pisco. Não o reconheço mais.

— Todos a favor da decisão, levantem a mão — Wyatt suscita.

Ergue uma mão no ar.

Todos os outros no local o seguem.

Meu pai, o último.

— *Laus be* — ecoam juntos.

Porra.

Parte II

O GUIA DE ROBERTO PARA ENCANTAR INIMIGOS E CONQUISTAR FANTASMAS

"A emoção mais antiga e mais forte da humanidade é o medo, e o mais antigo e mais forte de todos os medos é o medo do desconhecido."

H. P. Lovecraft (*O horror sobrenatural em literatura*)

GAROTOS QUE TE BEIJAM E DEPOIS DESAPARECEM DIANTE DOS SEUS OLHOS NÃO EXISTEM

ROBERTO

14 dias atrás

— Elijah! — grito para a escuridão, cambaleando pelos túneis, sem a menor ideia para onde estou indo, desesperado, desolado. — Elijah, droga! — Soco a parede que uso de apoio e paro. — Volte aqui. Volte aqui *agora* e converse comigo. Não pode só... — Eu me perco nas palavras, olhos arregalados em direção ao breu, não enxergando nada. — Não pode sumir assim, caralho!

Estou confuso, tão confuso. *O que acabou de acontecer? O que acabei de ver?* Meu cérebro busca alguma explicação plausível, mas não há nenhuma. O que acabei de ver... é impossível, é irracional. Eu *o conheço*, convivi com ele por semanas, dividi o mesmo quarto. *Não. Não.* Não posso sequer me permitir entreter a ideia de que ele seja... *Não, porra. Ele é Elijah, meu Elijah. Eu o conheço.*

A foto no livro, a gaveta no sarcófago com seu nome, o cadáver idêntico... tudo tem uma explicação lógica, *precisa* ter. Não estamos num livro fantasioso qualquer, isso é o mundo real. Fantasmas não existem, garotos que te beijam e depois desaparecem diante dos seus olhos *não existem*.

— Elijah! — continuo gritando, e persisto à frente, segurando na parede para ter algum senso de direção. Tropeço no chão irregular várias vezes, e a adrenalina me impede de sentir as dores.

— Virou um covarde agora e vai fugir de mim? É isso? Não. Você tem muito o que explicar. — Minha voz é furiosa, há um turbilhão no meu peito.

Estou com *raiva* dele? Não, nunca poderia. Estou com raiva da escuridão, raiva do delírio em ver carne e osso se desintegrando.

— *Elijah, porra!* — Minha voz ecoa perdida pelos túneis, até desaparecer sem resposta.

Pontinhos de luz se desenham à minha frente. Fecho os olhos, eles somem. *É a escuridão mexendo com minha cabeça.* Abro os olhos, e é como se estivessem fechados. Viro para trás, é como se estivesse olhando para frente. A pedra álgida das paredes é a única coisa que me impede de sentir como se estivesse flutuando, flutuando no inferno.

A escuridão é inofensiva se você sabe que pode interrompê-la com um apertar do interruptor ou a tela do seu celular. É inofensiva quando está sob seu controle. A escuridão *de verdade*, selvagem, é devastadora.

Começo a hiperventilar. Estou caminhando há vários minutos; fiz, pelo menos, uma dúzia de curvas. Estou no centro de um labirinto. Mesmo se quisesse voltar, não tenho certeza se conseguiria alcançar os outros garotos.

E não quero. Não quero sair desse lugar sem Elijah.

Miro o infinito em minha frente.

O que devo fazer?

— Tá tudo bem, Roberto, tá tudo bem — sussurro para mim mesmo, tomando inspirações longas e profundas. — Entrar em pânico agora não vai ajudar ninguém.

— Não vai mesmo.

— *Ah!* — Salto quando algo toca meu ombro.

Um isqueiro é aceso.

— Liam? — Ele segura a chama próxima ao rosto, levantando a outra mão em sinal de rendição. Está calmo, um contraste completo ao meu desespero. — Mas que porra, como não ouvi...?

— Se acalma. — Ele toca meus ombros de novo. — Andrew me mandou atrás de você. Graças ao *Senhor* consegui te achar, esses túneis são um pesadelo. Se você se perder aqui...

Assinto e engulo em seco, me viro em direção à escuridão outra vez, a pequena chama do isqueiro de Liam não fazendo muito para interrompê-la.

— Perdi ele — murmuro, a última imagem de Elijah me assombrando —, eu perdi ele. Porra. — Soco a parede. — Eu perdi ele, nesse lugar, Liam, o que vou fazer?

— Ei, ei, ei, não precisa disso. — Me puxa pelo braço. — Vamos sair daqui.

Me desvencilho de seu toque.

— Não, não posso. — Começo a dar alguns passos para longe. — Ele ainda tá aqui em algum lugar. — Dou as costas a Liam. — *Elijah!*

Liam sussurra por trás:

— Você vai sair, por bem ou por mal.

O barulho de um golpe intenso preenche o túnel. Então, nada mais.

Descanso.

Mergulho na escuridão.

Ela se prolonga.

Se prolonga.

Se prolonga até eu abrir os olhos na enfermaria.

O que aconteceu?

Não lembro de ter me machucado.

Perdi a aula de Colter?

SIMPATIA PELO DIABO

Roberto

13 dias atrás

— Meu nome é Roberto Silva. — Encaro a parede branca, pontinhos pretos dançam sobre ela. A lanterna passa pelo meu olho esquerdo, então se afasta, tão rápida que deixa uma cicatriz no campo de visão. A cicatriz some antes da luz irradiar meu olho direito. — Nasci em São Paulo, mas cresci em Miami. — Ela aponta a lanterna de baixo para cima agora, puxando a pele ao redor dos meus olhos. — Tenho 16 anos. Minha cantora preferida é Taylor Swift. Meu filme preferido é *O sexto sentido*. Tenho um pastor-alemão chamado Pilantra. — Depois de terminar, Cynthia afasta sua cadeira de rodinhas e me observa atentamente. — Ele é o cachorro mais dócil que já conheci. Sou filho de Anna e Cláudio Silva. Sou calouro da turma de 2022 da Academia Masters.

— Bom. — Cynthia guarda sua lanterninha num dos bolsos do jaleco e se levanta. Deixa a bandeja de utensílios que utilizou durante o exame na pia. — Está se recuperando bem, o ferimento na cabeça é pequeno. Não está com dor, certo? — pergunta sem me olhar.

— Não.

— Pode retornar às aulas imediatamente, sr. Silva.

Assinto, grato. Passar mais uma noite na enfermaria seria... tenebroso. Preciso recuperar meu senso de normalidade. Não me sinto mais aliviado, no entanto. Há uma coceirinha no meu cérebro, uma coceira que não consigo alcançar.

Levanto da maca. Um terno novo, limpo e passado está descansando sobre a escrivaninha, logo ao lado. Encaro-o. *Onde está meu terno antigo?*

— O que aconteceu mesmo? — indago a Cynthia.

A enfermeira não responde de imediato. Na verdade, tenho a impressão de que não me ouviu ou de que está me ignorando. Ela apanha sua prancheta e escreve, escreve; escreve pelo que parece uma eternidade. O ambiente cai num silêncio desconfortável, interrompido pelo barulho irritante de sua caneta riscando o papel.

Por fim:

— Um acidente — responde ríspida, os olhos ainda centrados no papel.

— Que tipo de acidente?

Mais silêncio.

Até o barulho de escrita cessar.

— Um que esperamos que não volte a se repetir. — Ela me fita por um segundo, seu olhar álgido e severo fazendo um calafrio atravessar minha espinha.

Meu instinto é insistir, mas algo em Cynthia é macabro e intransigível. O tipo de ser — *não só humano* — que você não deseja desafiar.

Então, calo minha boquinha.

Ela descansa a prancheta numa mesa de apoio e abre os armários na parede. Retira dois frascos — um selado, um aberto, mas de rótulos idênticos.

Volta a se aproximar, os passos pesados.

— Está na hora das suas pílulas.

***

Quando deixo a enfermaria, passo por Lucas White.

Ele está subindo as escadas em direção à sala de Cynthia.

Vê-lo me causa uma sensação estranha.

Quero socá-lo e abraçá-lo ao mesmo tempo.

Não tenho a mínima ideia do motivo.

* * *

Chego atrasado na aula de aritmética. Depois disso, meu dia seguiu normalmente — tão normal quanto poderia com grandes apagões nas minhas memórias. *Não consigo lembrar de quase nada das últimas semanas.* Talvez tenha sido o golpe na cabeça, talvez precise de mais tempo de descanso.

Além das memórias, tenho certeza de que há algo faltando. Algo... importante, essencial. Não me sinto confortável. Estou sozinho, mesmo que não queira estar, mesmo que sinta que não deveria estar. Sinto muitas coisas, e todas elas me perturbam.

Entro no refeitório na hora do almoço. Não estou com fome, mas me forço a colocar alguma coisa no prato ao passar pelo buffet. Os outros garotos conversam e sorriem, descontraídos, tranquilos. É como se eu fosse um alienígena, depositado neste umbral de testosterona adolescente e barbas ralas.

Então, me viro.

E o vejo outra vez. Sentado na mesa mais afastada, a mais escura, a mesa que todos tentam evitar.

Eu o conheço.

Nuca curvada para baixo, aura de destruição ao redor.

Eu o conheço.

Engulo em seco. Posso não lembrar de muitas coisas, mas lembro de sua reputação. Realmente vou fazer isso? Bati a cabeça e enlouqueci de vez?

Sim.

Sim, eu vou.

Inspiro fundo e começo a caminhar em direção à mesa que todos odeiam, em direção a ele.

Um braço me impede no meio do caminho.

Paro, sobressaltado.

— Ei. Roberto, certo?

É o filho do diretor. Liam Davies. Os cabelos lisos perfeitamente alinhados, o azul cintilante de suas íris me hipnotizando, hipnotizando qualquer um que entre em sua mira.

Franzo o cenho.

— S-Sim. Como você sabe? Já nos falamos antes?

Ele dá um sorriso convidativo, abrindo o terno, sempre cordial.

— Não. — Aponta um dos lugares vazios na mesa que ocupa com seus amigos. — Mas, se quiser, pode se sentar com a gente. Prometo que somos veteranos *do bem*.

Entreabro os lábios, atônito. Troco olhares com os outros garotos à mesa. Todos forçam sorrisos gentis, mas consigo ver a irritação por trás dos dentes brancos.

Fito Liam, depois o garoto de fios escuros na mesa ao longe. Meu peito pesa, angustiado.

Definitivamente enlouqueci.

— Obrigado, mas... — Volto a caminhar — Já tenho um lugar.

O sorriso de Liam permanece firme enquanto me afasto, mas a frustração é visível em seu rosto. Você precisa se concentrar bem para encontrá-la, e precisa saber *o que* está procurando, mas está ali, escondida atrás de camadas e camadas de uma simpatia tão afiada que poderia cortar meu pescoço.

Chego à mesa *dele* e ainda não sei exatamente o que estou fazendo.

Lucas ergue a cabeça para me encarar, a face se contraindo violentamente. Todos os amigos o acompanham, desconfiados. Por que não desconfiariam? Um calouro se aproximando *desta* mesa? Me sinto no centro de uma matilha.

E estranhamente... me sinto confortável pela primeira vez desde que acordei na enfermaria.

— Tudo bem se eu sentar aqui? — pergunto, um tanto hesitante. Encaro Lucas, mas a pergunta é direcionada a qualquer um na mesa.

Há um longo momento de silêncio, tenso, imprevisível.

Posso ver nos olhos de Lucas o momento em que desiste de me dar um murro.

— Senta e come a porra da sua comida. — É uma ordem. Uma que obedeço com gosto.

Os outros garotos se entreolham, arqueando sobrancelhas, murmurando sobre mim — e sobre Lucas me aceitando em seu círculo.

Não estou com fome, mas mando algumas colheradas para dentro, observando-o disfarçadamente.

— O que é? — ele questiona, irritado, depois de um tempo.

— Meu nome é Roberto. — As palavras saltam da minha boca. Lucas volta a se concentrar em sua bandeja.

— Eu sei — resmunga, cortando o filé de frango grelhado.

— ...como?

Ele me encara, como se a pergunta o tivesse pegado de surpresa. Mastiga e mastiga. E, quando a comida desce pela garganta, ainda não tem uma resposta.

— Cala a boca.

(ASSOMBRADO)

EU TE AMO, ISSO ESTÁ ARRUINANDO MINHA VIDA

Roberto

12 dias atrás

Antes de fechar a porta do quarto, dou uma última olhada no cômodo. A cama de solteiro, a mesa de cabeceira, o guarda-roupas. Não há nada fora do lugar, nada estranho, mas sinto que há. Não apenas sinto como tenho plena certeza. Esse quarto não é o mesmo em que estive dormindo nas últimas semanas, embora nada tenha mudado.

Talvez não goste de dormir sozinho. A maioria dos outros garotos tem colegas de quarto, afinal. Por que *eu* tive que ser um dos felizardos a enfrentar o semestre sem ninguém? Mais uma vez, estou sozinho; e, mais uma vez, sinto que não deveria estar.

Tenho sentido muitas coisas ultimamente, e isso não é legal. Queria ser Lucas e não sentir porra nenhuma.

Aquele canalha.

Segurando a mochila por uma das alças, fecho a porta. Me viro para o corredor, está vazio. Os outros garotos não devem nem ter acordado ainda. O sol mal se ergueu no horizonte. Falta algum tempo até o refeitório abrir para o café, mas quero passar na biblioteca antes, pegar minha cópia do livro didático de aritmética. Estão fazendo algum tipo de reforma no local, então certos títulos mudaram de lugar, principalmente na seção sul do primeiro andar. Espero que sr. Jones esteja mantendo tudo em ordem. É insano imaginar que uma só pessoa seja encarregada de uma biblioteca daquele tamanho.

Caminho tranquilamente pelo corredor até chegar na curva. Antes de cruzá-la, ouço:

— *Roberto?*

Me viro bruscamente, interrompendo os passos.

A voz veio detrás de mim, na direção do meu quarto, tenho certeza. Vincos se formam em minha testa.

Sou o único aqui.

— Oi? — Meu coração acelera.

— *Roberto...*

Me viro novamente. Agora, a voz veio do corredor logo ao lado.

Dou alguns passos à frente e o observo.

Nada além de portas fechadas e outra curva mais à frente.

— Tem alguém aí? — chamo mais uma vez, dividido entre terror e curiosidade mórbida.

Espero alguns segundos por uma resposta, o mais imóvel que consigo. Respiro devagar, atento.

Não há som algum.

Analiso os dois lados do corredor, então miro a porta do meu quarto outra vez.

Estou ouvindo coisas?

— *Laus be.* — Atrás de mim. — *Laus be.* — Ao meu lado. — *Laus be.* — Em minha frente.

Mas não há ninguém em direção alguma, a voz brotando do vento.

O medo começa a se transformar em terror.

— Lucas, é você? — pergunto no desespero, mas a voz não se parece com a dele. Não é grossa, não é... hostil.

É suave, é calma, é etérea. Familiar, mas extraterrestre. Íntima, mas sobrenatural.

A voz não me responde. Vasculho os arredores em busca de algum sinal; não acho nada; decido aceitar que um dos efeitos colaterais de um baque forte na cabeça é alucinar vozes.

Aperto a alça da mochila com mais força e sigo em frente, continuando o caminho até a biblioteca, no andar de cima. Cruzo um, dois corredores até chegar ao que leva às escadas. Há janelas em uma das paredes, a luz do sol se derramando aos meus pés e me causando alívio. *Você não entende como são macabros os corredores de um castelo de arquitetura medieval até estar sendo assombrado em um deles.*

Quando estou prestes a subir os primeiros degraus da escada circular e deixar o dormitório, ouço passos correndo atrás de mim.

Viro.

Não enxergo nada.

Então, passos nos degraus adiante, acima da minha cabeça.

Viro. Encaro a estrutura circular, as curvas que levam ao andar superior, buscando a origem dos sons.

Não encontro.

Merda, merda, merda.

— Isso não é engraçado — digo para o nada, para a escadaria escura, onde a luz do sol não chega.

E o nada, dessa vez, não fica quieto.

— *Pai, por favor.*

Atrás de mim.

Encaro as escadas, atônito. Mas, pela visão periférica, consigo vê-lo, *bem ali*. Um garoto encolhido no chão, apoiando-se na parede, logo abaixo de uma das janelas do corredor. Está em posição fetal, abraçando os próprios joelhos. Geme e treme, chorando.

— *Pai, por favor* — ele repete. A voz faz minhas tripas se revirarem.

Eu me viro devagar, tão devagar que o mundo entra em câmera lenta. Pisco várias vezes, me assegurando de que, além das alucinações sonoras, não estou também *vendo* coisas. Aperto os olhos com força. Quando os abro, ele *continua* ali; cabeça abaixada, fios brancos e longos caindo até os ombros; terno alinhado. *É um aluno. Ufa.*

— Quem é você? Por que tá brincando comigo? Não são nem seis horas da manhã, cara. Tem algum tipo de problema?

E um problema, de fato, ele parece ter. Um que não consigo compreender.

— *Pai, por favor...* — repete. A voz ecoa pelo redor, como se saísse diretamente da pedra do castelo.

— Como cê tá fazendo isso? — questiono.

E, dessa vez, nem um choramingo ganho. O garoto fica em completo silêncio, deixa de tremer, como uma estátua.

Meu cérebro diz *fuja, seu idiota, suba as escadas e corra para tão longe quanto puder*, mas meus pés seguem parados no lugar, observando a figura, confuso, tentando entender por que caralhos — mesmo sem ver seu rosto — ele é tão *familiar*.

Talvez já o tenha encontrado antes e simplesmente *não me lembre*. Deixo todo o bom senso de lado e me aproximo, com cautela.

— Tudo bem? — pergunto, relutante. Ele abraça os joelhos com mais força, reagindo. Olho ao redor, tentando entender de onde surgiu, como sua voz pode soar fantasmagórica, e mais importante: *por que não consigo parar de me aproximar*. Me agacho, estendendo uma mão até seu braço. — Olha, não sei o que tá fazendo aqui no chão, mas se me disser qual é o seu quarto, posso te ajudar a chegar nele. Você é calouro? Não lembro de ter te visto nas aulas. Está cedo, tá tudo bem, ninguém vai saber que acabou se perdendo. Este castelo é grande, até eu fico confuso às vezes. Na verdade, fico confuso *muitas* vezes — finalizo com uma risadinha incerta.

Jesus, simplesmente não consigo calar a boca.

O garoto se mantém calado. Toco seu braço. Minha palma congela, e a retraio imediatamente. O susto me faz cair no chão. Arregalo os olhos.

— *Laudate Dominum* — enuncia, a voz mais grave dessa vez, partindo indiscutivelmente de seus lábios. Ergue a cabeça, me mirando olho no olho.

O rosto é pálido, mais pálido do que o comum; as íris são de um azul opaco, sem vida; os lábios, rachados e anêmicos.

— Oh merda... — Me arrasto para trás quando percebo uma mancha de sangue em sua camisa social branca, escondida sob o terno. — Merda, você precisa de ajuda? — Me recomponho, reaproximando-me dele. Analiso o ferimento no peito. Não parece estar aberto. — O que aconteceu?

Ele fixa os olhos nos meus, seus lábios cerrados sutilmente. Inclina o pescoço para o lado, admirando algo, *me* admirando.

Desconfortável, me afasto. Fico em pé, estendo-lhe uma mão, mesmo que a sensação de tocar sua pele gélida me cause arrepios.

— Vem — incito-o a aceitar minha mão —, vou te levar na enfermaria. Não precisa me dizer o que aconteceu, só vou te levar até Cynthia e ela vai te ajudar. — Ele nem considera minha mão, mantendo o olhar centrado no meu rosto, como se *eu* fosse o estranho aqui. Recolho a mão. — Ei, não tá me ouvindo?

O garoto abaixa o olhar para o próprio torso.

Isso retorce meu estômago, faz meus olhos arderem. *Será que não tinha percebido o próprio machucado?*

Ele desvia a cabeça para o lado, mirando o corredor vazio.

— Meu pai fez isso comigo — murmura baixinho, as palavras esganiçadas quase não conseguindo escapar da garganta.

Mais uma vez, fico confuso; mais uma vez, me aproximo.

— Seu pai? — ecoo. Ele assente. Meu peito pesa ainda mais. — Seu pai tá aqui na ilha?

— Não mais.

Encaro a lateral de seu rosto, as veias azuis e verdes sob a pele fina das bochechas.

— Quem é você? — sussurro.

Ele me fita, assombrado.

— Não se lembra de mim? — diz e suspira, como se perdesse o fôlego.

— O quê? Não, eu...

O garoto começa a chorar, a boca jazendo aberta, seu olhar se perdendo ao redor.

Me sinto como a pior pessoa do mundo.

— Me desculpa, eu não... escuta, vamos pra enfer...

— Você *não* se lembra de mim — ele geme entre as lágrimas, magoado, *destruído*.

Fico paralisado, sem saber o que responder. Só desesperado, desesperado para fazê-lo parar. É como se sua dor também fosse minha.

Me impulsiono para segurar seus ombros e implorar para que *não chore, por favor, não chore, não parta meu coração desse jeito, eu não consigo te ver chorando, não sei por quê, não sei por quê, mas não, não, por favor, não.*

Mas não tenho tempo.

Em um piscar de olhos está ali, no outro não está mais.

Acabo caindo no chão, minhas mãos tocando a pedra fria.

Reergo-me, analisando o corredor.

Estou sozinho de novo.

— Ei! — Em pé, giro sobre meu próprio eixo, um pião rodando sem direção.

Me aproximo da base das escadas em caracol, olho para cima. Não há nada nos degraus. Corro pelo corredor, refazendo os passos até meu quarto. Não o encontro. Sequer ouço sua voz nas paredes.

É como se o garoto nunca tivesse estado aqui. Como se a conversa... tivesse sido toda na minha imaginação.

Me ajoelho no meio de um corredor qualquer, a mochila caindo dos ombros.

O que acabou de acontecer?

Quem era você?

E...

Por favor, volte.

Volte a me assombrar.

VOCÊ ME CORTA, E EU CONTINUO SANGRANDO, AMOR

Roberto

10 dias atrás

Continuo vendo-o pelos próximos dias. No canto dos olhos, no reflexo de um espelho, num corredor distante. Sempre desaparece antes que eu possa alcançá-lo. Sua voz. Não ouço mais sua voz, embora ela não saia da minha cabeça.

Roberto...

Ele sabe meu nome. É uma puta injustiça que eu não saiba o seu.

Minhas têmporas latejam de vez em quando, logo depois de acordar, logo antes de dormir, quando tento esmaecer a névoa que recobre minhas lembranças recentes, *quando penso em sua voz.*

É o final da terceira aula da manhã, caminho pelos corredores em direção ao laboratório de Química, dois andares acima. Olhos centrados no chão, mente centrada *nele*.

Avoado, acabo esbarrando no ombro de um garoto qualquer. Ele me olha com cara de poucos amigos. Peço desculpas, continuo andando em direção às escadas.

Então...

Oh.

Lá está ele, parado em frente às escadas, em toda a sua glória, sem truques dessa vez.

Fico paralisado no lugar, assustado e aliviado ao mesmo tempo. Vários metros nos separam, mas é como se pudesse tocá-lo com um simples estender dos braços.

Ele me mira com suas íris opacas, os fios claros encobrindo parte de seu rosto, a mancha de sangue ainda presente na camisa sob o terno.

Engole em seco quando percebe minha atenção, mas não se move. Pessoas sobem as escadas, passando ao seu lado, ignorando-o. *É como se não o vissem, como se não estivesse ali, como se só existisse para mim.*

Me aproximo devagar, com medo de fazer qualquer movimento brusco.

Ele inspira fundo, cerrando os punhos. O semblante se fecha, os lábios se contraem numa fina linha entristecida.

Então, desaparece novamente. O lugar que antes ocupava, agora vazio.

Não.

Jogo minha mochila no chão e corro até as escadas.

— *Espera!* — grito, exasperado. Faço meu melhor para não esbarrar em ninguém, mas meu melhor é uma bosta. Não ligo. — Espera, porra. Por favor.

Alcanço os degraus, subindo-os como um maluco, pulando de dois em dois como se minha vida dependesse disso.

Chego no andar superior, ofegante. Vasculho todas as direções. Ele se foi, eu o perdi de vista, o deixei escapar, como um otário, mais uma vez.

Estúpido. Estúpido Roberto.

Alguém toca meu ombro. Salto para trás.

— Opa, opa, opa! — É Lucas, surgindo das escadas, minha mochila em uma das mãos. Tento controlar a respiração, mas não consigo. Tento controlar meu coração, mas não consigo. A angústia é grande demais. E o desgraçado pode ver isso claramente no meu rosto. — Te vi correndo como um maluco no corredor lá embaixo. — Ele me entrega a mochila. — Pra onde tá indo com tanta pressa, *Looney Tunes?*

Sobre o ombro, miro o corredor às minhas costas. Tantas pessoas; mas, sem *ele*, é como se estivesse vazio.

Umedeço os lábios e esfrego a testa, recuperando parte da minha sanidade.

— Tinha um cara... — *Como posso explicar isso?* — Um cara, um aluno. Pelo menos, *acho* que é. Machucado. Cabelo branco.

— Branco?

— Sim. — Me aproximo mais para sussurrar: — Talvez, não branco; loiro, bem claro. Sua pele é branca, *branca*, como uma folha de papel. Ele aparece e some do nada. Eu o vi chorando no corredor dois dias atrás. Tem uma... uma mancha de sangue bem aqui. — Indico o local no meu próprio peito. — E ele fala umas coisas estranhas.

Lucas parece não acreditar numa palavra sequer, arqueando as sobrancelhas e fazendo seu melhor para segurar uma risada.

— Tá falando sério?

Reviro os olhos.

— Deixa pra lá.

Começo a caminhar em direção às escadas no fundo do corredor, rápido e emburrado. Lucas me segue de perto.

— Deixa eu adivinhar: você tava correndo assim pra comer alguém? — Deixo uma longa lufada de ar escapar pela boca. — Atrapalhei sua foda?

— São dez da manhã, babaca, não ouviu nada do que eu te disse? Essa merda é séria.

— Claro que é. Escuta, descolou um pozinho com alguém ou algo do tipo?

— Não tô usando drogas.

— Mas soa como se estivesse.

Paro num armário próximo, espalmando-o. Fico em silêncio, incerto do que fazer, duvidando do que vi.

Por que o garoto só apareceu para mim? Como ninguém mais o notou?

Está mesmo na minha imaginação?

Talvez sejam as pílulas de Cynthia. Preciso voltar na enfermaria e perguntar a ela se alucinações são um efeito colateral.

— Merda... — Apoio as costas nos armários e encubro o rosto com as duas mãos.

Não estou bem. Posso sentir minha lucidez escorrendo pelos dedos.

— Ei, cara. O que tá acontecendo? — Lucas finalmente se dá o trabalho de me levar a sério. — Tem alguém atrás de você? Me diz quem é. Vou acabar com a raça do filho da puta. A gente sai há pouco tempo, mas você é um dos meus, ninguém pode te tocar.

Afasto as mãos do rosto. Miro o chão, triste.

— Obrigado, valentão, mas eu... Não é nada disso. Acho que a ilha tá começando a brincar com a minha cabeça.

Sigo o caminho até as escadas, cabisbaixo.

Lucas não me segue dessa vez, mas sinto seu olhar preso em minha nuca.

FRANKENSTEIN

ROBERTO

9 dias atrás

As dores estão cada vez mais intensas, cada vez mais instáveis. Não são mais um latejar nas têmporas, estou preocupado de ter um derrame. Recorro à Cynthia logo antes do início das aulas do dia. Conto a ela sobre as alucinações, sobre o garoto de fios brancos e olhos opacos, sobre sua voz. Ela grunhe, como uma cientista insatisfeita com os resultados de um experimento, e escreve em sua planilha por alguns minutos.

Deite na maca, ela diz. *As dores devem sumir em breve com a ingestão regular da medicação, mas as alucinações... Você deve ignorá-las. Ignore a voz, ignore o garoto, e tudo vai ficar bem.*

Okay, suspiro.

Ela prepara uma seringa.

O que é isso?, pergunto.

Algo pra tratar desses sintomas no momento. Não quero que continue desconfortável, sr. Silva.

A agulha entra na minha veia.

Fecho os olhos.

Por quanto tempo preciso tomar as pílulas?

Sinto como se estivesse caindo, perdendo o controle dos meus membros.

Pelo tempo necessário. Sua voz soa baixa, impossivelmente distante, como se estivesse em outra sala, em outra dimensão.

Acordo na minha cama, trêmulo, suando frio.
É noite.
Agarro os lençóis.
Perdi o dia inteiro?
Há um frasco lacrado das pílulas na minha cabeceira.
A dor se foi.

HIPOCAMPO

ROBERTO

8 dias atrás

Mas ela logo retorna.

Gostaria de poder enfiar as mãos no meu cérebro e arrancar a coisa de uma vez. O alívio seria indescritível.

Estou me decompondo.

Tomando banho, tenho a impressão de ver uma figura do outro lado do box, embrumada no vapor.

Molhado, caminho até a silhueta, mas ela se esvai junto à névoa.

O chão fica encharcado; minha percepção de realidade, abalada.

Meu reflexo no espelho parece levemente atrasado, como se, do outro lado, estivesse alguém me imitando. Em certo momento, ele ri de mim. Está tudo bem. Eu rio junto.

Então, isso é loucura?

***

Sento na cama, toalha enrolada na cintura. A janela aberta, o céu noturno se esticando anil e majestoso através dela, pontilhado por estrelas e por uma lua que se torna maior e mais brilhante a cada noite. Observo-o, derrotado. De novo, Lucas insistiu para saber o que há de errado comigo. De novo, não tive uma resposta que lhe satisfizesse. Nem tive coragem de contar o que aconteceu ontem, na enfermaria.

Ao menos, ele me disse que também está tendo dores de cabeça, que Cynthia lhe receitou o mesmo remédio. *Não falou nada sobre vozes ou visões, no entanto.*

Encubro meu rosto com as mãos, respirando fundo.

Quando isso vai parar?

Posso senti-lo se sentando ao meu lado, mas tenho medo de afastar as mãos do rosto. Medo de ver que ele não está realmente ali, e medo de estar.

Qual das duas opções me faria menos... maluco?

— O que tá acontecendo comigo? — sussurro entre meus dedos, para mim mesmo.

Sinto um toque frio, áspero, úmido, em minhas palmas — *merda, merda, merda* —, afastando minhas mãos, me fazendo encará-lo.

Cynthia me mandou ignorá-lo, mas não consigo, não sou *fisicamente* capaz.

Ele vira minha cabeça em sua direção, segurando a lateral do meu rosto. A estranha curiosidade de antes permanece em suas íris opacas, o pescoço ainda levemente inclinado para o lado, os mesmos fios brancos encobrindo parte do rosto. Lindo, *tão lindo.*

Meu peito arde, o sangue correndo quente em minhas veias.

— Está mesmo aqui? — A pergunta me escapa, baixa e indecisa. — Ou tô só te imaginando?

Ele se aproxima, calado. A brisa noturna invade o quarto pela janela e balança seus fios. Toco-os. São secos, mas reais.

— Por que tenho a impressão de já ter te visto?

— Se lembra de mim? — pergunta, a voz doce.

— Não — respondo sem hesitar. — Não me lembro.

E a resposta parece, mais uma vez, quebrar seu coração.

A curiosidade lentamente se dissolve de sua face, escorrendo e manchando a cama que dividimos. Ele recolhe a mão, se retrai no colchão. Mira a porta do banheiro à frente, fugindo do meu olhar.

— Deveria? — balbucio, um nó crescendo na minha garganta. — *Deveria me* lembrar?

E antecipo, angustiado, sua resposta, para que me olhe novamente, para que me *veja,* e me toque, e fale comigo. Para que seja meu e fique aqui, no meu quarto. No quarto que, em sua presença, parece completo; sem aquela estranha sensação de vazio que o esteve assombrando nos últimos dias.

— Ainda lembro de você — ele finalmente sussurra, sem me olhar. — Não sei se isso é uma coisa boa. Eu só... não sei o que fazer, não sei pra onde ir. Só sei... como voltar a você. Embora ache que não deva, embora sinta que é errado.

Algo parecido com um gemido deixa minha garganta.

— Não. Não, não tem nada errado. De onde você se lembra de mim? Quando nos conhecemos? Me diga. Me diga e me faça entender. — Sou um pouco incisivo, mas não consigo evitar. Penso em tocá-lo, em passar meus braços pelos seus ombros e puxá-lo em minha direção. Quero dizer *me desculpe por ter me afastado quando te toquei pela primeira vez, me ajude a entender o que está acontecendo, não quero ficar sozinho, não me deixe sozinho.*

— Os corredores não são seguros, Roberto. Tome cuidado.

Seu peso na cama desaparece, o quarto fica vazio. O assovio do vento na janela. Não posso dizer que estou surpreso. Se ao menos tivesse implorado, *implorado para que continuasse me aterrorizando.*

Tomo as pílulas conforme Cynthia ordenou, a dor vai embora por algum tempo.

Nos meus sonhos, sonho com ele.

Mas não sei se posso chamar de sonho.

Talvez seja um pesadelo.

SABOTADOR

Roberto

6 dias atrás

Me tranco na cabine do banheiro, e logo o mundo começa a girar. Sento-me no vaso fechado e aperto minhas têmporas até que a pressão alivie o latejar. Cerro os olhos com tanta força que a escuridão se torna uma tela em branco. Mordo a língua, tentando conter os gemidos. O banheiro estava vazio quando entrei, mas não quero chamar a atenção de ninguém.

O que posso fazer?

Não quero voltar à enfermaria tão cedo e correr o risco de perder outro dia inteiro de aulas. Quero continuar com uma rotina normal, mas *não estou aguentando. Não estou suportando mais.* É como ter uma faca enfiada direto no crânio, como explodir lentamente, de dentro para fora.

Oh, meu Deus.

Tenho a impressão de ouvir algo lá fora, mas a dor se intensifica, me nauseando.

Oh, meu Deus.

Soco a parede da cabine, grunhindo, pedindo que *por favor, passe logo, por favor, Deus, eu não consigo...*

— Roberto? — alguém chama do outro lado. Abro os olhos, ainda em crise, e observo duas pernas pelo o vão da porta. — Roberto, o que tá acontecendo?

É Lucas.

Engulo em seco, tentando me recompor minimamente.

Respiro fundo e, quando acho que consigo me levantar, a dor retorna, mais intensa, mais impiedosa.

— Ah... — o gemido me escapa.

Por favor, por favor, por favor. No peito, tenho a sensação de morte iminente.

— *Roberto?* Que merda tá acontecendo?

Levanto do vaso, usando as paredes como apoio; seguro minha testa — tenho a sensação de que minha cabeça vai se descolar do corpo a qualquer segundo.

Cambaleio até abrir a porta, então dou alguns passos para fora. Não consigo abrir os olhos para mirá-lo, mas o sinto me agarrar e passar um dos meus braços sobre os ombros. Ele me ajuda a caminhar até as pias. Acumulo força o suficiente para lavar o rosto algumas vezes.

Venço a guerra contra minhas próprias pálpebras pesadas, abro-as. Apoio-me na cerâmica fria com as duas mãos. O reflexo não é nada bonito.

Lucas está desesperado.

— Mano... — murmura — mano, o que houve com você? Alguém fez isso...?

Me volto para ele.

— Não, não, ninguém fez nada — tento acalmá-lo, mas a dor ainda rasteja pelo meu crânio, sinto-a recrudescendo. — É a maldita dor de cabeça, Lucas. É como se tivesse uma parafusadeira no meu cérebro, droga. E ela afunda mais e mais... *Ah!* — Afunda, dilacerando a carne até alcançar minha medula.

* * *

Mais tarde naquele mesmo dia, vejo-o atirar seu frasco de pílulas floresta abaixo, como o maldito delinquente filho da puta que sempre foi. Não consegue ver que nossa situação já é crítica *com* o remédio e só piorará sem ele? Honestamente, queria atirá-lo do maldito terraço do castelo nesse exato momento.

Por que você é assim, Lucas? Disse a ele, e foi a minha vez de ficar desesperado. *Por que sabota tudo? Já não é o suficiente machucar todos ao redor, agora precisa machucar a si mesmo também?*

Tive medo, medo de perdê-lo também, medo de que o único amigo que tenho neste lugar se esfacele em dor e agonia — *como eu*. Já perdi tanto: meu bem-estar, minha sanidade, o maldito garoto de olhos opacos. Não posso perder Lucas, não *vou* perder Lucas, vou enfiar as pílulas goela abaixo, ou misturá-las em sua comida sem que saiba, vou fazer o necessário para... para garantir que ele não me deixe.

Se vai se matar, então é melhor que eu comece a me afastar o quanto antes, blefei, irritado. No dia seguinte, estava sentado na mesa com ele, tentando misturar as pílulas maceradas no seu café. Não funcionou, mas ele não pareceu irritado.

Eu o odeio. Eu o odeio *tanto*. Mas estou aterrorizado em perdê-lo.

Roberto

3 dias atrás

Cynthia estava certa.
    As alucinações foram embora depois de um tempo.
    As coisas estão voltando ao normal.
    Lucas precisa me escutar, precisa tomar a porra do remédio.

Roberto

2 dias atrás

Mas as dores, as dores só pioram.

(PARTE DA MINHA ALMA) FAMILIAR

ROBERTO

1 dia atrás

Então, o vestiário.
Elijah.
É loucura, não é? Precisa ser. Lucas está enlouquecendo sem o remédio de Cynthia.
Quero acreditar que está inventando, delirando tudo isso, mas...
Por que o nome soa tão familiar?
Não é como Brock, James, Diego — esquisito, desconhecido. É *Elijah*. Íntimo, cálido, próximo. Testo o nome nos lábios, as sílabas deslizam como se já o tivessem feito milhares de vezes, tão fácil, tão... certo.
Eu *conheço* esse nome, ele está lá, naquela massa cinzenta que recobre boa parte das minhas memórias, na escuridão da qual não consigo me livrar.
Quero tão desesperadamente me agarrar a qualquer senso de normalidade, mas a normalidade escorre dos meus dedos, já não parece exatamente a coisa correta a se buscar.
O garoto de cabelos brancos é ele, é Elijah, Lucas afirmou com tanta certeza.
Mas não pode ser, tem que estar errado. *Acho que eu lembraria de ter um colega de quarto, ou de ter ajudado alguém a encontrar o irmão desaparecido. Tão estúpido. Estúpido Roberto.* Não lembro de merda nenhuma.

Elijah.
Familiar.
O garoto que me assombra.
Familiar.
Seu toque frio.
Reconfortante.
Meu quarto sem ele.
Vazio.
Quando ele se vai.
Eu me despedaço.
Quando está aqui.
Me reconstruo.
Ele é a personificação da minha insanidade.
E talvez sanidade seja um conceito supervalorizado.

Depois do banho, confrontando todos esses sentimentos, corro de volta ao meu quarto. As dores pioram no caminho, pensar no passado, no garoto — *Elijah?* —, faz minha cabeça explodir.

Engulo três pílulas, sinto que vou desmaiar.

Caio de joelhos no chão gélido, chorando. *Não sei no que devo acreditar.* Uma mão tímida toca a minha bochecha. Então, outra.

Ele me retira da posição fetal, me ajuda a sentar e, depois, observa meu rosto úmido.

Abro os olhos para vê-lo tão perto de mim quanto jamais esteve.

— Precisa ouvir Lucas — o garoto sussurra. Enxuga algumas das minhas lágrimas com os polegares cuidadosos.

Engulo em seco, tremendo com a mínima possibilidade de sofrer dores ainda piores.

— Isso não vai me machucar mais? — pergunto.

Ele me ajuda a levantar, me ajuda a sentar na cama. Apanha o frasco semiaberto no chão, girando-o em frente ao rosto, analisando o rótulo. Balança as cápsulas, o barulhinho preenchendo o quarto enquanto seco minhas lágrimas. O garoto (*Elijah?*) me fita mais uma vez antes de atirar o remédio pela janela, de forma semelhante à que Lucas fez dias atrás.

— Eles tentaram me tirar de você. Só não sabiam que sou parte da sua alma, e que você é parte da minha.

Não tenho forças para questioná-lo ou confrontá-lo. A breve explicação parece elucidar todas as minhas dúvidas, mesmo que não responda nada, mesmo que soe tão insana quanto tudo tem soado nas últimas semanas. Mas essa insanidade agora bate junto ao meu coração, corre junto às minhas veias, explode meu peito com uma emoção que não consigo descrever exatamente. (Excitação?) Amor.

Bem no fundo, sei que Lucas não está louco, sei que as pílulas estão por trás das dores e da amnésia, sei quem é o garoto em minha frente.

Insano, mas simples.

Familiar.

Ele se senta ao meu lado, e é familiar.

Ele me abraça, sua pele fria é familiar.

Nos deitamos na cama, um de frente para o outro; apertados, pois é uma cama de solteiro; íntimos, porque já nos conhecemos; loucos, pois nada disso faz sentido.

Seguro sua mão, enrolando os dedos nos seus. É familiar.

Eu digo:

— *Elijah.* — Porque é familiar. E: — Você é Elijah.

Ele assente e se aninha no meu peito.

Aperto-o tão forte quanto consigo.

— Se lembra de mais alguma coisa? — ele sussurra contra minha garganta.

— Não. Só... *Elijah.*

— Tá tudo bem. — Ele beija minha mandíbula. — Você vai se lembrar.

Continuamos deitados, em silêncio. O sinal do almoço toca, seguido pelo do início das aulas da tarde. Sou incapaz de me levantar. Juntos, observamos o céu lentamente escurecer, os tons azuis sendo substituídos por laranja, rosa e, enfim, preto.

É noite.

Acabo cochilando, sem perceber.

Abro os olhos e...

***

Lembro, eu me *lembro* dele.

Toco meu próprio peito, mas Elijah não está mais sobre mim.

Não.

Me impulsiono com os braços.

Lá fora, a noite está ainda mais profunda. Posso ver um pequeno pedaço da lua.

Salto da cama, desesperado.

Não, por favor, não posso te perder de...

— Eles precisam de ajuda.

Está parado no centro do quarto, mirando a porta fechada. A voz é sombria, quase sobrenatural — como das primeiras vezes em que apareceu para mim desde que...

— Quem?

Elijah continua evitando meu olhar. Esfrega o peito delicadamente.

— Lucas, na enfermaria. Vão... apagá-lo pra sempre. E Andrew, embaixo do castelo. Eles vão rasgar seu coração, como fizeram comigo. — E seu tom vai abaixando até se tornar um murmúrio.

Toco seu ombro e o viro para mim.

— Sei quem você é. — Estico um sorriso emocionado nos lábios, as palavras correm para deixar a garganta. — Elijah. Meu amigo. Meu... namorado. *Meu.* — É minha vez de tocar as duas laterais de seu rosto. Meus olhos ardem. Os braços dele pendem ao lado. — Você me deixou. Naquele sarcófago. Procurei por você, mas não consegui te achar, até que... — A lembrança do encontro com Liam desfaz meu sorriso. — Acordei na enfermaria e já não lembrava de nada. Não mais. Nunca mais — afirmo com veemência.

Elijah não é receptivo à minha euforia. Na verdade, parece triste, afastando-se do meu toque, o olhar opaco perdido pelo quarto.

— O que foi? — A apreensão me domina.

— Algo terrível vai acontecer, tô certo disso. Vá ajudar seus amigos, Roberto. Antes que seja tarde demais.

E, devagar, vejo-o começar a desaparecer.

— Não, não me deixe de novo. — Tento agarrá-lo outra vez, mas meus dedos não alcançam nada sólido. Uma lembrança. Uma recordação. Uma ideia. A ideia do garoto que costumava dividir o beliche comigo. — O que você é? Por que faz isso? — Caminho até o local que ele ocupou poucos segundos atrás. — Elijah? *Elijah! Volte aqui!* Você não pode me deixar de novo. Não sou nada pra você? Puta que pariu, Ellie... *volte pra mim,* por favor... — grito no quarto até ficar rouco.

Quando tudo o que recebo é o assoviar do vento, aceito minha sina. Fecho os olhos e expiro fundo. O desgraçado me recompôs apenas para me destruir mais uma vez.

Em meio à melancolia, suas palavras ecoam em minha mente.

Algo terrível.

A *enfermaria.*

Preciso ir para a enfermaria.

BUSHIDO

ROBERTO

1 dia atrás

Já passa do horário do jantar, o castelo está vazio e escuro.

A enfermaria é a única sala com as luzes ligadas no corredor. Não preciso me aproximar demais para ouvir os murmúrios em seu interior ou o som de rodinhas se arrastando pelo chão.

Devagar e com muita cautela, me esgueiro pelos cantos sombrios até estar ao lado da porta. Olho ao redor, garantindo que estou sozinho. Não tento espiar dentro da sala ainda. Apenas controlo minha respiração e escuto:

— ...será um procedimento rápido e completamente indolor. — É a voz de Cynthia, sempre singular, sempre severa. Reconheço o barulho das rodinhas arrastando; é a maca se movimentando. Subitamente, ela para. Então, se dirige a outras pessoas na sala: — Deitem ele na cama e deixem o resto comigo. — O som de alguém sendo transportado da maca para o colchão. — Obrigada, rapazes.

Quantas pessoas estão lá dentro?

Merda.

Estão falando sobre Lucas?

Controlo meu impulso de enfiar a cara na porta e observar.

Elijah estava certo. *É claro que estava.*

E eu não trouxe nada para me defender, caso necessite.

— Tem tudo de que precisa? — Uma voz masculina dessa vez. Grossa e ríspida, a voz de um adulto que não reconheço. Não é de nenhum dos professores.

— Com certeza — a enfermeira responde.
— E sobre o outro garoto que foi encontrado no subsolo?
Enrijeço. *Estão falando sobre...*
— Roberto? — *...mim? Oh, porra.* Tento não me desesperar. Prendo a respiração enquanto ela continua, desdenhosa: — Não precisa se preocupar com ele. É meu projetinho pessoal. Seu tratamento está sendo mais difícil do que o de Lucas, os efeitos colaterais... hmm... devastadores. É possível que o cérebro do garoto derreta quando tudo estiver definitivamente apagado. Uma pena, mas o que se pode fazer?
Derreter?
Era isso que aquele maldito remédio estava fazendo comigo?
Cerro os punhos.
Derreter?
Eu confiei em você, sua desgraçada, confiei e te defendi.
Enjoado, preciso engolir o vômito que sobe ao meu esôfago.
— Se certifique de que ocorrências como esta não se repitam. — Outra voz masculina, outro adulto que não reconheço.
— Caso me depare com o mínimo desvio de comportamento de Roberto, irei colocá-lo em coma junto a Lucas. — *Coma?* — Agora, por favor, parem de duvidar do meu trabalho. Saiam daqui. Não tolerarei que voltem a falar comigo nesse tom.
Porra.
Começo a me afastar da porta, em direção a uma poça de escuridão sob as janelas do corredor. As vozes diminuem de volume, mas continuo ouvindo claramente. Mantenho os olhos fixos na porta aberta da enfermaria.
— Tome cuidado, Cynthia. Não é difícil imaginar como uma senhora de meia-idade pode desaparecer numa ilha isolada do Atlântico.
— Tá me ameaçando, *garoto*? Acha que tenho medo de você e de suas falácias? Olhe para si mesmo, e então pra mim. Estava limpando meus dentes com a espinha de homens mais ameaçadores quando você ainda usava fraldas. Saia da minha enfermaria, antes que suas tripas misteriosamente saltem para fora do estômago.

Há um longo momento de silêncio, até que passos se aproximam da porta.

— O *Senhor* não está feliz com seus serviços este ano, Cynthia.

— E quem você acha que é pra falar a *Seu* respeito? *Seu* porta-voz? Por que não diz isso a Wyatt?

— Já chega.

Dois homens saem da enfermaria, um deles — mais baixo — puxando o outro.

Fico completamente paralisado, um flash da minha vida passando em frente aos meus olhos.

Mas eles se afastam pelo caminho oposto, sussurrando entre si, sem olhar para trás.

Graças a Deus.

Engulo em seco. Espero até cruzarem o corredor e sumirem de vista para voltar a me aproximar da porta da enfermaria.

Paro junto ao batente, me agarrando à parede.

O que sequer vou fazer?

Preciso salvar Lucas, impedir que Cynthia o coloque em coma.

Mas como?

Onde está Elijah quando se precisa dele?

— Parece que não tenho tudo o que preciso, afinal de contas — Cynthia comenta para si mesma na enfermaria, baixinho.

E só processo o que disse quando sua sombra já está projetada no corredor, a enfermeira do colégio deixando sua sala.

Se vi minha vida passar pelos meus olhos antes, dessa vez não vi nada. Minha visão ficou completamente escura, nem um músculo sequer no meu corpo capaz de se contrair.

Ela fica um tempo parada na porta, sua cabeça voltada na direção que os dois homens tomaram momentos atrás.

Algum anjo da guarda — talvez *Elijah?* — empurra essa mulher para longe de mim e, quando pisco novamente, ela está distante, trilhando o mesmo caminho dos dois caras com os quais discutiu mais cedo. Vai matá-los? *Eu não duvidaria.*

Quando some de vista, volto a respirar e parto para o interior da enfermaria. Algo me diz que não vou ter muito tempo. Então, não permito que o choque da visão me imobilize.

Lucas está deitado na cama, inconsciente. Há uma bandeja de instrumentos cirúrgicos semiaberta na mesa ao lado, o cabo do bisturi apoiado na borda — *Jesus, o que aquela mulher ia fazer?* Um frasco amarelo está pendurado no apoio da cama, um tubo plástico azul descendo com líquido até a veia do antebraço do meu amigo.

Não penso duas vezes: puxo a agulha de seu braço. Não sei o que tem nesse frasco, mas coisa boa não deve ser.

Tento puxá-lo para fora da cama, mas não consigo; o filho da puta é pesado demais. Todos esses músculos agora são um fardo.

Mesmo com toda a adrenalina no meu corpo, desisto depois de algumas tentativas frustradas. Volto a deitá-lo e me inclino sobre seu rosto.

— Lucas... Lucas, acorda. — Dou alguns tapinhas no rosto, balançando sua cabeça com força. — Merda. Vamos lá, seu desgraçado! — Puxo suas pálpebras, insisto nos tapas e nas chacoalhadas. — Você precisa acordar. — Até que, finalmente, ele dá um sinal de vida. Grunhe e, devagar, ergue uma pálpebra sozinho, depois a outra. A sensação de alívio quase me faz socá-lo. — Graças a Deus. Vem! — Começo a me afastar e a tentar puxá-lo outra vez. — Precisamos sair daqui.

Ele fica parado, o olhar pairando sobre algo atrás de mim.

Franzo o cenho no milissegundo necessário para que sussurre:

— Atrás de você.

Bem quando sinto uma respiração em minha nuca, agarro o bisturi da bandeja ao lado e viro, em um movimento brusco.

— Ah!

Largo o cabo do pequeno instrumento metálico quando a lâmina penetra na garganta de Cynthia, rasgando a jugular.

A mulher arregala os olhos e franze o cenho, se dando conta do que acabou de acontecer. Cambaleia para trás lentamente, até se apoiar na pia da enfermaria. Não desvia os olhos dos meus.

Sou incapaz de me mover. Observo enquanto ela segura o cabo do bisturi e cai no chão, suprimindo o instinto de arrancar fora o corpo estranho.

Pequenas gotículas de sangue escapam do ferimento e mancham seu jaleco, outrora imaculado. O branco se pinta de vermelho, a vida escapa de seus olhos.

Lucas se levanta da cama e, junto comigo, observa a mulher.

Em seus momentos finais, o choque e o medo em seu rosto se transformam em fúria, em um frenesi de violência que quase a faz se levantar do chão e partir para cima de nós dois. Por alguns segundos, tenho certeza de que conseguiria me esganar com as duas mãos, mesmo sangrando internamente.

Mas, por fim, suas pálpebras se cerram, as mãos pendem inertes ao lado do corpo. Cynthia morre apoiada na parede, sentada no chão da enfermaria que comandou por todos esses anos, que usou para me torturar, para tentar apagar *quem* sou, para *derreter* meu cérebro.

Por dentro, sei que ela mereceu isso, sei que sua morte é um ganho nosso, mas por fora... por fora estou assombrado pelo que fui capaz de fazer.

Volto-me para Lucas:

— Eu não... — balbucio, tremendo. — Eu não queria... — Volto-me para o cadáver, puxo meus cabelos. — Porra.

Lucas desce da cama, já recuperado, e segura meus antebraços.

— Calma, calma. — Me puxa para o lado. — Não olha pra isso, olha pra mim.

Fito seu rosto, e minhas mãos trêmulas, e seu rosto novamente.

— Acabei de matar uma pessoa. — Hiperventilo. — Eu sou um assassino.

— Não, não é. Você tava apenas se defendendo. Isso não conta — afirma, convicto.

— Não?

— Não. Não quero que se culpe, tá proibido de se culpar, entendido?

Assinto, tenso. Ele solta meus antebraços. Juntos, nos viramos em direção à Cynthia. Um fio grosso de sangue agora escapa do ferimento no pescoço.

— Eles iam... — começo, mas então corrijo: — *Ela* ia te colocar em coma.

Lucas grunhe, mais irritado do que surpreso.

— Eu sei. — Ele apanha a jaqueta escura da cabeceira da cama. Veste-a. — Eles deixaram isso muito claro antes de me apagarem.

— Quem? — Me ignora por um tempo, caminhando até o corpo de Cynthia. Pressiona sua carótida intacta para ter certeza de que está morta. De soslaio, me lança um olharzinho de confirmação. Afasta-se do cadáver, alcança a porta. Enfia a cabeça lá fora, vasculhando os dois lados do corredor. Então, a fecha. Para junto à pia, observando o cadáver atentamente, apoiando o queixo com uma das mãos. Me aproximo devagar. — Lucas, eu fiz o que você disse. Parei de tomar as pílulas. Lembro agora, de Elijah, dos momentos finais que passei embaixo do castelo. Lembro de Andrew, de sua voz, seu rosto, sua presença, mas ainda há buracos... nem tudo nas últimas semanas está claro.

— Bom, é o suficiente por agora. Demorei alguns dias até recuperar todas as memórias, aquela merda tava fodendo bem com nossas cabeças.

— *Derretendo nossos cérebros* foi o que ouvi da boca de Cynthia.

E vejo Lucas enojado pela primeira vez.

— Caralho.

— Te disse que Elijah tem aparecido pra mim, né? Foi ele que me disse que você tava precisando de ajuda. Também me disse que precisamos ajudar Andrew, que... farão com ele o mesmo que fizeram com Elijah...

E a percepção me deixa melancólico, mais uma vez.

O que fizeram com ele?

Quando fizeram?

Como ainda está aqui?

Há tanto que não sei.

— Ele te contou o que... é? — Lucas pergunta, hesitante. — Ele não pode ser... como nós, não depois do que vimos...

Mas minhas dúvidas não importam, não agora.

— O que quer que seja, seu lugar é conosco — afirmo.

— Obviamente — ele reitera. — Mais um cérebro pensante seria muito útil pra resolver essa merda toda. — Lucas dá de ombros, a sombra de um sorriso sarcástico nos lábios. — E devo minha vida ao Gasparzinho.

Estreito o olhar, irritado. Ele ri.

— Não chama ele assim, ou vou socar sua cara.

— Claro, claro. — Ergue as mãos num sinal de trégua. — Impossível esquecer do rolo de vocês. — Expiro, me permitindo relaxar os ombros pelo mais breve dos momentos. Um momento que logo chega ao fim: — Me escuta. — Lucas se aproxima mais e sussurra: — Nossos pais tão nesta ilha.

— O quê? — praticamente grito.

Sua expressão não se altera.

— Eu sei, é fodido. Eles tão nesse... abrigo subterrâneo, logo do lado de fora do castelo. E tem mais: fazem parte de um culto. *Todos eles*. Um culto doentio, satanistas, do tipo que faz sacrifícios e tudo o mais. — Entreabro os lábios, em descrença. — Eles servem ao *Diabo*, Roberto.

— Tá falando sério?

Aponta o próprio rosto, exasperado.

— Olha na minha cara. Acha mesmo que eu inventaria uma porra dessas? Não vai começar a duvidar de mim de novo, vai?

— Não, não vou, mas... todos os pais?

— *Todos*. Não só eles, como os malditos professores, todos os adultos deste castelo. Ameacei Liam pra que me levasse ao subsolo de novo. O desgraçado acabou me levando pro abrigo deles, pra, sei lá... me fazer entender como essa situação é fodida. E vou te falar, Roberto, *isso* ele conseguiu. Só alguns deles tão no abrigo, mas todo cara que estuda neste lugar veio pra cá porque seus pais o ofereceram ao Diabo.

— Meus pais nunca fariam isso — declaro sem hesitar.

E há um breve momento de silêncio, no qual vejo várias coisas passarem no rosto do garoto em minha frente: pena, aflição, amargura.

— O que foi, Lucas?

— Sua mãe tava lá, mano. Eu... — Ele briga com as próprias palavras. — Eu sinto muito.

— Não...

Ele assente, engolindo em seco. Desvia o olhar para o chão, esfregando a nuca.

— Minha mãe tá nesta ilha, Lucas?

— Tá, Roberto, eu *vi, falei* com ela; falei com todos aqueles... — Ele se interrompe, o assunto claramente o abalando também. Tento entreter a ideia de que está mentindo, mas, como da última vez, sei que no fundo a explicação faz sentido demais para não ser verdade. Lucas precisa de um momento para se recompor, então: — Meu pai tava lá também, ele que me explicou tudo, tentou me convencer de que essa coisa de culto, morte e sacrifício é tudo pelo bem maior, pelo bem de nossas famílias, porque é a fonte de nosso poder, riqueza, influência. São um bando de assassinos. Nunca estivemos seguros em nossas próprias casas; aqui, muito menos. Lembra como Andrew tava desesperado procurando um celular pra falar com o pai? Sempre foi inútil, o pai dele tava na jogada o tempo todo, junto com o meu, junto com sua mãe, com o diretor. Liam sequestrou Calvin e brincou com Andrew, brincou com *a gente*, até levar os dois pro subsolo e prender eles lá. É fodido, Roberto. É mais fodido do que eu podia imaginar.

Encaro-o.

— Lucas... — pondero — quando eu tava procurando por Elijah depois que ele desapareceu, Liam me encontrou, me deu uma pancada na cabeça, e então acordei na enfermaria.

Ele assente, reflexivo.

— Lutamos com Colter nos túneis, ele fez isso. — Ergue a mão enfaixada. — Acabamos com o desgraçado, mas eu tava ferido demais pra continuar. Andrew me deixou e seguiu procurando Calvin.

Algum tempo depois... Liam me encontrou também. Me trouxe de volta. Quando o confrontei mais cedo, teve a audácia de mentir na minha cara. Não me surpreenderia se ele tivesse dado a ideia de apagar nossas memórias para a Cynthia. O filho da puta escapou de mim por enquanto, mas eu juro por Deus que... — Cerra os punhos até os braços começarem a tremer.

— Por que confrontou Liam? Por que precisou da ajuda dele pra chegar ao subsolo?

— A entrada que a gente usou, pela biblioteca, não existe mais. Tem uma parede no final do corredor. O diretor construiu uma parede naquela porra enquanto Cynthia fodia com as nossas mentes.

— Merda — balbucio.

— Mas Liam me disse que tem outra entrada, pelo lado de fora. E eu acredito nele.

— Por que acreditaria em qualquer coisa que ele falasse?

— Como nossos pais conseguiriam acessar o subsolo de fora do castelo? Tem que existir outra entrada. — Sua voz torna-se mais sombria. — E temos que achá-la *rápido*; meu pai disse que o *Ritual* vai acontecer amanhã.

Me apoio na cama e penso sobre a questão. A ideia de uma segunda entrada para o subsolo não me soa estranha, quase posso ouvir a voz de Andrew na minha cabeça, remoendo sobre ela. *Mas o quê?*

Está num dos buracos, numa das passagens ainda enevoadas, sei que está. Cerro os olhos com força, me obrigando a penetrar na névoa obscura, a mergulhar no abismo cavado por Cynthia e suas pílulas demoníacas. *Está bem ali. Dói. Mas está bem ali. Posso senti-la, sentir a recordação.* Lateja, lateja, lateja.

Até que...

— Sim. *Sim.*

Alarmado, miro Lucas. O garoto me observa, confuso.

— *"Sim"* o quê?

— Liam não tava mentindo. — Afasto-me da cama e volto a chegar tão próximo dele quanto consigo. — Tem outra entrada, Lucas. A entrada que Andrew usou pra sair do castelo com Liam quando queria procurar Calvin na floresta — declaro em êxtase, alvoroçado por ter recuperado essa lembrança tão peculiar. Devagar, sinto que estou recuperando o controle sobre meu próprio corpo, sobre minha mente. — Droga... se ao menos a gente tivesse aquele mapa do Andrew. Não lembro o que aconteceu com ele.

A reação de Lucas, no entanto, não é a que eu esperava:

— Eles foram *juntos* pra floresta? — Semicerra o olhar, irritado. — Andrew curiosamente esqueceu de mencionar esse detalhe quando... Bufo.

— Ciuminho agora, filho da puta? *Agora?* Enfia no cu. — Dou um tapinha em sua nuca. — Não temos tempo pra isso.

E ele luta contra a própria paranoia, numa sucessão de expressões quase cômica. Ao final, enfia o ciúme em algum lugar dentro de si — não sei se naquele que sugeri.

— Precisamos achar ele — reitera com firmeza, impassível. — Tipo, agora. Esse mapa aí iria ajudar bastante. Onde pode estar?

— Não sei. No quarto de Andrew, talvez.

— Não.

— Não?

— Já fui no quarto dele. Não tem nada lá. Onde mais?

— Não faço ideia, Lucas.

— *Pense mais.*

— Que tal se você baixar a bola por um instante? Não é o único com alguém em risco aqui. Ainda preciso reencontrar Elijah, arranjar uma forma de fazer ele ficar num lugar só de uma vez por todas.

— Esqueça Elijah por agora, Roberto. Você disse que ele tem aparecido de vez em quando, certo? Então, vai voltar quando estiver preparado. — Minha chateação se dissolve, especialmente quando acrescenta: — Se não dermos um jeito de salvá-los logo, Andrew e Calvin vão *morrer*. Isso é mais urgente.

— Tem razão, mas Elijah é *minha* responsabilidade. Aonde eu for, ele vai também.

— É claro que vai. — Lucas segura a lateral do meu rosto, confiante. — Nenhum de nós vai ficar pra trás, aqueles satanistas vão entender que mexeram com os caras errados. — E, então, me solta.

Algo viscoso e pesado começa a se espalhar no meu peito. *Angústia*.

— Gostaria de ter a sua confiança.

— O que quer dizer?

— Olha pra nós, cara. — Abro os braços. — Somos só dois contra sei lá quantos deles. — Aponto o corredor além da porta fechada. — Em quem sequer podemos confiar?

— Ninguém. Não podemos confiar em ninguém. Só em nós mesmos.

— Exatamente. E como caralhos você propõe que a gente chegue até o subsolo, salve Andrew e Calvin, então arranje uma forma de tirar eles dessa ilha? Se o que você disse é verdade, se nossos pais tão fazendo essa... essa atrocidade, é impossível, Lucas. Literalmente, não temos pra onde correr. Mesmo se saíssemos do subsolo com eles, pra onde iríamos? Só tem oceano por milhares de quilômetros lá fora. Nos esconderíamos no castelo? Em quantos dias acha que eles descobririam tudo? E então não seria mais *coma* pra nós dois, seria assassinato junto com Andrew e Calvin. Na hipótese mais otimista, aquela em que a gente consegue chegar em terra firme... como poderíamos nos esconder dos nossos pais? Eles nos caçariam *em todo lugar*. — Encubro a boca, intimidado e devastado por minhas próprias palavras, pela noção de que estamos travando uma guerra perdida. — Não temos escapatória. — E é como se todas as minhas forças escorressem pelo chão.

Encaro o cadáver de Cynthia. *Eu a matei por nada? Só para acabar do mesmo jeito, senão pior?*

O destino é realmente tão cruel ao ponto de permitir que pais matem seus filhos numa ilha no meio do nada por... Por quê? Riqueza? Poder? O que poderia sequer justificar uma coisa horrenda dessas?

Como podemos lutar contra uma força tão maior do que nós? A força que nos trouxe à vida, que nos criou para, então, cortar nossas gargantas?

Tudo isso, tudo isso... é *demais*.

Fecho os olhos, desejando que tudo seja um sonho.

E tenho medo de reabri-los; abri-los e descobrir que é tudo real.

Um toque suave no meu ombro.

É quente.

— Está com medo de morrer?

Respiro fundo e o encaro.

— O quê?

— Responde com sinceridade — Lucas sussurra, cálido —, está com medo de morrer?

— Sim, claro. Mas não é disso que tenho mais medo.

— Do que tem mais medo?

Não preciso pensar muito:

— De não conseguir salvar nossos amigos, de... — uma pontada no peito — de perder Elijah, de novo.

Ele abre bem os olhos, me assegurando que:

— Você não vai perder ele, e nós *vamos* salvar Andrew e Calvin. Os dois *vão* sair com a gente dessa ilha. Sabe como? — Nego com a cabeça. — Os iates dos desgraçados tão ancorados na praia. Vamos sair do castelo, cortar pela floresta e pegar um dos capitães de refém. Vamos navegar até a Flórida, então buscar ajuda. Deve haver alguém, alguma alma não corrompida nesse mundo que escute nosso lado da história, que nos dê algum tipo de ajuda. Mas só conseguiremos achar isso lá fora. Nesse castelo, todos são psicopatas. — Ele não vacila, não se abala, não estremece uma vez sequer. Sua confiança, pela primeira vez, me contagia. Assinto, assinto com convicção renovada. — Esse castelo foi erguido sobre os ossos de caras como você e eu. Não vamos só escapar dele, vamos *destruí-lo*. Você *não vai* perder Elijah. Eu não vou perder Andrew. Tá comigo?

A angústia se esvai, o medo está enterrado fundo.

Seguro sua mão. Ele me puxa para longe da cama.

Juntos, assentimos. Um pacto silencioso.

Então, ele se aproxima de Cynthia outra vez.

— Me ajuda a esconder o corpo. Precisamos achar alguma coisa, uma arma, algo que ajude a nos defender. Não podemos contar com suas habilidades com o bisturi contra um miniexército de satanistas.

Ele a puxa pelas pernas, fazendo-a deitar no chão. Rápido, seguro sua cabeça. Nós a deitamos na cama, bisturi ainda cravado no pescoço.

— É, acho que podemos descartar minhas habilidades com o bisturi. Uma vez já foi trauma suficiente.

Lucas me lança uma piscadela.

— Foi maneiro pra caralho. Certeza que ia deixar Elijah de pau duro.

A cobrimos com um lençol. Ele fica machado de sangue. Jogamos um segundo, terceiro, quarto, por cima.

Pegamos as chaves da enfermaria.

— Onde pretende achar uma arma neste lugar?

— Se alguém no castelo tem uma, deve ser o sacana por trás de tudo isso. — Quando saímos, Lucas comenta: — E, falando nisso, tem uma coisa engraçada sobre o diretor que preciso te contar.

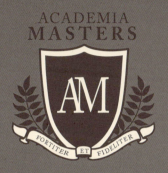

Parte III

RASGANDO MEU CORAÇÃO

"palavras afiadas como flechas
feridas onde ninguém podia ver
ele fechou todas as janelas
enquanto libertava sua fúria
não vou lembrar de você
como alguém gentil
por favor, poderia se lembrar de mim
e chorar?
ele disse que eu pertencia a um cemitério
disse que eu podia fugir, mas não chegaria longe
me diga como as pessoas sabem o que é amor e o que é dor?
ele disse que eu pertencia a um cemitério"

Aurora ("Churchyard")

UM CASO PERDIDO

Lucas

1 dia atrás

— *Daniel* é o *diretor*? Sem chance. Por que o diretor se prestaria a limpar o chão que a gente pisa? — Roberto pergunta baixinho, à minha nuca, enquanto caminhamos em direção à sala de Wyatt. Passos largos e apressados. Cada segundo é valioso.

— Bom, acredite se quiser... — Meu tom é ácido. — Ele não é o encarregado pelo serviço de limpeza.

E com a expressão de dúvida em seu rosto, me dou conta de que não captou a referência. Reviro os olhos.

— Olha, esquece isso. Foca no que a gente precisa fazer: sala do diretor-zelador; arma; sair desse inferno.

As passagens até a sala são mais estreitas do que o comum; as pedras nas paredes e no chão, mais irregulares; a luz da lua entra pelas janelas em formato de arco e produz sombras macabras ao nosso redor — formas contorcidas e ameaçadoras. A escuridão é mais profunda, mais... silenciosa. Há um vazio peculiar nesta parte do castelo. Ou talvez sejam meus instintos me mandando *cair fora*.

A malícia e a crueldade de Wyatt ainda me assombram. Seu desdém ao afirmar para todos que sou *um caso perdido*, seu entusiasmo ao incitar a ideia de me colocar em coma. O mesmo entusiasmo que estava nos olhos do meu pai — a excitação que certamente estaria, se fosse eu o escolhido a ser eviscerado no lugar de Andrew.

É completamente nojento.

Continuamos em frente. Mais uma ou duas curvas e chegaremos ao nosso objetivo.

De relance, miro o mar pelas janelas. Os barcos estão atracados em algum lugar na costa oeste, teremos que cortar caminho pela floresta, sem mapa e sem a chance de ficarmos perdidos.

Roberto me segue de perto, em breve teremos Elijah e Calvin em nossa companhia — além de Andrew. Sem falar em Michael. Todos eles estão sob minha responsabilidade; suas vidas, suas liberdades dependem de mim, dependem desse plano impossível de dar certo. Não posso falhar. Não *vou* falhar. Vou oferecer minha vida ao monstro que vive nessa ilha, se isso significar que todos eles tenham a chance de se salvar.

Talvez eu tenha cometido muitos erros para chegar a este momento. Talvez eu tenha falhado muitas vezes para ter sucesso agora. Talvez meu propósito seja garantir que ninguém toque nos meus amigos e no meu irmão.

Eu aceito isso.

Só percebo que parei de caminhar e permaneci encarando o horizonte quando Roberto toca meu ombro e, preocupado, pergunta:

— Você tá bem?

Volto a mim.

— Tô.

— O que tá passando pela sua cabeça?

Voltamos a caminhar.

— Nada. Não temos tempo pra conversar sobre nossos *sentimentos* agora.

— Eu sei, só...

— Só o quê?

Lá fora, a lua parece nos seguir pelo céu.

Às nossas costas, sinto a aproximação de alguém — ou algo.

Paro bruscamente e me volto para trás.

Roberto arregala os olhos. Entreabre os lábios para perguntar algo.

— Shh... — Levo um indicador à boca. Ele obedece, acompanhando meu olhar lentamente, virando o pescoço.

Miramos a escuridão que atravessamos, cortada pelos raios de luz da lua. Encaro-a por um longo tempo, até ter certeza de que as sombras não estão se movendo, de que não há algo escondido na penumbra, de que estou enganado.

Puxo Roberto pelo braço, sem dizer nada. Cruzamos o corredor, entramos em outro — sem janelas, mas com uma parede de armários grandes, de tamanho suficiente para enfiar um ou outro calouro insolente.

Paramos novamente. Fico imóvel junto à parede, espiando o corredor que acabamos de atravessar. *Não confie nos seus olhos*, meu coração acelerado ruge, *há algo no seu rastro*.

— Vê alguma coisa? — Roberto sussurra.

Nego com a cabeça, meus olhos continuam no corredor das janelas.

— Não dá pra confiar na própria sombra nesse lugar — sussurro de volta. Respiro fundo. — Precisamos entrar na sala do Wyatt e sair do castelo antes que encontrem o corpo de Cynthia. Ainda temos o elemento surpresa.

— Então vamos. — É a sua vez de me puxar pelo braço.

Meus ombros relaxam.

Quando estou prestes a me virar em sua direção, a temperatura do corredor cai bruscamente. Solto uma lufada de ar pela boca, ela se condensa como se estivéssemos no ártico.

Merda.

Me volto ligeiramente para Roberto, cenho franzido.

— Sentiu isso?

Responde com uma expressão de assombro.

Estou parado na intersecção entre dois corredores; um olho pra lá, outro pra cá. E, assim que a temperatura cai, as sombras começam a se mover.

Do final do corredor das janelas, *a coisa* se aproxima, sua forma ambígua e umbrosa escorrendo entre as poças de escuridão.

Vejo-a se mover pela visão periférica, flutuando em nossa direção, e é o suficiente para entrar em pânico.

— O que tá fazendo? — Roberto murmura quando o empurro em direção a um dos armários.

Abro a porta e o enfio no interior espaçoso.

— Não dê um pio.

Fecho a porta.

Sozinho no corredor, ouço-a.

— *Grrr...*

É o meio-termo entre um grunhido e um rosnar, profundo, quase como se estivesse pedindo por ajuda. *Um som saído direto de um pesadelo.*

Meu corpo inteiro se arrepia.

Abro o armário ao lado do de Roberto. E me escondo, segundos antes da criatura que tem perseguido meus pesadelos cruzar o corredor.

NÃO RESPIRE

LUCAS

1 dia atrás

Lentamente, a coisa se move à minha frente.

Vejo-a pelas pequenas aberturas na porta de metal; imobilizado, não consigo piscar. Fora dos meus sonhos, é a primeira vez que estou tão perto dela, *Dele. O Diabo, certo?*

É todo sombras e membros alongados, viscoso, pútrido; a manifestação física do tormento mais fúnebre, da angústia mais perturbadora. Há algo que, remotamente, lembra um rosto; há algo que, remotamente, lembra um corpo, sobre-humano, inexplicável. Apesar do que meus olhos veem, meu cérebro não consegue processar. É como um sonho febril, um em que não posso respirar.

Flutua, inerte e devagar. Passa pelo armário de Roberto e para, como se pressentisse nossa presença. Minhas entranhas gelam. *Deixe-o em paz, filho da puta. Venha pra mim. É comigo que devia se preocupar.*

E, como se ouvisse meus pensamentos, a coisa prossegue. Prossegue até parar em minha frente. Não mais inerte, ela vira a cabeça em direção ao meu armário, num movimento brusco e afiado. Aproxima-se lentamente, o frio se intensificando, penetrando até meus ossos.

Não há olhos, não há lábios. Apenas orifícios, apenas fossas. E, mesmo assim, sorri; sorri ao me encarar, o sorriso de uma besta. Essa é a coisa que meu pai e todas aquelas pessoas adoram, *servem*. A coisa pela qual vão assassinar Andrew.

Não vou conseguir segurar a respiração por muito mais tempo, minha visão está começando a borrar.

Merda.

Merda, merda, merda.

Então, o Diabo se afasta, o rosto ainda voltado para mim, e segue seu caminho pelo corredor.

Não tenho coragem de acompanhá-lo com os olhos desta vez. Quando meus punhos param de tremer e a temperatura retorna ao normal, ouso respirar.

LUCAS-SEM-CORAÇÃO

LUCAS

1 dia atrás

Espero alguns minutos até abrir a porta do armário, nada orgulhoso de como estou apavorado. O rosto sinistro daquela coisa ficará cravado em minha mente para sempre.

Olho pros dois lados do corredor freneticamente, os cantos mais escuros agora parecem uma armadilha.

Não está mais aqui.

Eu me aproximo do armário de Roberto e abro a porta. Não tenho a mínima ideia de como descrever o terror em sua face.

— Acredita em mim agora? Acredita em tudo o que falei? — Ele não responde. Sinto-me culpado pelo tom agressivo. *Porra, Lucas, se recomponha.* — Vem. — Puxo-o para fora do armário. Ele sai, meio cambaleante. — Precisamos dar o fora desse lugar o mais rápido possível.

— O-O que foi isso?

Suspiro.

— Não sei. É a criatura que nossos pais adoram, a coisa pra qual... oferecem os sacrifícios humanos. Disseram que é o Diabo.

— *Aquilo* é o Diabo?

— Tive a mesma reação quando me contaram. Não sei se é o Diabo *Diabo*, mas é a versão dele na qual aquelas pessoas creem. Se você tem muita fé numa coisa, seja lá o que for... ela uma hora se torna realidade, eu acho.

— Mas por que *aqui*? Por que numa ilhazinha no meio do nada? O Diabo também odeia a Flórida?

— E acha que tenho alguma resposta? Sinceramente, prefiro nem saber; não ligo se nossos pais tão delirando essa merda toda. O que me importa é tirar nossos amigos desse lugar o mais rápido possível.

Quando percebo que ele ainda está pasmo demais para se mover, miro o caminho que precisamos fazer até a sala de Wyatt. Narro:

— Já vi essa desgraça uma vez. Ano passado. Logo antes de Peter desaparecer.

— Peter?

Meu peito pesa. Fecho os olhos.

— Um dos meus amigos. — Cerro os punhos, olho Roberto de relance. — Ele sumiu logo depois do início das aulas e só voltou esse ano.

— Então... ele tá bem?

— Bem? — pondero. — Não. O desgraçado voltou a ser calouro. Tem castigo pior do que esse? — A piadinha não consegue afastar o terror de Roberto. Ainda está desnorteado, ainda... *teme*. — É estranho... — O pensamento me escapa.

— O quê?

— Não acho que ele se lembra que éramos amigos.

— Como assim?

— Ele é da sua turma. O filho daquela cantora famosa. Quando tentei falar com ele na festa de boas-vindas... — Minha voz vai abaixando a cada palavra, perdendo a força. — Agiu como se não me conhecesse.

— O que isso significa?

Elijah está entre nós, mesmo que seu cadáver esteja naquele sarcófago. Um garoto é sacrificado todos os anos. O Diabo ronda esses corredores. A resolução está na ponta da língua, mas simplesmente não consigo assimilá-la.

E, por hora, escolho não o fazer. Nosso tempo está contado.

— Deixa pra lá. — Com um gesto de cabeça, indico que continuemos o caminho. Relutante, ele me segue. — O cara só não deve querer se envolver com alguém como eu, você mesmo disse. — Arrisco um pouquinho de autodepreciação, afastando a mente do horror que acabamos de vivenciar.

— Lucas, não quis realmente...

— Relaxa. — Seguro seus ombros e o mantenho perto de mim.

— Só tô te zoando.

* * *

Finalizamos o caminho até a sala de Wyatt.

"Diretor Wyatt Davies" está cravado na placa dourada. *Cuzão.*

Testo a maçaneta, já antecipando que estaria trancada.

Busco algo ao redor que possa me ajudar. Pouso os olhos no grampo de metal que segura uma das lapelas do terno de Roberto.

— Me dá isso.

Ele leva alguns segundos até perceber a que me refiro. Quando o faz, me entrega o grampo sem questionamentos.

Me agacho. Com um pouco de concentração, destranco a fechadura e abro a porta de madeira maciça. As dobradiças rangem ao serem forçadas. O interior da sala é escuro e pouco arejado, cheira a mofo, a algo morto, como se não fosse ventilado há dias; sem surpresa alguma, há uma aura tenebrosa, pesada; o tapete de camurça, as estantes repletas de livros grandes e grossos, as cortinas espessas, a poltrona, a mesa... imaginar Wyatt neste lugar planejando o assassinato anual de um de seus alunos é aterrador.

Tenho um mau pressentimento sobre esta sala, sobre esta parte do plano. Mas não posso me dar ao luxo de ter dúvidas agora — não quando o amanhã se aproxima rapidamente.

Engulo a angústia e entro. Roberto me segue logo atrás. Deixamos a porta semiaberta, evitando que tranque de novo ao se fechar.

— Não deveríamos estar aqui — ele sussurra, apreensivo.

Devagar, olho ao redor, me certificando de que a sala está realmente vazia. Não é grande, mas, considerando as coisas que vi esta noite, acho que monstros não precisam de muito espaço para se esconder. Há uma escrivaninha com três gavetas logo ao lado da porta, uma estante que cobre toda a parede à direita. A mesa de Wyatt fica em frente às janelas cerradas. Uma poltrona grande a acompanha.

Estamos sozinhos.

Suspiro, aliviado, e me aproximo da janela atrás da poltrona.

— Não precisamos demorar muito. Só achar algo... qualquer coisa que vá nos ajudar. Uma arma, de preferência.

— Você já usou uma arma antes?

— Com quem acha que tá lidando, calouro?

Afasto as cortinas pesadas, permitindo que a luz da lua ilumine a sala macabra. Miro a vista através da janela.

— Quantos alunos cê acha que tiveram o privilégio de enxergar a ilha daqui, da sala de Davies? — Me volto para Roberto.

— Pela sua reputação, não muitos. — Ele parece perdido no meio da sala.

— É claro que não tinha tempo pra ouvir os alunos que buscavam ajuda. — Dirijo-me às estantes, tirando livros do lugar e derrubando-os no chão. — Tava ocupado demais nos bisbilhotando com o *cosplay* de zelador.

— Juro por Deus que, não importa o quanto você repita isso, continua soando inacreditável. — Ele começa a fuçar a sala atrás de algo útil.

— E o pior é que essa é uma das partes menos insanas de toda essa merda. — Sigo remexendo as estantes, abrindo e fechando livros. Cada um pesa o suficiente para causar um estrago na cabeça de um azarado. — Se a gente não achar nada, vamos ter que usar esses livros como...

Miro Roberto.

Ele está parado diante da parede oposta à das estantes, à esquerda da porta. Mais especificamente, diante do enorme quadro pendurado no centro. Preto e branco, traços realistas de um velho em seu terno do século retrasado, familiar demais para passar despercebido.

— Que bizarro.

Caminho até o seu lado, olhos vidrados no rosto austero que nos encara de volta, que parece nos vigiar.

Sob o quadro, há um sofá de dois lugares — couro, marrom. Ao lado, uma mesa e uma lixeira de metal. Sobre a mesa, um aquário redondo, pequeno; na água, um peixe morto flutua. Me aproximo, os olhos do peixe estão brancos, turvos. A água fede.

— Jesus... — grunho, enojado.

— Não, não Jesus — Roberto corrige. Então, aponta para a inscrição na base do quadro.

— Woodrow Hall — leio. As palavras soam frias nos meus lábios. — *Culto de Hall*.

— O que quer dizer?

— É assim que eles se chamam, nossos pais, os professores. "Culto de Hall". Esse filho da puta começou essa merda toda. Fundou esse lugar pra ter um pasto sempre cheio de garotos pra levar pro abatedouro. — Fecho os punhos. — Já que gostava tanto do demônio, espero que esteja queimando no inferno agora. — Meu tom alterado ecoa pela sala, e quando as palavras se esvaem, deixam um silêncio carregado para trás.

Roberto dá mais um passo em direção ao quadro.

Esfrego a testa e me afasto, voltando a vasculhar as estantes.

O silêncio se prolonga, quebrado somente pela minha bagunça.

Termino com todos os livros e não acho coisa alguma escondida entre eles.

Dirijo-me à mesa de Wyatt. Investigo as coisas que repousam sobre ela; algumas pastas, um ou outro item decorativo. Um cinzeiro. Um isqueiro. Apanho o pequeno retângulo de metal e o acendo. A pequena chama é reconfortante.

— Ei, saca só — chamo a atenção de Roberto e lhe aponto a chama. — Pequenas vitórias.

— Parabéns. Quero ver destruir um culto homicida com esse foguinho.

— Hm. Você me subestima muito.

Guardo a pequena coisa no bolso da calça.

Além do isqueiro, sobre a mesa, há um globo de neve com uma embarcação no interior, um pássaro entalhado, pena e tinta.

— Lucas... — O tom sério de Roberto rouba minha atenção. — Ele é um pouco parecido com Elijah, né? O nariz. Os lábios.

Calafrios.

— E daí? — tento soar relaxado, e falho miseravelmente. A tensão em minha voz é palpável. Observando o rosto de Roberto, mesmo de relance, sei a que conclusão está chegando.

É a que estava na ponta da minha língua mais cedo.

— E daí? *E daí?* — Ele se aproxima do outro lado da mesa de Wyatt a passos apressados. — Andrew encontrou um livro histórico sobre a Masters que dizia que Elijah era bisneto de Woodrow. Depois, o sarcófago. Fui tão estúpido, mas como poderia não ser? Andy tava certo. Quer dizer, não sei se ele mesmo acreditou no livro, mas sei que seu primeiro instinto foi o de perceber que havia alguma coisa errada. Eu só... acreditei cegamente nas desculpas de Elijah. Merda. Mas era injusto esperar a verdade naquele momento. Acho que nem mesmo Elijah sabia o que era. — Há certa neurose em sua voz, na linguagem corporal, na forma como afirma tudo com uma confiança falsa.

— Você *devia* ter acreditado em Andrew, e você *é* estúpido; esses são fatos. Mas okay, Sherlock, saber que Elijah é bisneto desse esqueleto muda alguma coisa pra você? Pra mim, não. Ele *ainda* é nosso amigo, independentemente do que... do que *seja*.

— Lucas, você não entende? — Está pasmo. — Se isso for verdade, se Elijah nasceu há mais de um século... ele provavelmente foi um *deles*.

— Deles?

— Dos garotos que foram assassinados.

Entreabro os lábios. Ele não me dá tempo de responder.

— "Vão rasgar seu coração, como fizeram comigo." Era isso que ele tava querendo me dizer. Ele foi... — E as palavras ficam presas em sua garganta, a sordidez da conclusão dilacerando a parte humana em nossos peitos, se alastrando como o pus de uma ferida infeccionada. Roberto se volta ao quadro outra vez. — Ele foi traído pela própria família, pela família que iniciou esse ciclo doentio. Agora, seu espírito tá preso aqui. Não só fisicamente, preso numa espécie de limbo. Ele não se lembrava de nada disso até encontrarmos seu corpo. Igualzinho ao seu amigo.

— Meu amigo?
— *Peter*. Você mesmo disse: ele não se lembrava de você.
— Não...
— Sim, Lucas. — Terror e contemplação reluzem em suas íris.
— Mataram seu amigo, como mataram Elijah, como vão fazer com Andrew. Depois disso, eles ficam presos aqui.

Entro em negação.
— Isso é ridículo.
— *Isso* é ridículo? Claro. Como se todo o resto fosse bem crível.
— Esse lugar é amaldiçoado.
— O demônio lá fora deixou isso muito claro.
— Porra. Não importa o que aconteceu, o que Elijah ou Peter são. Não vou permitir que o mesmo aconteça com Andrew. — Atordoado, desisto de buscar algo sobre a mesa de Wyatt.

Há duas gavetas, uma em cada extremidade do móvel. Tento abri-las, mas ambas estão trancadas. Me agacho. O grampo de Roberto vem a calhar outra vez. Destranco a primeira, à esquerda. Está cheia de pastas. Vasculho-as. Os documentos são inúteis. Nada além de logística de insumos para dentro e fora do castelo.

Merda.

Minha moral toma um golpe.

Até perceber que, após tirar todas as pastas, a gaveta não está vazia.

Há outra coisa em seu interior, algo familiar e há muito esquecido — que não vejo desde o dia em que peguei Andrew me seguindo.

Lentamente, apanho e reviro o retângulo preto em minhas mãos. Pela tela, vejo meu reflexo.

— Um celular? — Roberto pergunta, exasperado, olhos vidrados no aparelho. — Droga, Lucas. O diretor tinha um celular esse tempo todo?

Umedeço os lábios, ruminando as palavras antes de saírem da minha boca:

— Não... quero dizer, não sei se tem. *Este* — seguro-o entre dois dedos — é o meu celular. — Roberto entreabre os lábios, surpreso. — O celular que trouxe pra cá esse ano, que... — Engasgo, um nó de melancolia entalado na garganta. — Andrew veio atrás de mim procurando. Eu não sabia o que tinha acontecido com ele, simplesmente sumiu do meu quarto. Bom... agora sei.

— Ainda funciona? Podemos ligar pra alguém em terra firme. Pressiono todos os botões nas laterais.

A tela não acende.

A decepção em nossos rostos é brutal.

— Tá quebrado ou sem bateria.

— Porra — Roberto vocifera. — Talvez a gente consiga arrumar um carregador?

— Não temos tempo pra isso. Tem um cadáver na enfermaria, esqueceu? Mesmo se conseguíssemos ligar pra alguém, não podemos nos dar ao luxo de esperá-los chegarem até aqui. — Aperto o celular, então guardo-o no bolso. — Pode ser útil quando estivermos no barco, pelo menos.

A frustração ainda castiga Roberto por um tempo, mas ele logo assente, compreendendo nossa limitação temporal.

— O que nossos pais tão fazendo agora? — pergunta enquanto zanza pela sala, buscando por mais alguma coisa útil. Há angústia em sua voz. — Acha que eles ajudariam a gente? Com certeza, se eu falasse com a minha mãe e...

— Sua mãe é uma assassina, Roberto — declaro ríspido, até mesmo rude. — Assim como o meu pai. — A austeridade pega o garoto de surpresa. Ele contrai os lábios, pisca rapidamente e inspira fundo, engolindo uma resposta. — Ela não vai nos ajudar, *ninguém* vai nos ajudar. Todos *querem* matar Andrew. Todos eles *nos* matariam se fosse necessário. Não importa o que ache que ela sente por você, sua mãe não pouparia o garotinho de ouro dela. — Então, mais baixo: — Ela, meu pai, o diretor. Eles só se importam com... poder. Já ouviu falar nos *Illuminati*? — Fito-o.

— Nossos pais são parte dos *Illuminati*?

— Alguma merda do tipo. — Minha mente me transporta para o abrigo subterrâneo, para aquelas pessoas falando sobre assassinar garotos com tamanha banalidade, para todos concordando em me colocar em coma. — Agora, tão se preparando pro *Ritual*.

— O que rola nesse Ritual, exatamente? Te deram algum detalhe?

— Não, só falaram que vai rolar amanhã e que *precisa* acontecer; é um tipo de pacto. Um pacto com *aquela* coisa. Meu pai disse que somos *especiais*, que nossas famílias estiveram aqui desde o começo. Parece que satanismo corre no sangue. Ele me falou pra sentar e não fazer nada. Passou tanto tempo fora de casa que não conhece mais o próprio filho. Achou que era só me explicar essa merda toda e pronto, eu ficaria de braços cruzados, esperando Andrew acabar morto numa tumba como Elijah. No fim, Cynthia tinha razão. A única chance que eles tinham era me colocar em coma. Não. Na verdade, deviam ter me matado quando tiveram a oportunidade. — Me concentro na segunda gaveta, à direita na mesa. Levo algum tempo até perceber minha insensibilidade. Ergo os olhos para Roberto. Ele está distraído com os livros jogados no chão, o olhar distante, as mãos escondidas nos bolsos. — Ei, mano, foi mal.

— Não tem problema. Pelo menos, agora temos alguma ideia do que aconteceu com ele.

— É... ótimo se ele estivesse *aqui*, sabe? — ergo o tom levemente, me direcionando ao espaço vazio na sala. — Seria bom ter a ajuda de alguém que realmente já *passou* por esse caralho.

— Talvez ele não consiga encarar o que aconteceu, Lucas. Desapareceu quando abrimos a gaveta no sarcófago.

— Fantasmas são estranhos.

E, então, um pensamento mórbido me aflige. Desconfiado, observo Roberto.

— Por que tá me olhando desse jeito? — ele questiona.

— Você é...? — A insinuação paira no ar por algum tempo.

— Como Elijah? *Um fantasma?* — Praticamente grita, a voz fininha: — Claro que não.

— Okay, okay — forço um tom de condescendência —, não precisa se alterar.

— Jesus. — Arregala os olhos, apoiando as mãos na cintura. — Acho que eu me lembraria se tivesse sido morto.

— Não tenha tanta certeza. Elijah não parecia se lembrar.

— E você?

— Eu? — Rio, apontando para o meu próprio peito. — Tá brincando? — Quando ele não cede, respondo: — Sou gato demais pra ser um cadáver.

— Claro... — Revira os olhos, dando-se por convencido. Depois de alguns segundos refletindo: — Você diz que fantasmas são estranhos. Bom, pelo menos, nunca *namorou* um. — E, por trás do humor, consigo ver o nervosismo, a mágoa, a... dor.

Me levanto, esquecendo da gaveta por alguns instantes.

— Você ama ele?

— Claro que sim.

— Então é isso que importa, nada mais. Se eu posso a... — Fecho a boca bruscamente. — Se eu posso *me importar* com um calouro, você pode amar um fantasma. As duas coisas são igualmente absurdas.

Meu erro não passa despercebido.

— É sério que você acabou de engasgar na hora de dizer que ama Andrew?

— Eu não... amo... Andrew. Eu só... — Aperto a borda da mesa com força, o olhar distante, imaginando o rosto daquele ruivinho desgraçado. O *meu* ruivinho desgraçado. — Gosto muito do cheiro dele, do formato do rosto dele, do jeito que ele fala.

— É... — Roberto ri, um maldito sorriso nos lábios grossos. — E tá arriscando seu pescoço pra salvar a vida dele. Com certeza, amor não tem nada a ver com isso, Lucas-Sem-Coração.

— Cala a porra da boca. Da sua voz, não gosto nem um pouco.

— Babaca.

Volto a me concentrar na gaveta. A segunda fechadura luta mais do que a primeira, mas logo ouço o clique do destravamento. *Voilà*.

A segunda gaveta está mais cheia do que a segunda. Há livros sob pastas sob... *Bingo*.

Uma adaga, longa e fina. Sorrio.

— Ei, acho que acabei de... — Mas a animação se dissolve quando

pego a coisa. O cabo é pesado, mas a ponta arredondada, a lâmina cega.
— Que porra é essa? — Ergo a adaga no ar para que Roberto também possa vê-la. Tento riscar a madeira da mesa com a ponta, sem muito sucesso. — Ótimo... — Atiro a adaga sobre a mesa, frustrado.
— Ele tem uma adaga cega trancada na gaveta?
Atiro as pastas com mais documentos no chão. Vasculho os livros. No fim da gaveta, há um tomo particularmente grande, pesado. Preciso das duas mãos e de alguma força para apanhá-lo.
— Deve ter ficado cega de tanto enfiar...
Minhas palavras morrem quando leio o título gravado na capa de couro.
— O que é isso? — Roberto se aproxima até estar ao meu lado.
Deixo o livro na mesa.
Juntos, lemos:
— *O livro de Hall.*
E nos entreolhamos, logo nos dando conta de que, finalmente, encontramos algo útil.
Volto a me concentrar no livro. Abro a capa, as primeiras folhas.
— Isso é... — Roberto murmura.
— Uma enciclopédia do Diabo.
Páginas e páginas com descrições detalhadas de rituais, oferendas, cerimônias. Pentagramas, símbolos satânicos, coros. Em latim, em inglês arcaico. Inúmeros desenhos macabros, ilustrando cenas terríveis, seres horripilantes, atos abomináveis.
Meus dedos parecem sujos ao tocarem nas folhas; meus olhos, corrompidos. Quanto mais tempo passo concentrado na coisa, mais agoniado fico.
— Precisamos achar o Ritual que eles vão fazer — comento.
Investigamos os detalhes nas páginas, as letras escritas à mão, com tinta rubra e grossa — em algo que lembra, muito, sangue seco. Encontramos a descrição de uma cerimônia de sacrifício humano e nos atentamos às instruções. Há longos parágrafos sobre seu simbolismo, significado, importância; seguidos de parágrafos mais curtos, com explicações minuciosas sobre cada uma das etapas, desde a preparação

dos sacrifícios até a forma como suas vidas deveriam ser ceifadas. Banho de sangue, purificação, um golpe certeiro no coração.

— Isso é fodido pra caralho. Como nossos pais teriam coragem de...? — Roberto não consegue esconder a repulsa.

— Acredito que teriam coragem de muito mais — declaro. — Pelo menos, agora sabemos o que pretendem fazer.

— Honestamente, acho que seria melhor continuar não sabendo.

Então, meus olhos retornam aos parágrafos introdutórios, e uma palavra em particular chama minha atenção.

— Olha isso. — Aponto-a, na página, para Roberto.

Ele parece igualmente chocado.

— Lucas...

— Eu sei. — Minha excitação explode por todos os poros.

Roberto, por outro lado, está atordoado.

— Como podemos saber se...?

— Não importa. Agora temos uma chance real de sair daqui.

Arranco a folha do livro, dobrando-a e enfiando-a no mesmo bolso do isqueiro.

O choque de Roberto se acentua.

— Você fez mesmo isso?

Solto uma lufada de ar pela boca.

— Não é como se eu fosse carregar essa merda de livro por aí, né? E precisamos disso, caso seja necessário barganhar.

— Acha que teremos que negociar?

— No pior dos cenários...

— Não tá mesmo pensando em...?

— Mano, a única coisa que me importa é salvar ele. Tô pouco me fodendo pro resto.

— Sabe que ele te odiaria pra sempre se...

— Se me odiar, significa que estará vivo. Chamo isso de *vitória*, de qualquer jeito.

— Não sei se tô muito confortável com essa ideia.

— Vamos discutir isso depois, tudo bem? Agora volta a focar nessa coisa.

Sigo folheando o livro, as páginas pesadas e sombrias virando rapidamente, enquanto Roberto permanece distante ao meu lado. Chegando ao final, o conteúdo do livro se transforma numa lista composta por nomes e pequenos retratos em preto e branco, um ao lado do outro. Uma lista que se prolonga por várias páginas até se encerrar abruptamente, seguida de dezenas de folhas em branco, esperando para serem preenchidas.

Ânsia. Ânsia e asco. É repugnante, completamente deturpado.

A lista...

— Oh, não... — Roberto percebe, e toma as rédeas da investigação, vasculhando cada um dos nomes, cada um dos rostos. — São todos os garotos que foram... — ele comenta, mas enrijece bruscamente ao se deparar com um nome e um rosto na quarta fileira da primeira folha.

Ele esfrega a página com o indicador, no local onde as letras estão gravadas, sentindo seu relevo. Duas simples palavras. Duas palavras que confirmam nossas teorias — e, oh Deus, como gostaria que não fossem reais.

"Elijah Hall."

— São todos os garotos que eles assassinaram — Roberto completa o pensamento, amargo e devastado. — Elijah realmente é um deles. — As palavras travam uma guerra para escaparem de sua garganta.

— Assim como Peter — observo. Me obrigo a tocar nas páginas outra vez e virá-las até o último retrato.

Ali está ele. Meu ex-amigo. O cara que sumiu e reapareceu como se nada tivesse acontecido.

Enquanto me concentro para não vomitar, Roberto percebe mais uma coisa:

— Mas não só ele, Lucas. — E folheia as páginas de forma exasperada. — Essas pessoas... olhe... — Observo a página aleatória que ele me indica. Há dezenas de rostos, dúzias. Mas... nem todos são estranhos.

— Roberto...

— *Conheço* essas pessoas. Eles são... são os caras do colégio. — Em cada página, há pelo menos um ou dois rostos familiares. Garotos que lembro de ter encontrado casualmente pelos corredores, alguns com os quais até mesmo já conversei. — Esses aqui — Roberto aponta três caras em sequência —, eles tão na minha turma. São calouros. — E, então, me olha, aterrorizado. — Tão no meio da lista. Significa...

— Significa que morreram há muito tempo — concluo.

Roberto volta a folhear o livro.

— Todo mundo que a gente conhece tá aqui? — pergunta baixinho.

— Não. — Me intrometo e reviro as páginas por conta própria, buscando algo. — Você não tá aqui. Nem Anthony, Caio ou Romeo. — Presto atenção em cada um dos retratos, em cada um dos nomes, do primeiro ao último. Por fim, expiro aliviado: — *Nem eu.*

— Andrew e Calvin também não — Roberto asserta.

— Talvez porque sejam os sacrifícios deste ano.

— Então, todos os garotos sacrificados voltam?

— Não. Tem um bom número de caras aí que eu nunca vi, nem ano passado, nem agora.

— *Alguns* deles retornam? Como? Por quê? Elijah morreu há mais de um século, Lucas. Ele ficou no castelo esse tempo todo. Os professores o tratavam como um aluno normal, tinha um quarto nos dormitórios, um colega de quarto... assim como Peter. Se isso aconteceu com eles, por que não aconteceu com todos os outros?

— Não sei.

— Andrew e Calvin vão voltar depois de mortos?

— Não sei, porra — vocifero. — Só sei que, se voltarem, não vão ser as mesmas pessoas. Sequer serão "pessoas". Os corpos devem ficar na ilha, nos túneis, como o de Elijah, mas os espíritos... não conseguem descansar. T-Talvez aqueles que sofreram mais, ou aqueles que ainda têm pendências, voltem. Outros talvez tenham tido mortes mais pacíficas.

— Você leu a porra do Ritual. Não tem nada de pacífico nisso.

— Quer saber? Toda essa história sobre morte só tá nos impedindo de focar no que realmente importa: os *vivos*.

— Sim, mas você não tá assustado? Se só alguns deles retornam, e se são tratados como alunos normais... então, como sabemos quem é real ou não nessa bosta de lugar?

Respiro fundo.

— Acho que não sabemos.

Roberto se frusta ainda mais. Bate no livro, então caminha pela sala, esfregando seus cabelos encaracolados.

— O que *é* este lugar?

— O inferno — respondo, sem hesitar.

Fecho o livro da besta e encaro sua capa, o couro grosso e gasto, as letras cravadas com violência. Essa coisa foi o guia por trás do massacre de centenas de garotos ao longo dos anos, a receita que detalha o derramamento do sangue de inocentes. Sinto sua energia mórbida; e, da escuridão, nasce uma luz na minha mente.

— Te disse que a gente não vai só escapar deste lugar. Vamos destruí-lo também. — As palavras escapam quando meus pés já estão se movimentando.

Caminho até a mesa do aquário e apanho a lixeira de metal ao lado. Carrego-a de volta à mesa, deixo-a no chão.

— O que quer dizer? — Roberto se aproxima.

De frente às janelas e de costas à porta da sala, seguro o livro com as duas mãos, uma última vez, antes de atirá-lo na lixeira. Em seguida, retiro o isqueiro do bolso. Acendo a chama. Fito o pequeno fogo dourado, o calor quebrando a monotonia soturna desta noite, um protesto diante de todo o sofrimento que fomos obrigados a suportar. Ela dança e dança, firme, decidida.

Eu me agacho e estendo a chama até uma das extremidades do livro. O incêndio começa inocente, sutil, espalhando-se pela capa. Logo se alastra para as folhas amaldiçoadas, consumindo cada um dos rituais macabros, das imagens perturbadoras, dos rostos daqueles que foram sacrificados tão brutalmente.

Então me afasto. Em pé, Roberto e eu observamos o livro maldito queimar e queimar. Das folhas grossas e pesadas, da tinta que lembra sangue seco, nascem chamas ardentes, vorazes. Seus tons vermelhos e alaranjados iluminam nossos rostos, nossos corpos, convertem perversidade em calor, em vida.

— Nunca mais alguém vai precisar passar por isso — afirmo.

O crepitar das chamas se eleva. Não consigo desviar os olhos do livro sendo consumido, quero me certificar de que cada mísera palavra esteja esquecida para sempre.

— Ainda precisamos achar algum tipo de arma. Temos que sair do castelo e entrar no subsolo antes que descubram o corpo de Cynthia.

— Tem razão — afirmo, hipnotizado pelas chamas.

— Vou procurar naquela escrivaninha. — Ouço seus passos se afastando de mim, aproximando-se da porta.

As chamas começam a queimar algo dentro de mim, renovam minha esperança, minha confiança.

Eu *vou* salvar Andrew.

Vou salvar Elijah, e Roberto, e Calvin.

Vou provar meu valor, mesmo que precise morrer para isso.

Cerro os punhos, meu coração está acelerado novamente; desta vez, de euforia.

E o crepitar das chamas continua.

Continua.

Continua.

Até o livro ser reduzido a pouco mais do que cinzas.

Um sorrisinho vitorioso se desenha em meus lábios.

— Até onde vai o poder desse culto, se seu *livro sagrado* agora não passa de cinzas?

E espero uma resposta de Roberto.

Uma resposta que não vem.

Viro-me em direção à porta.

— *Touché.*

GAROTOS MORTOS ~~NÃO~~ CONTAM SEGREDOS

LUCAS

1 dia atrás

Enquanto miro o fundo de seus olhos insanos, o terror retorna; o desespero, a angústia. É como se todo o progresso que fizemos na sala do diretor tivesse se evaporado num estalar de dedos. Começo a hiperventilar. Não sei como reagir, a sensação é de estar submerso em algo mais denso do que água, escuro, viscoso. Toda vez que inspiro fundo, mais dessa coisa entra nos meus pulmões, me afoga rapidamente.

O que é isso?

O que estou sentindo? Por que estou me sentindo assim?

A porta está escancarada.

Liam está na sala, revólver em mãos, com Roberto rendido, de joelhos, à sua frente. As mãos do garoto que me salvou de Cynthia estão juntas atrás da cabeça, sua expressão é de ruína. Ela me diz "fodeu pra mim, acha um jeito de se livrar dele e continua". E, só então, me desvencilho do choque, percebo por que fiquei tão abalado para começo de conversa: *estou aterrorizado pela vida de outra pessoa.*

Ergo as mãos em sinal de paz, alternando o olhar inquieto entre Roberto e o filho da puta com a arma.

— Cuidado com isso, Liam.

— Cala a boca — ele rebate bruscamente. — Você só vai falar quando eu indicar, okay? — O tom é agressivo. — Você é um desgraçado tão grande, Lucas. Tão grande. Esperei esse momento por tanto tempo. — Aperta mais o cano contra a nuca de Roberto. Ele grunhe. Entreabro os lábios, mas me contenho, temendo desobedecê-lo. *Merda. Merda, merda, merda.* Preciso pensar em algo, rápido. — Eu não podia, sabe? — Há furor em suas íris. — Não podia te matar sem uma razão muito boa. Pensei sobre isso nas últimas semanas. Muitas, muitas vezes. Mas você é filho de um maldito membro do Congresso. Além do mais, esteve me *ajudando* a atormentar Andrew. Sério, o que foi aquele show todo na piscina? Ciúmes? Você é inacreditável. *Eu* tive que entrar na jogada e tentar esfaquear nosso *ruivinho* através da lona pra que ele pensasse que era você, porque nem isso você teve culhões pra fazer. Queria machucar ele? Ou queria *ter ele*? Seu cérebro neandertal sequer conhece a diferença?

Reteso a mandíbula, focado em ganhar tempo até ele baixar a guarda, até ter a oportunidade de tirar esse revólver de suas mãos. *Ao menos, me trouxe exatamente o que eu estava procurando.*

— Não fale sobre Andrew desse jeito — rosno. Fúria e terror se misturam no meu peito. — Não sei o que ele sente, não sei se me perdoou por aquilo... — Lembro de como fiquei alterado ao vê-lo beijando outro cara, de como fui frio ao obrigá-lo a entrar naquela piscina, de como fui idiota no dia seguinte, no refeitório. Aperto os punhos com força. — Mas salvar ele é a minha forma de pagar por isso, de... retificar o que fiz — afirmo, porque é a verdade.

Sou um bruto, sou desagradável, sou terrível. E lutar por Andrew é a única forma que tenho de compensá-lo por isso. É bom pra caralho que eu seja teimoso também, que nunca tenha dado o braço a torcer por Liam.

Meu olhar cruza com o de Roberto, minha mente rumina sobre algo que ele me disse momentos atrás:

— Diferente de você, Liam, eu *amo* Andrew. — E é tão desconfortável falar isso em voz alta, mas tão libertador ao mesmo tempo. Por trás do terror no rosto de Roberto, posso ver orgulho. — Amo ele de verdade.

— Amor? — Liam desdenha, forçando uma risada sem humor. — Você é incapaz de amar.

— *Eu?* — repito, sarcástico. — Eu nunca matei ninguém. — Arqueio as sobrancelhas, desafiando-o.

— Que coincidência, porque minhas mãos estão limpas.

— Tão mesmo? Eu chamaria o que fez a Andrew e Calvin de assassinato a sangue-frio, não acha, Davies? Entregá-los de bandeja pra esse culto de psicopatas, o culto que seu *pai* lidera.

— Assassinato? Não, claro que não — replica rápido demais, veemente demais. — Andrew será *sacrificado*, é uma *honra*. Uma que somente membros do culto conseguem entender. — Tenta forjar uma confiança que não existe. Tão desesperado, tão patético. No fundo, *ao menos em parte*, sabe que estou falando a verdade. — Juro pelo *Senhor* que vou cortar sua garganta antes de permitir que *você*, uma criatura tão deplorável, tenha o privilégio de se juntar a nós — ameaça, áspero. Malícia escorre pelos cantos dos lábios, o rosto se contorce em sadismo. Não tenho dúvidas de que está falando a verdade, de que pretende me matar aqui. — O Culto de Hall está fora do seu alcance, Andrew está fora do seu alcance. O destino dele é mais glorioso do que sua mente consegue imaginar.

— Cara, o que tem de errado com você?

Liam não aprecia meu sarcasmo. Seu semblante se fecha, os traços delicados ficando mais severos. Puxa os fios de Roberto para trás, praticamente enfiando o cano da arma no seu crânio.

Meu amigo fecha os olhos com força e geme, apavorado. Lágrimas escorrem pelas suas bochechas, desarmando minhas defesas.

— Cuidado — Liam cicia —, ou seu amiguinho não vai ter o luxo de uma morte rápida, Lucas.

— Para. — Dou um passo em sua direção. — Não tem a necessidade de machucar ninguém. Eu e ele vamos voltar pros nossos quartos, tomar as pílulas de Cynthia e, amanhã, acordar sem uma lembrança sequer dessas merdas — argumento. E tento me convencer de que estou falando a verdade. Tento me convencer, para convencê-lo.

Infelizmente, falho.

— Não sou idiota, brutamontes. Se nem seu pai conseguiu te convencer a abrir mão de Andrew, sei que não vai fazer isso por mim. Tô cansado, *cansado* de você. Ultrapassou muitos limites, não tem mais volta.

E meu coração começa a palpitar, palmas suando frio. *Isso é ruim. É muito, muito ruim.* Deveria ter ouvido minhas entranhas e não ter entrado na sala de Wyatt. Miro o rosto úmido de Roberto. Ele está aqui por minha causa, porque Elijah pediu que me salvasse. Não posso permitir que sofra nas mãos desse desgraçado.

Procuro algo, *qualquer coisa*, que possa me ajudar. E não encontro. Deveria ter estripado Liam no seu quarto, quando tinha o elemento surpresa. Deveria ter rasgado sua caixa torácica com as minhas próprias mãos. Deveria imaginar que me levaria para uma armadilha, que nunca permitiria que Andrew e eu nos reencontrássemos. Deveria ter feito muitas coisas. Agora, tenho que colher os frutos dos meus erros.

Tudo o que sei é falhar; minha habilidade é foder com a vida daqueles que ousam ficar ao meu lado, dos que têm coragem suficiente de não me abandonarem. Minha mãe. Meu irmão. Andrew. Roberto. Elijah. Não mereço nenhum deles.

Meu pânico recrudesce. Liam murmura:

— Eles queriam te colocar em coma. Eu discordo. Vou colocar uma bala na sua cabeça por conta própria. Seu pai pode tagarelar, mas acho que nem terei tanta resistência, especialmente quando descobrirem o que fez com o Livro de Hall. — Se desfaz numa risada maníaca. — Como é ser um cadáver ambulante, Lucas? Agora pode sentir o mesmo que Elijah. — Roberto rosna, atraindo a atenção de Liam. — Não se preocupe, vou colocar uma bala na sua cabeça também. Seu namoradinho vai amar isso.

Minha boca seca.

Dou mais alguns passos em sua direção, a mente eufórica. Recorro ao único raciocínio que pode funcionar com ele:

— Que se fodam eu e Roberto. Se você sente mesmo algo por Andrew, como pode cogitar a ideia de perder ele? De entregar ele aos nossos pais dessa forma? De fazer ele sofrer tanto? Deveria estar tentando salvar ele.

— Acha que tenho voz nessa situação, seu idiota? Ninguém tem. Apenas *Ele*. E sua escolha foi bem clara. — A voz é mais ríspida, o timbre instável. — Entendo agora que meu pai queria me testar com o destino dos Rodriguez, e tô muito perto de me mostrar apto. Muito perto... de ter o mundo nas minhas mãos.

— Seu pai... — Mais um passo. — Seu pai te mataria se aquela coisa pedisse, sem pensar duas vezes. Você não é nada pra ele.

— Você não sabe nada sobre meu pai — vocifera, teso —, ou sobre *mim*. Somos homens de fé. Servimos nosso *Senhor*, e ele nos serve de volta.

— Se "servir" significa "assassinar garotos inocentes", então, sim, suponho que sirvam.

Mais um passo.

— *Assassinato* não tem nada a ver com isso.

— É claro que tem. Não consegue se ouvir? Consegue. Consegue sim. Você, seu pai e todas as pessoas naquele lugar são só covardes demais pra encarar de frente as atrocidades que tão cometendo, pra dar nome aos bois. Engraçado, não sabia que psicopatas também podiam ser covardes. Acho que faz sentido, baseado em tudo o que vi.

Mais um passo.

Miro Roberto, pedindo que *por favor, aguente firme, por favor, tô tentando, tô tentando tudo o que posso pra te salvar, pra nos salvar. Eu não vou te deixar morrer. Eu, não. Não assim. Não agora.*

— Pode pensar o que quiser, Lucas, já falei que não me importo. Em breve, sua existência não importará mais pra ninguém. — Mira o tapete sob seus pés, sob os joelhos de Roberto. — Droga. Amanhã, meu pai vai ficar tão chateado por sua camurça estar manchada. Você só me traz problemas, White. — Aponta o chão em minha frente com a ponta do revólver. — Pare de se aproximar. Sei o que está fazendo. Não vai funcionar. Ajoelhe-se na frente do seu amigo.

Olho o ponto indicado por ele e travo. Estou longe demais para me atirar e brigar pela arma antes que ele consiga disparar contra Roberto, e certamente não posso me ajoelhar e me render com tamanha facilidade.

O pânico se acentua, como um balão prestes a estourar no meu peito. Olho para os lados, tudo o que vejo são os livros da estante jogados no chão e o rosto vigilante de Woodrow Hall na parede — como um espectador na primeira fila deste espetáculo.

— Liam, pense melhor sobre isso, vamos conversar. — Pela primeira vez na vida, é como se estivesse implorando. *Implorando*. E logo a ele. — Sei que não consigo fazer muita coisa sozinho, ou mesmo com Roberto. — Forço um sorriso condescendente. — Roberto é tão inútil.

— Miro-o de relance. *Não leva a mal. Não leva a mal. Não leva.* — Tô sozinho nessa e não vou ser capaz de salvar Andrew sem ajuda. Vamos trabalhar juntos. Você e eu. — Aponto nossos corpos. — Vamos tirar Andrew do subsolo. Só Andrew. Podemos deixar Calvin com eles. Assim, ninguém sairia perdendo. Eles ainda teriam o sacrifício, e nós teríamos... você sabe. — Analiso a reação de Liam. Incrivelmente, ele parece interessado. Franze a testa, empina o queixo, morde o lábio inferior. Escuta com atenção. — Prometo me afastar depois. Prometo sair do caminho de vocês. — E, mais uma vez, preciso *me* convencer de que estou falando a verdade para, então, convencê-*lo*. Agora, no entanto, pareço estar fazendo um trabalho melhor. Talvez seja minha voz aveludada, talvez meus olhos suplicantes. — Fechado?

— Hm — ele grunhe. — Como posso confiar que tá dizendo a verdade? Você é um babaca traiçoeiro, Lucas.

— Ouviu o que eu disse, não ouviu? Eu me *odeio* pelo que fiz com Andrew, naquele terraço, na piscina. *Eu me odeio*. E nunca o colocaria em risco outra vez. Salvar ele é a oportunidade que tenho de fazer algo útil com minha vidinha miserável. Merda. Não me importo com *quem* ele fique, desde que *fique*. Se, pra garantir sua segurança, preciso me afastar depois que ele estiver salvo, farei isso sem pensar duas vezes. — Coloco toda a angústia, todo o medo, todo o horror nessa súplica. Sei que ele consegue sentir, sei que consegue acreditar no que estou dizendo, porque parte é verdade. — Tem a minha palavra — finalizo com afinco, o fervor das chamas que queimaram o livro se alastrando pelo meu peito outra vez, prontas para incendiar este castelo.

Eu falhei ao não rasgar o peito de Liam quando tive a oportunidade, mas não cometerei o mesmo erro duas vezes. Vou dilacerá-lo de maneiras inimagináveis quando aceitar minha proposta, quando baixar a guarda, quando virar as costas, imaginando que Andrew é seu, que abri mão da única coisa que faz meu coração bater.

E meu coração bate, bate e bate. Aguardando o momento da virada; as chamas implorando para se libertarem.

Há uma mudança, uma mudança sutil. Um pequeno tique na sobrancelha.

É meu único aviso sobre o que está por vir.

— *Não!*

Pulo sobre ele. Com um segundo de atraso.

O disparo ecoa na sala sombria de Wyatt.

Não.

Nossos corpos rolam no chão.

Não. Não. Não.

Soco Liam desesperadamente, chuto o revólver para longe de suas mãos.

Não.

Prendendo Liam no chão, me curvo para trás. Em câmera lenta, observo-o.

Oh, Deus.

O corpo ajoelhado tomba para o lado, um buraco onde costumava ficar a parte esquerda do crânio, a face desfigurada; cérebro, carne e ossos espalhados no tapete vermelho. Roberto está morto, dilacerado. Ele desaba no chão com um estampido mudo, suave, e então não se move mais.

É como ser eviscerado.

Qual foi o último pensamento que cruzou sua mente?

Qual foi a última coisa que imaginou?

A última palavra que deixou seus lábios. *Escrivaninha.*

A última vez que sorriu. *Lucas-Sem-Coração.*

Não.

Deus, não.

Ele...

Eu disse a ele que o salvaria, prometi que reencontraríamos Elijah, que deixaríamos o castelo todos juntos. Eu *jurei*. *Jurei que não o deixaria morrer.*

Ele era meu amigo, era meu *Claro, Lucas, vomite o que quer que seja necessário pra não encarar o fato de que acabou de abrir seu coração pra mim* e *Meu nome é Roberto* e *Elijah é minha responsabilidade. Aonde eu for, ele vai também* e *Não vai ter culhão suficiente pra me socar depois de confessar uma coisa dessas* e *Não tem ninguém aqui além de mim* e *Não precisa ter vergonha* e *Garotos também choram.*

Ele era *nosso. Nosso amigo.*

"Segura isso e enfia na testa de qualquer um que se aproximar e não for nossos amigos."

"Sim. São seus amigos também."

Agora, não é mais. Não é nada. Foi. Se foi.

— Filho da puta! — grito do fundo dos pulmões, as paredes da sala vibram.

Meu coração está despedaçado; meu espírito, enfurecido; meus punhos, clamando por sangue.

Desço-os em direção ao rosto de Liam, mas ele desvia. Meu punho acerta em cheio o chão, mas não sinto nada. Ele se arrasta para o lado, o suficiente para agarrar minha nuca e empurrar minha cabeça em direção ao chão. Tudo se transforma em escuridão por um segundo, o golpe me deixa desnorteado, dando-lhe a abertura necessária para se libertar.

Liam sai de baixo de mim, rastejando para o lado. Uso as mãos para me reerguer do chão. Inspiro fundo, sangue se acumulando no meu nariz — deve ter deslocado a cartilagem outra vez.

A arma está perdida *à esquerda*, largada entre a bagunça de livros. A ideia passa pela minha mente ao mesmo tempo que pela de Liam. Tento me arrastar para próximo da estante, consigo ver o cabo do revólver sob alguns livros abertos. Estico o braço.

— Ah! — O desgraçado pisa no meu pulso, esmagando-o. Seguro seu calcanhar com a mão livre. Ele cambaleia e cai de joelhos, mas está próximo o suficiente para apanhar a arma. Quando tento montar sobre suas costas, ele reage com uma coronhada que me detona de vez.

    Solto seu calcanhar, o mundo girando, minha visão se enevoando. Deitado de costas no tapete, não tenho sequer tempo de me recompor antes de receber um chute violento no queixo. Minha cabeça se curva para o lado. Cerro as pálpebras, meus sentidos bagunçados; há umidade, e escuridão, e desespero, e *dor, dor, dor*.

    Com dificuldade, entreabro os olhos e miro o corpo sem vida de Roberto, *tão próximo*, meus pés tocando a larga poça de sangue que se acumula sob sua cabeça.

    — *Eu vou te matar* — ameaço Liam, me recuperando.

    Viro de bruços no chão, cuspo uma mistura viscosa de sangue e saliva. Finco minhas unhas no tapete de camurça vermelha e tento me arrastar para longe dele.

    Liam caminha casualmente ao meu redor.

    — Parece que você não é tão forte quanto pensava — caçoa sobre mim, e pisa na minha cabeça, me prendendo no lugar.

    Grunho, me debato, tento me levantar.

    — *Eu vou te matar, filho da puta, eu VOU TE MATAR.*

    — A única coisa que vai fazer é servir de comida pros vermes dessa ilha. Vou te decapitar e, depois, mostrar sua cabeça pro *ruivinho*. Acha que ele vai ficar feliz em te ver uma última vez?

    — *Ah!* — lamento com todo o meu ser, tudo quebrando, tudo queimando.

    Ele me dá outra coronhada, mais poderosa que a última.

    Meus olhos reviram, um gemido desnorteado, esganiçado me escapa. Me sinto letárgico. Os cantos da visão escurecem. Pelas pancadas na cabeça, já deveria ter perdido a consciência. Mas não posso, não posso me deixar sucumbir. Preciso lutar contra a escuridão.

    Tento, tento e tento; mas minhas tentativas, ultimamente, só têm resultado em fracassos.

    E a escuridão parece tão doce, tão... absoluta.

    Deus é escuridão? Ou estou indo pro inferno? Nunca parei pra pensar sobre isso. Acho que não há muito de mim que seja redimível o suficiente para merecer uma vaga no paraíso. Parece que queimarei, junto aos assassinos que mantiveram os portões deste colégio abertos. Quem sabe talvez até dê um oizinho pro Woodrow. Um oi, depois de lhe espancar até morrer *de novo*.

Tudo o que disseram sobre mim é verdade. Eu sou um fracasso sobre duas pernas, que come, caga e dorme; furioso o tempo todo, ciumento, inconsequente; péssimo irmão; um filho tão desgraçado que precisou ser escondido no fim do mundo pra que ninguém soubesse da sua existência; um amigo de merda, incapaz de salvar qualquer um; e, agora, vou morrer nas mãos do cara que tanto subestimei.

Porra, Lucas, seu filho da puta.

Que fim patético.

Mas isso é o que você é: patético.

Com a cara esmagada no chão, miro o corpo destruído de Roberto. *Isso é minha culpa.*

Todos vão morrer, e a culpa é minha.

"Vou arranjar uma forma de te ajudar." *Sinto muito por não conseguir te ajudar.*

"Nossos amigos?" *Sinto muito por não conseguir salvar nossos amigos. Sinto muito.*

— Foda-se as cerimônias, vou te matar com minhas próprias mãos.

Liam me vira no chão, como um saco de órgãos. Estou atordoado, minhas reações são lentas, o borrão escuro no meu campo de visão se expande mais a cada instante. Sem perder tempo, ele me faz sentar no tapete, então se senta atrás de mim. Envolve meu pescoço com o braço. *Um mata-leão.* Quando percebo a armadilha, tento lutar; é inútil. Tento falar; é inútil. Não há como me livrar dessa.

O ar fica preso em meus pulmões enquanto minha traqueia é esmagada. Abro a boca para gritar, mas nenhum som escapa. *A escuridão se alastra.* Seguro seus braços, arranhando a pele. *A escuridão se alastra.* Ele não se move, firme na missão de me demolir, de acabar com a existência desprezível de Lucas White.

A escuridão se alastra e é tão calma, tão serena. Estou morrendo, mas é como se estivesse flutuando. Perder o controle, às vezes, é bom. Estou perdendo-o pela última vez.

Fecho os olhos, cedendo. Resistir não é mais uma opção. Imagino algo belo e agradável nos meus últimos momentos. Posso imaginar que estou dormindo e que, quando isso acabar, acordarei. Acordarei ao lado de Andrew, ele vai tentar conter o sorriso ao me reencontrar. Acordarei ao lado de Roberto, ele vai segurar minha nuca e dizer *você é um desgraçado, Lucas*, mesmo que seus olhos digam outra coisa. Vou rever minha mãe e meu irmão. Vou reviver aquela lembrança feliz com meu pai, quando estávamos assistindo ao jogo de baseball pela TV e ele me disse: "Um dia, serei presidente, e sua mãe será a primeira-dama, você gostaria disso?".

Sim. Sim, pai. Eu gostaria disso. Eu gostaria tanto. Por favor, não vá embora.

Asfixia é agonizante, mas é rápido. A força se derrama pelos meus dedos, perco o compasso dos meus membros, do meu coração.

Meus olhos estão fechados. E sei que, agora, não precisarei mais abri-los.

Parte IV

AMOR...
E OUTROS ATOS DE CORAGEM

"Permaneci imóvel, a visão embaciada, e naquele instante ouvi meu coração se partir. Foi um pequeno som, nítido, como o estalido da quebra do caule de uma flor.
Finalmente, abaixei a cabeça, o vento lamentando-se em meus ouvidos."

Diana Gabaldon (*Outlander: A libélula no âmbar*)

Interlúdio II

ACADEMIA MASTERS, 2002

Benjamin caminhava pelos corredores, *O retrato de Dorian Gray* em mãos, coração palpitando. Entrou na quadra ansioso. Ficava assim, quase todos os dias, e não entendia o porquê, o motivo de tanta preocupação.

Ele estava lá.

Ele sempre estava lá.

Sem camisa, short esportivo, fazendo uma cesta.

A bola passou pela rede e quicou no chão. Ele a dominou e, finalmente, olhou em sua direção.

Benjamin caminhou pela arquibancada, devagar, até se sentar na primeira fileira.

George se aproximou, casualmente, como se também não se sentisse nas nuvens sempre que o via, sempre que ele aparecia na quadra quando estava treinando.

— Ei — George cumprimentou, lutando para esconder o sorriso bobo.

— Ei. — Benjie abriu seu livro, e relaxou no banco.

George o encarou por mais alguns segundos, antes de voltar ao jogo de um homem só.

Benjie erguia os olhos das páginas para o garoto de vez em quando.

E, de vez em quando, George olhava de volta.

* * *

Mais tarde, George Rodriguez batia com a ponta do lápis no livro aberto, seus olhos nas equações, sua mente em um lugar distante — de preferência, um que não fosse perpetuamente cercado de oceano por todos os lados.

Cansado de fingir estudar, largou o lápis na mesa e recostou-se na cadeira. Cruzou os braços, desviando o olhar para as janelas da biblioteca. O céu estava pintado nos tons de laranja e rosa do crepúsculo.

Ao redor, a biblioteca estava cheia, mas mortalmente silenciosa. Todos se concentravam em resolver as tarefas de casa antes do jantar. Era deprimente, era assustador, fazia George se sentir ainda mais como um peixe fora d'água. Numa sexta-feira à noite, este prédio lotado de adolescentes não tinha qualquer perspectiva de diversão.

— Isso é tão injusto — resmungou.

— O quê? — Benjamin desviou a atenção dos cálculos para o garoto frustrado sentado em sua frente.

George consertou a postura na cadeira e apoiou os cotovelos na mesa, inclinando-se em sua direção.

— Lição de casa nos fins de semana — vociferou, embora precisasse manter o tom de voz baixo. Se virasse para trás, iria encontrar o olhar sempre vigilante do sr. Jones. Um deslize, e levaria um belo sermão. — Cara, a escola é literalmente nossa casa. — Socou a mesa com delicadeza. — O mínimo que podiam fazer é deixar nossos finais de semana livres. — George esfregou o rosto e balbuciou entre os dedos: — Alunos de escolas normais podem procrastinar até o último momento possível.

Benjie fez uma careta de pena, incapaz de tratar o ruivo com a rispidez necessária para fazê-lo calar a boca e o deixar terminar a lição em paz.

— Você também pode fazer isso, George — disse, brando. — Nenhum professor ou funcionário vai ficar te vigiando ou te repreender se deixar as tarefas pra depois.

— Você fala como se eu não estivesse perpetuamente ligado a uma chaperona que come meu cu caso eu passe um dia sequer sem resolver as centenas de exercícios de álgebra do sr. Romano — rebateu, certa acidez se derramando das palavras.

— Para de ser dramático — Benjie arregalou os olhos, surpreso com o temperamento irritadiço do outro.

George revirou os olhos. Discutir com Benjamin sobre estudos era... improdutivo. Mas também era seu único passatempo nesse lugar abandonado por Deus.

— Você é um hipócrita, sabia?

— Oh, estamos partindo pras ofensas agora?

— Não banque o *aluno perfeitinho* quando você também mata aula.

— Pra *ler*, seu cuzão. Sabe? Uma coisa que você devia começar a fazer. Dickens, Wilde, Orwell. *Não* mato minhas aulas pra ficar jogando sozinho na quadra vazia.

— Jogar basquete é mais útil do que ler.

— Em que *mundo*? Além do mais...

— Além do mais?

— Você é tão burro. Jesus. Só mato aulas pra... pra ficar perto de você. Ou acha que fico na quadra porque *gosto* de te ver jogar?

— Não gosta?

— Claro que gosto. Apesar de ser ruim pra caramba.

— Bom, *é pra isso que treino. Pra isso e pra* te ter na quadra, sozinho.

— Pode me ter sozinho quando quiser...

— Mas gosto de te ver lendo. As linhas finas na testa quando se concentra, as pupilas indo de um lado pro outro enquanto acompanha as palavras, a forma como relaxa.

— Quem diria que George Rodriguez podia ser tão romântico...

— O que posso fazer? Sou um romântico de carteirinha.

— Sei.

Eles se encaravam quando alguém passou atrás da cadeira de George e bateu o cotovelo em suas costas. Os dois olharam ao mesmo tempo.

Colter Green os observava de volta, frio e austero como sempre, um cintilar de provocação nas íris escuras. Tinha uma pilha de livros nas mãos e podia usar isso como desculpa, caso George decidisse revidar.

Ele pensou sobre isso. E, quanto mais pensava, mais irritado ficava. Colter vivia encontrando maneiras sutis de perturbá-lo, de atraí-lo para uma briga, apenas para sair como o inocente de toda a confusão. Ele o odiava, e George não fazia ideia do motivo. Desde o primeiro momento em que pisou no colégio, teve uma sombra mal-intencionada às suas costas. E o acúmulo de toda essa frustração estava chegando ao limite.

George cerrou os dentes, respirando fundo. Colter alcançou uma mesa e descansou os livros, mirando-o de longe, esperando pelo momento em que o ruivo fosse explodir.

E, então, um toque em sua mão.

Benjie.

Sempre Benjie.

George virou-se em sua direção, achando, em suas íris esverdeadas, a paz necessária para acalmar os nervos.

Por pouco. Muito pouco.

— Não liga pra ele. Colter é só um babaca.

— Um babaca que precisa urgentemente de uma surra pra aprender a virar gente.

— Sim, mas não é você que vai dá-la a ele.

— Não tem ideia do quanto eu quero amassar a cara desse filho da puta.

— Ah, tenho sim. Esqueceu que tô do seu lado o tempo todo? E é por *isso* que você não vai mais cair nas armadilhas dele. Por mim, tudo bem? Nunca mais vai me deixar dormindo sozinho no quarto. Especialmente... com as histórias do que tem por aí nessa floresta.

— Sabe que isso tudo é besteira pra assustar calouro.

Benjie discordava, mas não tinha importância, ele tinha alcançado seu objetivo: fazer George esquecer Colter. *Bom.*

— Olha, termina logo as equações pra gente poder observar as estrelas em paz no terraço, ou jogar basquete na quadra — o garoto de fios castanhos sugeriu.

— *Você* vai jogar dessa vez? — George perguntou, com um sorriso descrente. — E não só ficar me olhando da arquibancada?

— Posso tentar. Se tiver um professor bom, quem sabe não descubro um novo talento?

— Você já tem talentos o suficiente.

— Oh, Georgio... Você não tem ideia — desdenhou com uma risadinha. A risadinha mais linda que George já tinha visto.

Ele se sentiu enrubescer. *Merda, merda, merda.* Limpou a garganta. Observou Benjie retornar aos estudos, tão concentrado, tão dedicado. Ele se deu por vencido. Decidiu acompanhar o garoto, voltar à resolução de suas equações. Benjamin já estava na metade da tarefa, enquanto George mal tinha começado. Duas respostas questionáveis eram tudo o que tinha para mostrar depois de horas de trabalho. Mas ele tentou. Era forte. Era convencido. Tentou *avidamente*. Quando os números e letras começaram a dançar nas páginas, no entanto, precisou fechar o livro de vez.

— *George* — Benjie ralhou.

— Às vezes, você também tem uns pensamentos intrusivos? — O ruivo ignorou a reclamação.

O lápis de Benjamin parou no meio de um dos cálculos.

— Tipo...?

— Tipo nadar na piscina quando tá frio — George sussurrou. — Pular da janela do nosso quarto. Ou falar alto na biblioteca.

— Cara, cê tá a fim de morrer? Nem num milhão de anos eu me arriscaria a elevar a voz com o sr. Sou-Mais-Velho-Que-Seus-Pais-Jones.

George assentiu com afinco.

— É, é isso. Mano, meu cérebro tá acabado. Sei que não gosta disso, e detesto que você fique com uma má impressão de mim — expirou —, mas vou deixar o sr. Romano pra depois.

— Isso não vai acabar bem, George. Tem um motivo pelo qual ele deu quarenta e oito horas pra resolvermos essa lista. Essa porra é séria.

— Posso te mostrar uma porra mais séria do que essa.

— *George.*

— Relaxa, tenho certeza de que meu querido Benjamin Torres vai me dar uma *forcinha* caso eu precise. — E lhe lançou um sorriso de canto.

Benjie nunca negaria ajudar, claro, mas tinha suas ressalvas:

— Acha que o sr. Romano não vai perceber caso a gente compartilhe as respostas? Não posso correr o risco de levar um F em álgebra no final do segundo ano.

— Você tem muito medo deste lugar — George acusou, no meio-termo entre desdém e preocupação. — Se desprenda um pouco disso, Benjie, e veja como a vida se torna divertida.

Levantou-se da cadeira e olhou para trás, na direção de algumas estantes ao longe.

— Essa parte da biblioteca tá muito cheia. — Voltou-se ao garoto de fios castanhos. — O que acha de se desprender um pouco e... achar um lugar um pouco mais reservado... *comigo*?

Benjie umedeceu os lábios, hesitação correndo pelo seu rosto. As equações *eram* difíceis, *precisava* terminá-las — já que seria pelos dois.

Mas o fim do semestre estava se aproximando e logo se separaria de George por um mês inteiro. Aproveitar cada segundo possível com ele era... irrecusável.

— Precisaremos voltar logo — avisou quando fechou o livro e se levantou, acompanhando o ruivo.

— Claro que vamos.

* * *

— É isso o que você chama de se desprender dos seus medos? — Benjie ecoou quando afastou os lábios dos de George, em meio a risadinhas, em meio a mãos se arrastando por curvas e ereções se friccionando.

Apoiado numa estante de livros grossos e empoeirados, muito afastada da entrada, George sorriu de volta, pouco preocupado com o que disse para convencer Benjamin a largar as equações, muito preocupado em tocar cada parte do corpo dele que suas mãos podiam alcançar.

— Vai me falar que não tá gostando? — E desceu os lábios em direção ao pescoço.

Sentiu, na ponta da língua, quando um arrepio percorreu o garoto.
— Não posso dizer que *não* tô gostando.
— Bom. É tudo o que posso fazer com meu cérebro esgotado.
— As tarefas realmente tão te fodendo, não tão?
George bufou, a boca ainda próxima da pele sensível de Benjie.
— Não são só as tarefas, é o final do semestre.
— E por que se chateia tanto? — Benjamin espalmou seu peito e se afastou ligeiramente, apenas o necessário para fitar seus olhos, a cicatriz sobre a sobrancelha direita que ele adorava traçar com a língua. — Você vai colar tudo de mim, de qualquer jeito.

E, por mais divertida que fosse a reclamação, uma pontada de dor atingiu o peito de George. Ele engoliu em seco, a ansiedade em tocar o corpo de Benjie se transformando em...

Em medo de perdê-lo.

— Realmente não entende, né? — George se queixou, assistindo a confusão dançar no rosto do garoto em seus braços. — Não é a primeira vez que isso acontece, foi assim no final do último semestre, e no ano passado também. Eu fico doente quando essa época chega... — dizer aquilo não era fácil, compartilhar sentimentos não era fácil — porque me estressa muito... — suas mãos alcançaram o rosto de Benjie — conceber que vou ficar um mês inteiro longe de você. — Estavam tão perto um do outro que suas respirações se misturavam.

— Oh... — Foi tudo o que Benjamin disse, por um tempo. Não estava preparado para aquilo, nunca estava preparado de verdade para George Rodriguez. Mas ele sempre vinha, sempre se fazia presente, sempre o surpreendia. *Droga*. — E não é que o brutamontes pode ser fofo, afinal de contas?

George soltou ar pela boca, parte do estresse em se abrir para Benjie indo embora — daquela forma particular que só *ele* sabe fazer. Para George, existia apenas *Benjie, Benjie, Benjie*. Só Benjie sabia como acalmá-lo. Apenas Benjie podia encostar sua testa na dele e fazer pequenas descargas elétricas atravessarem sua pele. Sempre *Benjie, Benjie, Benjie*.

— Não sou um brutamontes — reclamou.

— Claro — Benjie sorriu com desdém, e afastou suas testas —, diga isso aos calouros que você atormenta.

George apertou a cintura de Benjamin, prendendo-o junto a si. Desviou o olhar para o corredor de estantes ao lado. Ele tentou conter o sorrisinho de orgulho, mas não conseguiu.

— Eles merecem, precisam crescer na vida, virar homens de verdade.

Benjie se debateu e tentou se afastar, sem muito esforço.

— Você é meio desagradável às vezes.

— E você ainda me ama, não ama? — Tentou beijá-lo.

Benjamin colocou um indicador em seus lábios, impedindo-o.

— Não teste seus limites. — George entreabriu a boca e sugou o dedo, lambendo-o da ponta à base. Então, beijou a palma inteira.

— Gostaria de poder te amar mais — Benjie comentou, observando George traçar sua linha da vida com a língua.

— Mais? — George o fitou, safado, mas Benjamin recolheu a mão. A conversa tomava outro rumo, um rumo menos agradável.

— Gostaria de não precisar fazer tudo escondido.

E o peso familiar voltou a se depositar sobre os ombros de George; o peso da insuficiência. O toque na cintura de Benjie afrouxou.

— É o único jeito — George repetiu a resposta da semana anterior, e da semana antes dessa, e de quando evitava pegar a mão de Benjie em público, e de quando tomava cuidado para não mirar seu corpo nu no vestiário, de quando... fingia não se importar que outros garotos dessem em cima dele.

— Eu sei — Benjie ecoou a afirmação da semana anterior, e da semana antes dessa, e de quando...

— Minha família nunca aceitaria. Preciso seguir os passos do meu pai, entrar na Casa Branca. — George remoeu de forma sôfrega, tentando se convencer de que aquilo era justificativa suficiente, a fina corda na qual precisava se segurar para não se sentir um completo covarde. — Não vou conseguir fazer isso se todos souberem que eu...

— Eu entendo. — Era uma meia verdade.

George sabia que Benjie desejava que ele lutasse pelos dois.

Benjie sabia que George jamais faria isso, que a relação deles jamais teria o privilégio de deixar estes muros.

Eles entendiam um ao outro, o que deixava tudo ainda mais trágico. Seria mais fácil se separarem agora, disparando ofensas e se odiando pelo resto do tempo junto na Masters.

Se ao menos o universo lhe permitisse o caminho mais fácil...

— Me odeia? — George murmurou baixo, quase sem voz, amedrontado pela resposta.

— Não — Benjie respondeu logo, o sorriso cálido mais uma vez acalmando seu coração. — Não *você*. Mas, sim, fico ressentido com outras pessoas; sua família, essa maldita escola.

— Se não fosse por *essa maldita escola* — George segurou sua mão e beijou os nós dos dedos —, eu não teria te conhecido, e *isso*... — com a mão livre, segurou sua nuca — nada disso seria possível. Temos um ao outro. Ao menos, por agora, isso *precisa* ser suficiente. Tenho você. Você é minha luz no fim do túnel. Sabe qual a sensação que tenho quando acordo ao seu lado todos os dias? É a melhor sensação do mundo. Sou burro, burro pra caralho, mas sei que jamais vou sentir isso novamente.

— É o suficiente, por agora. Mas e depois? Você diz que sou sua luz no fim do túnel, mas quem é a *minha*, George? *Você*? Não, não é, e sabe disso. A escola vai acabar, em algum momento. Nossa fantasiazinha vai descer pelo ralo. *Você* vai ter que crescer, *você* terá que virar homem. — E as palavras são como estacas em seu coração, rasgando, e rasgando, e... — O que vai fazer quando tiver que encarar a realidade? Quando não puder mais usar essas paredes como escudo? — Benjie socou seu peito, o tremor do impacto reverberando pelas estantes, pelas paredes ancestrais do castelo. — Você vai *me* escolher ou vai escolher sua família? A família que te odeia tanto? Uma carreira é mesmo mais importante do que a sua felicidade? Do que a *nossa* felicidade? Você realmente me ama? Ou ama ser aceito?

Benjie o encarou, áspero e inflexível, aguardando uma resposta.
Uma resposta que nunca veio.

* * *

No dia seguinte, Benjamin retornou à quadra.
E, pela primeira vez, George não estava lá.
Agora, ele entendia o motivo da preocupação.

LOUVADO SEJA

George

Horas atrás

Frio. Dilacerado. Morto.

Tão jovem, tão lindo. Morto.

O corpo de Benjie estava à sua frente, no interior de um sarcófago sob o castelo. Nu, os braços cruzados sobre o peito, a cabeça descolada do pescoço. Se olhasse pelo ângulo certo, poderia ver sua espinha.

Os olhos fechados, perpetuamente fechados.

Ele encara o corpo, o cadáver do mesmo homem que uma vez amou, que certa vez segurou nos braços e disse *você é a minha luz*, o detentor daquele olhar... do único olhar capaz de acalmá-lo. Ele encara, encara e encara, sem conseguir processar, de verdade, o que está olhando. Nenhum pensamento sequer atravessa sua mente. Ele regressa ao garoto covarde de décadas atrás, o garoto explosivo, castigado pelo ódio da família, cuja vontade de se provar frente ao pai era mais intensa do que qualquer outra coisa, do que seu senso de autopreservação, do que seu desejo de ser feliz. O que é ser feliz, afinal de contas, e se sentir rejeitado? Por que substituir um buraco em seu coração por outro?

Ele encara o corpo decapitado, brutalizado. Depois de tantos Rituais, George se dessensibilizou à violência. Mesmo assim, a visão é tão agressiva, tão repugnante que faz seu estômago se revirar. Ele não consegue afastar os olhos, no entanto; não *pode*. É o mínimo que deve fazer: fitar a desgraça na qual sua covardia resultou. *Sempre*

Benjie, Benjie, Benjie. Benjie, o garoto que segurava seu rosto e sussurrava as coisas mais doces e sinceras que já ouvira na vida. *Continue olhando, seu filho da puta, não se atreva a piscar.*
Sei que jamais vou sentir isso novamente. E, de fato, não sentiu. Desde que foi introduzido ao Culto pelo pai, George não sentiu mais muita coisa. Conseguia *fingir* que sentia. Era bom em fingir. Fingiu amar Camila, fingiu estar feliz durante o nascimento dos filhos. Fingiu se importar quando encontraram o corpo de sua esposa carbonizado após um acidente de carro — um acidente que ele arquitetou depois que ela tentou matar seus dois garotos. *Raiva.* Raiva era tudo o que George conseguia sentir, a única coisa que não precisava fingir. Ele tinha raiva o tempo todo. O garoto de vinte anos atrás estava morto, substituído por uma casca imoral, imunda e perversa de ser humano.

E ele continuava a encarar.

Benjie vai se decompor. Apenas os corpos sacrificados, *purificados,* não se putrificam. A pele vai apodrecer. O rosto, tão lindo, vai se degradar, pedaço por pedaço.

Um dia, George pensou que ele e Benjamin eram para sempre. E, por muito tempo, se esqueceu do que isso significava. Hoje, ele se lembrou. Mas é tarde demais. Veio até a ilha para assassinar seus dois filhos. Como ousa ter sentimentos? É um monstro. Como ousa... se lembrar? O que pode ser salvo de alguém que se perdeu há tanto tempo?

— ...como? — Sai mais como um gemido do que uma pergunta. Quando a palavra ressoa pelas paredes escuras do sarcófago, seu peito agoniza. O rosto permanece inexpressivo; a mente, distante. O cérebro pode fingir. Mas o coração... — Ah, não se pode enganar o coração.

Seu amor está aqui, um cadáver seco dividido em dois. Ele permitiu que isso acontecesse.

Gostaria de poder te amar mais.

— Fomos informados do desvio de Benjamin ao tentar ajudar seu filho a escapar da ilha, George — Wyatt declara em tom baixo, respeitoso. Ainda há cortesia entre os cães do inferno. — Ele tentou entrar em contato com as autoridades da Flórida, solicitando um helicóptero de emergência. Inventou uma tempestade avassaladora, que estava ameaçando a vida dos alunos. Foi interceptado e, então, levado a julgamento. *Eu o julguei e procedi com a execução.*

A explicação é leviana, quase trivial. Uma faca que gira no peito de George. Ele assente, quase sem se mover. Benjie podia não ser membro das Famílias Fundadoras, mas dedicou sua vida à Masters. Para o Culto, isso não importou. Para Wyatt, também não. Para seu Senhor... bom, *Ele* é o Senhor das Trevas, afinal de contas; carnificina é sua forma de adoração.

No entanto, ele não, não podia ter sido ele. Não o meu Benjie.

Seu Benjie.

Eles deceparam sua cabeça.

Raiva não é mais a única coisa que consegue sentir. Dor. A dor é voraz, consumindo sua carne, devorando os ossos.

O único outro homem no sarcófago dá um passo em sua direção, acompanhando-o mais de perto na observação fúnebre. George finalmente fecha os olhos. Eles ardem, como tudo em seu interior. Está prestes a explodir, mas precisa se controlar. As consequências de expressar dúvidas na frente de seu líder seriam... *catastróficas*.

Seus dedos tocam a ponta da superfície onde Benjie está deitado e apertam.

Caso ele se concentre bastante, pode sentir o toque cálido do garoto em sua pele novamente.

Meu Benjie.

— Morto... — balbucia baixinho, não muito mais do que um suspiro monótono.

Wyatt limpa a garganta antes de acrescentar:

— Ele e seu interceptador tinham uma relação próxima. Tentar salvar seu filho não foi sua única infração, no entanto, George; elas variavam de blasfêmia a vazamento de informações, além de contínuas tentativas de se desvincular do Culto. Eu não tinha razões pra duvidar de nada, e não havia outra saída além de levá-lo ao encontro de nosso *Senhor*, pra que *Ele* decidisse sua punição eterna.

George mira o rosto de Benjie, imaginando-o cometendo todos aqueles atos proibidos. Sempre o corajoso, sempre o inconformado com as injustiças mundanas. Nunca se adequou ao Culto — ao menos, não como ele. *Matar crianças*, deve ter pensado, *eu não sou um assassino*. Mas George era, George aceitou seu destino de braços abertos. Benjie esteve na Masters esse tempo todo para arranjar uma forma de escapar? Para ajudar os alunos miseráveis?

Ele tentou escapar. Tentou livrar *seus* filhos da morte. Uma morte sagrada, uma morte misericordiosa. *Uma morte, mesmo assim.* Ele tentou salvá-los... *de seu próprio pai.*

George estava tremendo. O cadáver do amor de sua vida é um espelho em sua frente, expondo toda a sua putrefação, fazendo-o encarar seu pior pesadelo — *o homem que ele havia se tornado.*

— Sabe que, uma vez dentro, não há saída, George — Wyatt acrescenta. Sua voz, um rangido metálico sobre o crepitar lento das tochas nas paredes. — Você deve ficar feliz. — O líder toca em seu ombro. — Benjamin está ao lado *Dele*, agora. É uma honra que todos teremos, em algum momento.

E é como se a mão de Wyatt fosse feita de ácido, corroendo-o.

— Quem foi? — George grunhe. — Quem o interceptou? Quem... — Cerra as pálpebras, tentando imaginar os últimos momentos de Benjie, seu desespero, sua dor. — Quem o denunciou?

Wyatt recolhe a mão e se aproxima de outra gaveta na parede, logo ao lado. Como a de Benjie, não tem placa de identificação. Ele a abre, expondo um segundo cadáver familiar.

George não precisa de muito para entender o que aconteceu.

Não liga pra ele. Colter é só um babaca.

— Colter faleceu pelas mãos de Lucas, no subsolo — Wyatt declara.

George encara o rosto de seu rival nos tempos de escola; como Benjie, está nu, mas tem um corte no abdome.

— O filho de Joseph? — George questiona, voltando-se ligeiramente para Wyatt. — O garoto que tem uma relação com m...

— Morde a própria língua, forçando-se a corrigir: — Com Andrew Rodriguez.

— Um dano colateral da jornada de Liam, sem dúvidas — o diretor da Masters elucida, desdenhoso. — Colter era um membro fiel do Culto, um servo fervoroso de nosso *Senhor*. — Há uma pausa singela. — Mas era fraco. Mais fraco do que os garotos que tanto depreciava; todos eles ainda estão vivos, por ora.

— Lucas... também tava tentando ajudar Andrew, certo? Por quê? Todas as coisas que disse naquela sala...

Também estava tentando salvá-lo de mim? George rumina.

— Segundo Liam, Lucas desenvolveu certos... sentimentos pelo garoto. Sentimentos... intensos demais. Os garotos dessa idade são imprevisíveis. Parece que o único erro de Lucas foi cravar os olhos na pessoa errada, em uma pessoa que não podia mais ser dele. Andrew tem uma tendência a provocar empatia nas pessoas; é especial, sem dúvidas. — Martela, e martela, e martela. — Não me impressiona que o *Senhor* o tenha escolhido — Wyatt comenta enquanto fecha a gaveta de Colter. — Ele seleciona apenas as melhores almas, sabe disso. Talvez até seja escolhido pra residir na Masters pelo resto da eternidade. Sem dúvidas, isso causará atritos com Lucas; nada que não possamos remediar, é claro. Não temos controle sobre as almas que permanecem no colégio, mas sempre as recebemos de braços abertos. É o trabalho do nosso *Senhor*. Precisamos honrá-lo.

George observa o rosto de seu amor mais uma vez; ele sabe que será a última. A lembrança de seus traços ficará gravada em sua mente pelo tempo que ainda lhe resta. A possibilidade... do que teriam sido, caso ele não fosse covarde. Se ao menos Benjie pudesse vê-lo agora; George não é mais covarde, não é mais nada — seria uma piada sequer chamá-lo de *homem*.

Benjamin morreu tentando tirar seus filhos desse lugar. Os filhos que ele teve com outra pessoa, que escolheu em seu lugar. Mesmo assim, havia amor em Benjie por eles, porque ele ainda o amava, porque não havia nada em seu coração além de amor. Esse amor lhe deu coragem, e essa coragem o matou.

Lucas foi colocado em coma depois de se meter demais nos assuntos do Culto, tudo para salvar Andrew. Quanto mais ele teria coragem de fazer? O garoto era bravo, muito bravo para alguém tão jovem.

Os dois eram homens corajosos, e olhe aonde isso os levou.

Talvez covardia seja a única saída neste mundo, a única forma de sobreviver, de prosperar.

De covardia, George entende bem.

— *Laus be*. — Fecha a gaveta, enterrando o cadáver de Benjie para sempre.

Interlúdio III

CAIM

Calvin não devia ter ido à Casa Branca naquele dia, mas, sob as ordens estritas de seu pai, não podia sair do lado do irmão. *Tinha dezesseis anos e não podia sair do lado do irmão.* Já não era humilhado o suficiente? Tudo era sempre *Andrew, Andrew, Andrew.* Ele era como um satélite; seu irmão, o centro do universo.

O celular estava descarregado e de maneira alguma podia usar o *vape* no interior do prédio. De madrugada, fugiria para encontrar seus amigos. Por ora, estava preso neste lugar.

Caminhava sem destino pelos corredores vastos, largos e ricamente adornados. Lustres caros; bustos de ex-presidentes; pilares; quadros raros; tapeçaria vermelha, dourada e branca. Calvin não sentia estranheza no local — já passara tempo suficiente nele para se familiarizar —, mas nunca conseguia afastar a sensação de estar num universo paralelo; tudo era belo, sem dúvidas, mas carregava em seu centro um luxo mórbido, intimidador, quase fantasmagórico.

Um calafrio atravessou sua espinha.

Vou pegar um ar no jardim, pensou, justo ao passar por uma porta semiaberta.

— O que você tá fazendo?

— Shhh... fala baixo.

Calvin congelou no lugar, o cenho duramente franzido ao reconhecer a voz de seu irmão e de...

— Alguém vai ver a gente, certeza.

— Deixa de ser paranoico.

— Ah, desculpa se eu não quero que ninguém me veja beijando o filho do presidente.

O quê? Aproximou-se da porta, passos lentos e silenciosos, espiando o interior do cômodo pela mais insignificante das frestas. Era o suficiente para enxergar seu irmão e o filho do atual presidente escondidos num canto afastado e escuro. Próximos. Íntimos. Clandestinos.

— Não tem ninguém aqui — Chris assegurou a Andrew, dedos firmes em sua nuca. Os dois se beijaram, longa e intensamente.

O mundo de Calvin entrou em colapso.

Todos sabiam que ele gostava de garotos. Calvin nunca fez esforço algum em esconder isso, e sofria as consequências diariamente. Era violentado na escola, era agredido em casa. O ódio de seu pai era visceral, bem explícito nas cicatrizes que carregava no corpo — ele sempre fazia questão de machucá-lo nas partes que seriam encobertas pelas roupas. Não havia espaço para um garotinho gay no mundo republicano em que fora criado, onde sua imagem precisava ser a mais tradicional possível no auxílio da campanha do pai. O garoto estava preso no eterno jogo de gato e rato dos políticos desde que nasceu, sem consentimento. Era um peão no tabuleiro de George; uma peça defeituosa, que não servia para muito além de absorver sua raiva, suas frustrações, quando chegava das viagens.

E ninguém sabia de seu sofrimento como Andrew. Seu irmão inseparável, a pessoa que sempre tratou de suas feridas, que estava ali para lhe dar palavras de conforto.

Andrew...

Andrew também gostava de garotos.

Calvin precisou se segurar na parede para a vertigem não lhe vencer.

Como teve coragem de deixá-lo sofrer esse tempo todo sozinho?

— Eu tava pensando numa coisa. — Relutante, Calvin voltou a observar a cena.

— O quê? — Chris se ajoelhou em frente a Andrew, tirando um pequeno quadrado do bolso. — Chris, o que é isso?

— Andrew Rodriguez... — o filho do presidente começou, e abriu o estojo, expondo algo que Calvin não podia ver. *Não tinha dúvidas do que era, no entanto.*

Andrew fechou o estojo de forma brusca, o rosto severo.

— Para. É tão estúpido assim? — Mesmo de costas para Calvin, Chris parecia confuso. — Nossos pais são republicanos, Chris, o que acha que aconteceria... — Andrew encobriu a boca. — Não posso acreditar nisso.

Chris se levantou.

— Que se fodam nossos pais, isso não é sobre eles.

— Claro, porque não é *você* que será exposto pro mundo todo como o namorado secreto do filho do presidente. Minha vida estaria acabada no mesmo instante. Jesus Cristo, você sabe tudo o que meu pai faz com Calvin, o que acha que ele faria se *eu* assumisse um relacionamento com um homem?

— Você não quer isso? Não *me* quer? — Houve uma mudança no tom de Chris, da bravura à mágoa.

— É claro que sim — Andrew se apressou a responder, e tocou seu rosto. — Mas enquanto formos dependentes dos nossos pais, desse maldito partido, isso... — Suspirou. — Como sequer pode imaginar que isso daria certo? É tão ingênuo assim?

E Chris se afastou do toque, cerrando os punhos, o anel jazendo esquecido, para sempre, no pequeno estojo.

— Esquece. Esquece que eu te mostrei isso.

— Chris, espera...

O filho do presidente caminhava em direção à porta.

Calvin correu pelos corredores, escondendo-se atrás de um dos pilares. Esperou até os passos se afastarem para ruir no chão, chorando, como na primeira vez em que foi espancado pelo pai. Andrew estava lá para lhe ajudar, para colocar os *band-aids* e abraçá-lo forte.

Sempre *Andrew, Andrew, Andrew.*

Andrew o traiu.

* * *

Ele se aproximou do escritório, ainda hesitante. Havia ódio em seu coração, tanto ódio que o asfixiava. Mas ainda havia amor, sempre haveria. Ele nunca conseguiria repelir a parte de si que era dependente de Andrew, que só conseguia viver ao lado do irmão.

Mas estava cansado de sofrer tudo aquilo sozinho, de observar as feridas que nunca se curavam e as cicatrizes que cresciam ao invés de diminuir. Dezesseis anos. Passou por aquilo por dezesseis anos. Era o suficiente.

Ele engoliu em seco quando o pai, sempre austero, lhe ergueu o olhar.

— Pai, tem algo que preciso te contar... — ele balbuciou, encontrando coragem e firmeza em seu ódio, no ódio pelo pai, no desprezo pelo irmão. — É sobre o Andrew. — George inclinou o pescoço para o lado. — E Chris.

ONDE OS DEMÔNIOS RESPIRAM

Andrew

Agora

Seguro a cabeça de Calvin com uma mão, erguendo-a do chão; com a outra, encosto o copo de metal nos seus lábios. Seus olhos permanecem fechados, os lábios, cerrados. Minha única indicação de que está vivo são os movimentos suaves de seu peito.

— Beba, Calvin, você precisa beber. — Parte do líquido escorre pelas suas bochechas, se derrama no chão. Ele até entreabre os lábios, tenta beber, mas acaba se engasgando e cuspindo tudo. — Droga, me escuta. — Deixo o copo no chão e uso as duas mãos para tentar sentá-lo, mas ele me afasta.

— Não consigo.

E se vira no chão, mirando as grades da cela, fugindo tanto quanto pode da escuridão que nos rodeia. *Meu irmão.* Nasceu antes de mim, mas isso é um detalhe, é meu *irmãozinho*. Meu impulso sempre foi de protegê-lo; já falhei horrendamente antes, mas aqui, neste lugar, estou falhando a cada segundo. Ele não comentou nada desde que cheguei, mas sei que está aterrorizado o tempo todo por causa do escuro. Liam sabia disso, *eu lhe contei*. Fez questão de confiscar minhas lanternas logo depois de nos prender aqui, para garantir que Calvin sofra tanto quanto é possível.

Meu pobre irmão.

Miro sua nuca, frustrado, desesperado. Me recosto na parede fria, curvo os joelhos. Roo as unhas, a mente tentando traçar cenários, planos de fuga, mas quase esgotada demais para formar um pensamento racional sequer.

Às vezes, fecho os olhos e tento imaginar que tudo isso é um sonho, um pesadelo; às vezes, quando os abro, realmente é, e estou na minha cama, no meu quarto no castelo, e preciso me preparar para as aulas do dia, me preocupando em como vou encontrar meu irmão desaparecido. Outras vezes, estou na minha casa e posso ouvir nosso pai batendo em Calvin no quarto ao lado. Sou covarde demais para ajudá-lo, e mais covarde ainda para admitir que estou feliz por não estar no seu lugar.

Na maioria das vezes, entretanto, estou aqui, na cela escura e úmida, e levo um tempo até entender que esta é a realidade, e todo o resto, na verdade, foram sonhos.

Quando você passa tempo demais olhando para o nada, sofrendo, começa a enlouquecer. Sinto isso acontecendo comigo; a sanidade deslizando das minhas mãos, levando embora coágulos de quem sou, partes essenciais desse ser chamado Andrew Rodriguez. *Ele sou eu?* Não mais. Sem dignidade, tenho dificuldade até em acreditar que sou humano.

Toco os ombros de Calvin, tentando confortá-lo. *Sua situação é ainda pior.*

Há quanto tempo estou aqui?

Da última vez que Liam veio, disse que fazia quase duas semanas. Quanto tempo se passou desde então? Já são duas semanas? É difícil ter percepção de tempo sem a luz do sol. Toda a luz que temos é a das tochas fracas presas às paredes, do lado de fora da cela. Só consigo mensurar momentos; momentos em que estou apagado, momentos em que estou dormindo acordado, e momentos em que estou, definitivamente, acordado — esses são os mais raros.

Liam esteve aqui treze vezes, geralmente ia embora mencionando algo sobre as aulas ou sobre o café da manhã. Posso supor que cada uma de suas visitas corresponda a um dia. Isso faria de hoje o 14º dia, duas semanas no inferno.

Para Calvin, no entanto, já são seis; um mês e meio de tortura.

Liam deveria estar aqui mais ou menos por agora. Por que ainda não voltou? Certamente, não perderia uma chance sequer de me atormentar. *Psicopata filho da puta. Filho da puta. Filho da puta.* Cerro os punhos, o sorriso sádico daquele desgraçado preenchendo minha visão, como se estivesse bem aqui, em minha frente. Se ao menos eu pudesse estrangulá-lo com minhas próprias mãos...

Mas não. Ele é minha única chance de escapar — *nossa* única chance. Preciso ser inteligente, driblá-lo em seus próprios joguinhos, fomentar uma forma de usá-lo sem que perceba, usar seus sentimentos, por mais deturpados que sejam, como vantagem.

É tão convicto em dizer que me ama, tão firme ao tagarelar que gostaria que as coisas fossem diferentes. Até cheguei a acreditar em certos momentos — merda, *acreditei* em certos momentos. Está brincando com minha mente, mesmo agora. *Maldito.*

Que tipo de homem ama desse jeito? Machucando, manipulando e torturando?

Não tem nada de amor nisso.

Mas onde está Lucas? Roberto? O que aconteceu com Elijah? Benjie está mesmo morto? Não sei se posso confiar no que Liam disse. É o único motivo pelo qual ainda acredito que meus amigos não me abandonaram. Preciso acreditar que eles voltariam por mim, que tentariam me encontrar. *Preciso*, porque faria a mesma coisa por cada um deles. Mesmo por Lucas. Duvidei dele por tanto tempo, e ele nunca se afastou. Salvou minha vida com Colter. Me estimulou a seguir em busca de Calvin, mesmo quando estava ferido demais para me acompanhar.

Deus, que ainda esteja vivo.

Que Roberto tenha encontrado Elijah.

Que os três estejam num barco para muito longe desta ilha.

Que meus amigos estejam a salvo.

Se me abandonaram para se salvarem, nem ficarei irritado. *Eu juro.* Se estão bem agora, é o suficiente. É injusto esperar que todo mundo se sacrifique por mim, por Calvin. Sempre tivemos somente um ao outro, de qualquer forma.

Vamos sair dessa. E então encontrar todos, bem longe deste lugar amaldiçoado.

O plano é mais fácil na teoria do que na prática, especialmente quando se está neste estado. Só tenho forças para me manter acordado. Mesmo isso, ultimamente, tem sido difícil.

Como vou manipular Liam? Ele poderia me quebrar em dois, como um graveto, se quisesse.

Estou deplorável.

Calvin se contorce no chão, fica em posição fetal; o estômago, sem dúvidas, reclamando.

— Você tá definhando — comento baixinho, com medo das minhas próprias palavras. No escuro, elas soam monstruosas.

— Talvez seja melhor assim.

— Não pode pensar desse jeito.

— E como você quer que eu pense, Andrew? Quer que eu veja uma luz no fim do túnel? Que luz? Que túnel? Sinto que já morri... há muito tempo.

— Você tá vivo. — Toco seu ombro outra vez e aperto. Está tão desnutrido que sinto seus ossos. Tento não me abalar com isso, mas minha voz falha: — Você tá aqui comigo. — Enxugo uma lágrima silenciosamente.

— Por mais quanto tempo? Até as pessoas que nos prenderam decidirem? — suspira. — Se eu morrer aqui, na cela, de fome ou de sede... — Tenta engolir em seco, a saliva dói ao passar pela garganta. Acaba grunhindo. — Pelo menos, eles não vão poder colocar as mãos em mim. Isso é uma vitória.

Calvin tem razão. *Até quando isso vai durar?*

Liam mencionou que o *Ritual* aconteceria "amanhã". Estamos no "amanhã", certo? Vão nos matar? Por isso ele não veio? Não. *Não.* Ele precisa voltar, ao menos mais uma vez. Precisa me explicar tantas coisas. Quem é *Ele*? O que é o *Culto de Hall*? Diz respeito a Woodrow Hall?

Por que caralhos querem nos matar?

Quem quer nos matar, além do pai de Liam?

Quem foram as pessoas que vi andando na floresta na noite em que liguei para o meu pai?
Por que meu pai disse que não tinha mais dois filhos?
O termo "ritual" implica em algum tipo de cerimônia, algo que demora. Talvez tenhamos a chance de fugir em algum momento, quando suas guardas estiverem baixas.
Preciso me manter otimista, por nós dois.
— É esse lugar falando por você — argumento —, bagunçando tanto sua cabeça que acaba achando que nunca mais vai conseguir sair. Mas tô te dizendo: isso logo vai acabar, logo estaremos livres.
— Para de falar bobagens — desdenha.
E seu tom de derrota me afeta, pela primeira vez. Observo-o por um tempo, cheio de aflição, de desalento. Meu coração bate rápido no peito, e estou magro o suficiente para senti-lo agredindo minhas costelas. Esfrego-o sobre minhas roupas sujas e rasgadas — as mesmas roupas que usava na noite em que Liam me prendeu aqui.
— Vou dar um jeito — sussurro em direção à escuridão.
Calvin não me ouve. Ele já caiu no sono outra vez.
Me espremo na parede, abraçando meus joelhos.
Vou dar um jeito.

* * *

Caio no sono, é curto e sem sonhos. Ao acordar, estou ainda mais cansado.
Olho para o lado, Calvin continua deitado no mesmo lugar.
Olho para a frente, há alguém parado na entrada da sala, sua sombra projetando-se sobre a parede além das grades.
— Liam? — chamo, e me aproximo das barras de metal. — Liam, é você?
É minha chance de...
— Grrr...
Mas não é Liam parado na entrada.
É aquela criatura, a criatura dos meus pesadelos. Seu corpo, um borrão de sombras e escuridão; seus membros, alongados e

cadavéricos; o rosto, sem qualquer traço distinguível. Afasto as mãos das barras no mesmo instante e dou alguns passos para trás. Ela me encara nos olhos. Meu coração para por um instante, assustado. Mas o choque logo passa.

— Não tenho medo. Não mais. — Já vivi tantos horrores desde que fui trancado nesse lugar, esse filho da puta não é nem um dos mais interessantes. A coisa inclina o pescoço para o lado, bizarramente humana. — O que é você? — É claro, não me responde. Mas também não se aproxima. Ao contrário de quando me encontrou na biblioteca, não parece interessado em rasgar minhas entranhas. — Tá aqui pra me matar? — desconfio. Arrisco me aproximar das grades outra vez, o metal gélido raspando minhas palmas castigadas. Então, tenho uma ideia ousada: — Aposto que não pode fazer nada do outro lado dessa cela, né? Por que não poupa nosso sofrimento e nos livra dela? Hm? Não é como se eu tivesse muito pelo que viver, de qualquer jeito. Se poupar meu irmão, prometo que não vou sequer resistir; pode fazer o que quiser comigo.

Se não a tivesse visto flutuando na floresta, arriscaria dizer que a coisa aspira o ar da sala lentamente, erguendo o rosto, como se desejasse sentir o meu cheiro.

— O que você tá fazendo?

Bufa — ou o quão perto disso pode chegar sem um nariz visível — e parece se irritar com algo. Sem cerimônias, flutua para longe, mantendo o rosto macabro centrado em mim enquanto pode.

Após alguns segundos, Calvin e eu estamos sozinhos na sala das celas outra vez.

Minha mente gira em círculos, tentando entender que merda acabou de acontecer.

— O que foi aquilo? — Calvin me pergunta do chão.

Viro-me para ele bruscamente.

— Viu aquela coisa também? — Ele se impulsiona para cima com os braços, ainda meio deitado no chão, e assente. — Pelo menos, não foi uma alucinação.

— O que é isso, Andrew?

Miro a entrada da sala outra vez, imaginando o demônio de sombras rondando pelo subsolo.

— Não tenho a mínima ideia, mas, seja lá o que for, não é humano.

— Não fode.

— Já encontrei com essa coisa antes, várias vezes. Vivia me perseguindo no colégio enquanto tava procurando você. Eu a vi na floresta também, quando segui uma das pistas de Liam. Esse tempo todo... achei que queria me matar. Ela tentou, na biblioteca. Ao menos, acho que tentou. Mas agora... merda... agora não tenho mais certeza.

— Então, além de psicopatas, temos demônios rondando pelos corredores desse colégio? Tipo, demônios de verdade?

Chego perto dele, apanho o copo de água e lhe ofereço outra vez.

— Beba.

Calvin aceita a água, sem relutância. Observo-o beber. Parece estar voltando a si. *Graças a Deus.*

— E por acaso existem demônios de mentira? — arrisco uma piada muito, muito sem graça.

Mesmo assim, tiro um sorrisinho dele.

Isso derrete meu coração. Não o vejo sorrir desde... desde...

Não lembro desde quando.

Nos sentamos lado a lado, encostados na parede.

Por um tempo, encaramos as grades em silêncio, ruminando, talvez contemplando. Uma lufada de ar me escapa pelo nariz.

— Já parou pra pensar na nossa fodástica falta de sorte? — Viro o rosto levemente para encará-lo.

Calvin franze o cenho.

— *Fodástica* falta de sorte?

— Entre todos os calouros do ensino médio no mundo, *nós* — toco seu ombro e o meu — fomos os escolhidos pra vir pra Masters, e então acabamos nas garras de seja lá quem for a pessoa que nos queria aqui. O pai de Liam, talvez. Não sei. Ele falou sobre um *Senhor*. Não sei se tá falando do pai.

— Ele é doido, Andy, completamente maluco. Odeio esse cara, odeio com todas as minhas forças.

— Não tanto quanto eu.

— Ah, aposto que sim. Não foi você que transou com ele, afinal de contas. — Subitamente, fico acanhado. Meu silêncio parece significar outra coisa para Calvin, no entanto. — Você *transou* com ele? — pergunta, abismado.

— Não, porra. Claro que não. Já falamos sobre isso. Não tava exatamente pensando em garotos quando cheguei aqui, minha cabeça ainda tava muito cheia por causa do Chris.

— Eu sei, eu sei. Só confirmando — afirma, mas continua me olhando de forma suspeita. — Ele parece um pouco obcecado com você. Liam. Pelo jeito que fala, pelo jeito que te olha. Não é a forma que me olhou naquela noite, é diferente... Andrew...

— Nós não transamos, Calvin, mas e se tivéssemos? O que ele fez com você em uma noite, fez comigo por semanas. Me enganou, mentiu, me fez correr atrás de pistas inexistentes, como um maldito ratinho de laboratório.

— Não era minha intenção te provocar.

— Eu sei, só tô... tão *bravo*. É tão óbvio agora, quando paro pra pensar em tudo. Tão, tão óbvio. Mas ele me mostrou seu lado vulnerável, seus medos, pareceu me apoiar devotamente. Devia ter desconfiado dele, okay, mas isso seria o mesmo que desconfiar de Roberto ou Elijah. Eu nunca faria isso. Achei que ele fosse meu amigo, achei que estivesse me ajudando. Merda. O seu bilhete... devia ter confiado nele, devia ter compreendido. — Inspiro fundo, arrasado. — O tempo todo desconfiei de Lucas, o cara que você ainda não conheceu.

Calvin pondera.

— Pelas coisas que diz sobre ele, também seria minha primeira suspeita.

— Ele é um pau no cu desgraçado — vocifero. Cerro os punhos. — Mas sinto tanto sua falta, tenho tanto medo... de que não esteja bem.

É a vez de Calvin me envolver pelos ombros e me puxar para um abraço de ladinho. Seguro seu braço, encontrando conforto no corpo definhado do meu irmão. Sobre minha cabeça, ele tosse, uma, duas, cinco vezes, até precisar beber o restante de nossa água para saná-la, por enquanto.

— Tá bem? — sussurro, preocupado.

Ele assente.

— Não tenho ideia do que significa tudo isso, do porquê de estarmos aqui, mas, Andrew... — murmura, e contrai os lábios — se houver a mínima chance de te salvar... — E me encara com um olhar altruísta, decidido.

Me desespero.

— Que se foda isso. Não vai inventar de ser um mártir agora, seu idiota.

Levanto-me do chão, ando em círculos na cela.

Ele suspira, desviando o olhar para o lado, triste.

— Fui um irmão terrível pra você.

— Ótimo — balbucio, sarcástico —, e sua forma de corrigir isso é se sacrificando por mim? Me deixando *sozinho*? Que merda é essa? Não pode ver que eu só ficaria pior se você não tivesse aqui? Não, não, não. — Balanço a cabeça freneticamente. — Vamos escapar juntos. *Os dois.* É melhor você ir afastando essa ideiazinha da cabeça.

Calvin também se levanta, com muito — *muito* — esforço, escorando-se na parede, devagar.

Dá alguns passos em minha direção.

— Não vou permitir que você morra.

— Se não sairmos daqui juntos, Calvin — sou assertivo e inflexível —, vamos *morrer* juntos. Não vou te deixar pra trás, e você certamente não vai se entregar a ninguém por mim.

— Jesus, que hipócrita. Você tem tentado fazer isso por mim esse tempo todo, implorando a Liam que me salve, e então você "seria dele". E agora há pouco, com aquela coisa. Por que você pode se sacrificar por mim, mas não posso me sacrificar por você?

— Porque é assim que as coisas funcionam, Calvin. Você é minha responsabilidade, eu basicamente te criei — me apresso a cuspir, o peito subindo e descendo rapidamente. Esfrego o rosto. — Quando papai tava fora, quando éramos só nos dois, quem ficava encarregado de tudo? Quem arrumava as suas bagunças? Quem... — *cuidava dos seus ferimentos*? — Não vou sair desse lugar sem você, mas se você puder sair sem mim... é o jeito que as coisas devem ser, tá bom?

Ele chega tão perto quanto consegue, o rosto cansado, buracos fundos sob e sobre os olhos, os ossos das bochechas tão pontiagudos que poderiam ferir um desavisado, os fios secos e quebradiços. É como ver um reflexo meu, ainda mais decrépito.

Ele toca meu ombro, me acalmando.

— Não sou mais valioso que você. Não teria nada de justo em você se sacrificar por mim. *Eu* trouxe a gente pra essa ilha. Se não fosse a situação com Chris, papai nem saberia... — A mão se afasta do meu ombro. — Nem saberia que seus dois filhos são aquilo que mais abomina no mundo.

Engulo em seco, tentando segurar as lágrimas.

— Papai já me odiava muito antes do que aconteceu. Ele só... ele só tinha a ilusão... — A mágoa em meu peito é muito grande. É bom que a cela seja escura, torna mais fácil encarar meus demônios. — De uma pessoa que, na verdade, eu não era.

— O problema tava *nele*, não em *nós*.

— É claro, Calvin, é claro. Sinto muito por ter te deixado sofrer tudo isso sozinho, sinto muito por não ter feito mais pra te defender, por não ter tido coragem de me expor da forma que deveria. Não sou tão corajoso quanto você. Era assustador te ver passar por aquilo e imaginar... imaginar que eu também poderia ser rejeitado, machucado por ele, por todo mundo. Eu não tava preparado. Mas deveria ter feito mais...

O semblante de Calvin se distancia, talvez levado a todos os momentos de violência que, sem dúvidas, estão cravados em sua alma.

Fico incerto se ele aceitou meu pedido de desculpas. E, quando abre a boca, suas palavras ainda são sacrificiais:

— Se eu não tivesse feito o que fiz — reflete —, só um de nós teria vindo pra cá. Só um de nós precisaria...

— Para, merda, para com essa maldita paranoia. Eu nunca te deixaria vir pra cá sozinho, não vê isso? *Nunca*.

E uma torneira *é* aberta no peito de Calvin. Ele se derrama na cela fria, úmida e suja:

— Sabe, eu tava tão irritado com você naquela noite, sem motivo algum. Irritado porque, logo que chegamos, você já achou sua turma, porque todos os olhos tavam em *Andrew* outra vez, e o irmão gêmeo desgraçado tava de escanteio de novo. Odeio isso, odeio como me senti, mas é a verdade. Depois do que aconteceu com Chris, não podia suportar a ideia de que a mesma coisa acontecesse aqui; você, amado; eu, odiado, desconsiderado, até que alguém precise descontar um pouco de sua frustração.

— Calvin, eu sinto...

— Espera, me deixa terminar. Eu me sentia dessa forma, e quando Liam me abordou no banheiro... Andrew... me senti *desejado*, valorizado, pela primeira vez na vida. Talvez as coisas não precisassem se repetir aqui, talvez eu também merecesse um pouco de atenção, um pouco de... carinho, amizade. Talvez eu pudesse, pela primeira vez, ter uma fração do que você sempre teve. Foi por isso que confiei tão rápido nele, por isso levei ele pro nosso quarto, por isso decidi transar na sua cama. Eu tava tão amargurado, mas agora... agora... — A voz começa a falhar, lágrimas descendo pelas bochechas. — Eu percebo como fui terrível esse tempo todo, como esses comportamentos, esses sentimentos foram detestáveis. Eu não sei como... mas espero que me perdoe, Andy, espero que me julgue merecedor do seu perdão, que não me odeie... não posso *morrer* sabendo que me odeia.

Nós nos fitamos, calados e dilacerados. Entreabro os lábios, mas nada sai da garganta. Não consigo mais segurar minhas próprias lágrimas, meu coração despedaçado.

— Você é meu irmão... — balbucio, quase incompreensível, sob as lágrimas. — Meu *irmãozinho*. Você é a coisa mais importante no mundo pra mim. E eu falhei com você também. *Oh, Deus*. Falhei tanto, por tanto tempo, Calvin.

Há muita dor em nossos peitos, muito ressentimento, um rancor profundo. Mas também há amor incondicional, devoção do tipo que dois outros seres humanos jamais compreenderiam. E quando ele me abraça, forte e desesperado, sinto essa devoção mais viva do que nunca. Fecho os olhos, aproveitando o breve momento de reconciliação, o momento que, por tanto tempo, pareceu impossível.

— Por favor, me perdoe. *Por favor* — ele implora contra meu pescoço, molhado com seu choro.

Seguro os fios secos de sua nuca.

— É claro. É claro que te perdoo. Mas você precisa me perdoar também. — Me engasgo com as lágrimas. — Por favor, Cal... *me perdoe.*

Ele me aperta mais.

— Sempre, Andy.

E me desmancho em seus braços. Se não estivesse sendo segurado por ele, teria despencado de joelhos no chão. Me agarro à sua camiseta como se minha vida dependesse disso. E choramos. Choramos juntos. Feridas abertas. Eu cuidando para que as dele não infeccionem. Ele cuidando das minhas. *O jeito dos irmãos Rodriguez.*

Quando não tenho mais lágrimas para chorar, me afasto. Miro seu rosto. Rouco, afirmo:

— Nós vamos sair daqui. Mesmo se Liam não voltar mais... alguém vai dar um jeito. Roberto. Lucas, talvez... e se todos se esqueceram de nós, vamos lutar até o último segundo. *Juntos.*

Ele assente, minha segurança finalmente o contagiando.

— Um Rodriguez não vai pro chão facilmente — declara, sua voz grossa ecoando pela escuridão.

Sorrio, tão orgulhoso quanto jamais estive. Aperto sua nuca.

— Esse é o meu garoto.

— Você é minha única família, Andy. Eu te amo.

Seguro os dois lados de sua face.

— E você é a minha. Eu...

Passos ecoam fora da sala.

— O que é isso? — Calvin pergunta.

Viramos para as grades.

— Eles tão vindo.

Meu coração acelera, medo súbito. Agarro sua mão e puxo-o para a parede, tão longe da porta da cela quanto é possível.

Os passos se elevam.

Estou aterrorizado.

E se elevam mais.

Aterrorizado, porque não sei o que fazer.

Sombras se projetam na parede da sala. Eles estão na entrada. São muitos.

Merda.

— Andrew... — Calvin murmura.

— Shh... Fica calmo — digo, ainda que eu mesmo não consiga seguir meu conselho.

Cinco pessoas chegam à cela e ficam paradas.

Minha testa franze violentamente.

— Quem são vocês?

Não consigo discernir seus rostos, estão escondidos sob máscaras pretas, demoníacas, chifres partindo das testas. Os corpos estão encobertos por mantos vermelhos, detalhes em ocre na abertura frontal e na porção mais próxima aos pés.

Dois deles seguram algum tipo de tecido nas mãos — talvez algo para encobrir nossos rostos. Aquele mais à frente tem um molho de chaves.

Cada músculo em meu corpo se contrai, o desespero se acentua à medida que as figuras continuam ali, paradas, nos observando, sem emitir um som sequer.

Calvin praticamente esmaga minha mão, tão tenso.

— Não me ouviram? *Quem* são vocês? Por que nos prenderam aqui? — Então, um momento de claridade graças às conversas com Liam. — São o Culto de Hall? O diretor tá entre vocês? Bem, deveriam dizer a ele que consegui ligar pro meu pai com um celular que... *roubei*... de Lucas White. Ele tá sabendo de tudo o que aconteceu, do desaparecimento do meu irmão e com certeza do meu também. Se não nos soltarem... tão fodidos. — Eles se entreolham lentamente sob as máscaras. Ouço Calvin esganiçar pelo medo. — Mas se nos soltarem, tudo vai se resolver. Vamos voltar pro nosso pai, a coisa toda não vai passar de uma brincadeira de mau gosto pra ele. E nós... nem conseguimos ver seus rostos. Não conseguiremos identificá-los.

O silêncio das figuras se prolonga. As batidas do meu coração são violentas, começo a ficar enjoado. Olho ao redor na cela, me assegurando pela enésima vez de que este maldito lugar não tem escapatória.

Após um longo minuto, eles decidem prosseguir.

A pessoa mais à frente seleciona uma chave em particular no molho e abre a grade.

— Ouviram o que eu disse? — Ergo a voz, tentando não soar tão exasperado quanto me sinto. — Vão nos soltar? — Minha voz falha.

As duas figuras com tecidos em mãos tomam a frente, entrando na cela primeiro, seguidas das outras três.

— Não. Não, não, não. — Calvin solta minha mão e tenta correr, inutilmente. Acaba encurralado num dos cantos da cela, encolhendo-se.

— Calvin... — murmuro, e tento me aproximar para protegê-lo, mas duas pessoas já estão sobre mim, tentando imobilizar meus braços.

Luto veementemente contra elas, me debatendo, distribuindo chutes e socos. Acerto dois deles em uma das figuras, mas a outra consegue me segurar por trás. Ela me força para baixo, me obrigando a ajoelhar.

— *Me solta, porra! Me solta! Meu pai vai foder com todos vocês* — grito, tentando me libertar, sem muito sucesso. Tudo o que consigo é cair de bruços no chão, rosto voltado para Calvin.

Seus captores não parecem ter tanta paciência. Meu irmão recebe um murro no queixo para deixar de se debater.

— *Não!* — exclamo do fundo dos pulmões, com toda a força que me resta. Calvin cai no chão, meio deitado, apoiando-se nas duas mãos. Geme contra o solo longamente, um som de partir o coração. Com a força, talvez sua mandíbula tenha se deslocado. Eles puxam seu braço. — *Deixem ele em paz, seus filhos da puta!* — E lhe desferem outro soco. Um que, de fato, o desacorda. — *Não! Por que tão fazendo isso? Por quê?*

O capuz é colocado em minha cabeça bruscamente e apertado em meu pescoço. Meus braços continuam imobilizados, sigo me debatendo, lutando até o último segundo, como prometi a Calvin. Um joelho é pressionado contra minha coluna.

— Ah! — A dor é brutal.

Mas, então, uma pancada atinge a parte de trás da minha cabeça.

IMACULADO

Andrew

Acordo no chão de uma sala iluminada por tochas presas às paredes; o solo, as paredes e o teto de rocha exposta. Não é parecida com a cela, mas ainda assim parece uma prisão. Levanto-me devagar, a cabeça girando pela pancada. Toco minha nuca, não há sangue. *Bom.*

No chão, ao meu lado, está o capuz que usaram para encobrir minha visão. Um calafrio atravessa minha espinha. *Pretendem usá-lo novamente?* Não estou mais com as roupas da cela; meu terno, minha calça e minha camiseta não estão em lugar algum. Meu corpo está coberto por um conjunto de roupas brancas, camiseta e calça, de tecido leve; um pouco amassadas, mas limpas. Puxo o tecido no peito, sentindo a textura da fibra entre meus dedos. Alguém tirou minhas roupas e me vestiu nessa coisa enquanto eu estava desacordado. *Nojento.*

Vasculho os arredores; se as roupas são bizarras, não sei o que dizer sobre as outras coisas na sala. Atrás de mim, há um instrumento de tortura. Uma cruz de madeira em formato de X, grande, com duas algemas nas extremidades superiores e apoios para os pés nas inferiores. Algo tirado direto dos sonhos de um sádico.

Meu sangue gela.

— Mas que porra? — Sobressaltado, engatinho no chão para longe da estrutura. Minhas costas encontram a porta do local, também de madeira, áspera e hostil.

Fito a cruz macabra por mais alguns momentos, já entrando em pânico. Qual será o uso dessa coisa? *Tenho uma ideia, mas não quero ecoá-la.* E a estrutura de madeira nem é a pior coisa ali.

Encostada em uma das paredes da sala está uma banheira, a porcelana branca preenchida quase até o limite com um líquido rubro que, não tenho dúvidas, de que é *sangue*. Entreabro os lábios, o coração quase saltando pela boca. *O que é isso? De quem é todo esse sangue?*

Sequer é útil questionar? Tudo isso é um pesadelo, afinal de contas. A sala mais parece um porão de tortura.

Engulo em seco e me levanto. Puxo a maçaneta de metal da porta com toda a força que tenho, mas ela não abre, e não há fechadura do lado de dentro. Está trancada pelo lado de fora. *Porra.*

Encosto a testa na madeira e fecho os olhos. Tento ignorar as coisas tenebrosas às minhas costas, tento raciocinar. *Preciso* raciocinar.

As pessoas que entraram na cela me separaram de Calvin. Segundo Liam, estão nos levando para um ritual. Um ritual que termina com nossas mortes. A tentativa de usar a ligação com meu pai não funcionou — não achei que funcionaria, de verdade, mas precisava tentar.

Por que me separaram de Calvin? Sempre imaginei que nos levariam juntos. E por que agora? Por que não em nenhum momento das últimas semanas? O que *é* esta sala? Vão nos torturar antes? *Onde caralhos está Liam?*

Tantas perguntas.

Soco a porta, e então a chuto.

— Pra onde levaram meu irmão? — grito para o outro lado, sem saber se alguém realmente está me ouvindo. — Ei! Tem alguém aí?

Silêncio.

Filhos da puta.

Dou alguns passos para longe da porta. Miro, de relance, a banheira; o líquido vermelho sereno, denso e hipnotizante. Os reflexos das chamas das tochas dança na superfície. Eu me aproximo da porcelana, hesitante, um passo cuidadoso de cada vez. Quando estou próximo o suficiente para ver meu próprio rosto refletido no sangue, sinto o desejo quase avassalador de tocá-lo. É estranho. A visão é grotesca, mas há algo na presença de uma banheira tão imaculada nesse lugar de aura medieval que me puxa, como um magneto. A contradição, o absurdo, a... dissonância.

Não é mais confuso do que todas as coisas que vieram acontecendo desde que coloquei os pés na ilha.

E, então, a cruz de madeira, as algemas, os apoios para os pés.

Meu cérebro foi até o conceito de tortura instantaneamente. Mas e se... se tratar de outra coisa?

Ouço barulhos na porta, me viro a tempo de vê-la sendo aberta.

Duas figuras entram na sala, que subitamente se torna claustrofóbica. Estão vestidas como as pessoas na cela. *São as mesmas?*

A princípio, ficam apenas me observando, sem se moverem. Não trazem nada nas mãos, mas, sob a luz da sala, consigo ver as máscaras com mais detalhes. Absolutamente macabras. Não parecem feitas de plástico ou tecido; são mais pesadas. *Madeira.* Não fosse por sua respiração lenta e ruidosa, sequer arriscaria dizer que são humanos; estão mais próximos de assombrações.

— Por que tão fazendo isso? — pergunto, tentando soar firme. Olho para trás deles, para o corredor esparsamente iluminado além da porta. *Deveria arriscar? Conseguiria...?* Então, iria para onde? *Não.* Preciso encontrar meu irmão primeiro. — Que tipo de monstros são vocês? Não são seres humanos. Não podem ser. São covardes, isso sim. Sério? Toda essa merda — abro os braços — pra prender dois adolescentes?

Permanecem estáticos, me mirando como se estivessem parados no tempo, como se aguardassem por *algo*.

Sua falta de reação, assim como na cela, é perturbadora.

Explodo:

— Qual é o problema de vocês? Por que só ficam aí parados, caralho?

— Mergulhe — um deles, aquele que abriu a porta e está mais próximo de mim, ordena. A voz é masculina, grossa, grave, monótona, quase entediada.

A resposta é como um tapa na minha cara, me deixa desnorteado por um segundo. Viro o rosto para trás, mirando a banheira sobre o ombro. Meu coração continua acelerado, consigo *ouvir* o sangue correndo pelas veias dos meus ouvidos.

— O-O que quer dizer? — Me volto às duas pessoas, que não moveram um músculo. — *Nisso?* Sem chance. De quem é esse sangue todo? Mataram alguém? Não vou fazer nada antes de ver meu irmão. Escutou o que eu disse sobre meu pai, na cela?

— Mergulhe — a segunda figura ecoa a ordem, e a voz me pega completamente desprevenido.

É uma mulher. Uma mulher que não é Cynthia.

Não há outras mulheres além de Cynthia nesta ilha.

— Quem é você? — pergunto diretamente a ela, mas silêncio é a minha resposta. Como o homem mais à frente, ela não se move.

Minha respiração pesa.

Dou um passo nervoso na direção das figuras, minhas mãos coçando para arrancar as máscaras e expor seus rostos, mas o homem ergue um braço, sinalizando que eu não me aproxime mais. *Ao menos, não pretendem me machucar por agora.*

— Mergulhe — o homem repete.

— Pra onde levaram Calvin?

— Mergulhe.

— Por quê? Já chega de falar em códigos. Abra a porra da boca. O que vai acontecer depois disso?

E, devagar, a mulher enfia a mão no interior de seu manto através da abertura frontal, retirando uma adaga, curva e afiada. A lâmina reflete as chamas alaranjadas das tochas.

— Mergulhe — ela ecoa mais uma vez —, ou corto sua língua. — E a ameaça, feroz, me faz enrijecer. Se a voz do homem é como um tapa, a dela... é como uma faca na garganta.

Estou encurralado. As duas figuras bloqueando a porta, a banheira logo atrás de mim, a promessa de violência preenchendo a sala como uma nuvem de fumaça, desgastando meu raciocínio.

Viro-me em direção à banheira, encarando meu reflexo no sangue outra vez. O tom vermelho do meu cabelo se perde na imagem, misturando-se, como veias, no líquido rubro. *Pense, Andrew, pense.*

Pense numa maneira de escapar dessa situação.
 Mas não há.
 Simplesmente não há.
 Não há como escapar da ordem, ou dessa sala.
 Afirmei a Calvin que conseguiria nos tirar daqui.
 Mas talvez não haja saída dessa situação.
 Talvez eu não consiga salvá-lo.
 Talvez eu morra falhando.
 Fecho os olhos.
 Okay.
 Passo uma perna para dentro da banheira. O líquido frio, opaco e inacreditavelmente fluido me envolve com suavidade, como um abraço. Se me concentrar bem, posso imaginar que estou tomando um banho normal, no meu quarto, longe, longe daqui.

 Me seguro na extremidade da porcelana e coloco a outra perna no interior. O líquido me cobre até os joelhos, manchando minha pele como tinta, se agarrando à calça como cola. *Este sangue não é novo*, concluo. Isso deixa as coisas levemente menos horripilantes.

 Sentado na borda, miro, sobre o ombro, as duas figuras ainda paradas na porta. *Monstros desgraçados.* O homem fecha a porta às suas costas, nos prendendo no local.

 Mergulho no sangue até me sentar no fundo da banheira. O líquido sobe, me encobrindo até o pescoço. Meus braços flutuam. Não é como estar submerso em água, mas é semelhante. Tão sinistro, tão... *certo.*
 Jesus.
 Os dois filhos da puta finalmente se movimentam em minha direção, aproximando-se da banheira em passos rápidos.
 Acompanho-os com o olhar.
 — Satisfeitos? — rosno entre dentes, das profundezas do ódio em meu peito.
 A mulher passa em frente, alcançando a borda da banheira.
 — Ainda não — ela responde, pouco antes de segurar minha cabeça e empurrá-la para baixo, me afundando. — Agora, sim.

O líquido me submerge completamente. Fecho os olhos e prendo a respiração por instinto, enojado pela possibilidade de ter o sangue de outra pessoa entrando nos meus pulmões, desesperado diante de uma possível morte por afogamento. *Preferiria ser eviscerado.* Agarro o braço da mulher e tento voltar à superfície. Esperneio, grunhindo, tentando me levantar a qualquer custo.

Por sorte, o afogamento não dura muito tempo. Logo, a pressão sobre minha cabeça desaparece e posso emergir.

Aspiro o ar com força e me seguro nas bordas da banheira. Tusso, sentindo o gosto metálico e salgado do sangue em meus lábios, engolindo algumas gotas.

— Mas que porra? — Retiro o excesso de sangue do meu rosto, meu cabelo ensopado. Abro os olhos. — O que caralhos você tá fazendo? — Miro a mulher, e penso em sair da banheira, mas ela está próxima demais para permitir, tão próxima que sua máscara obstrui meu campo de visão. Me afasto dela tanto quanto posso, me espremendo na borda oposta da banheira.

O homem está em pé ao seu lado, a atenção centrada em mim. Alterno o olhar entre os dois desgraçados.

Ele tem um pequeno livro nas mãos, a capa de couro com uma inscrição que não consigo ler.

Aguardo uma resposta da mulher, meu peito sobe e desce de maneira descontrolada. Sua resposta não vem. Em vez disso, o homem ergue uma mão no ar, palma voltada para mim, e recita num tom profundo:

— *Asperges me, Domine, hyssopo, et mundabor.*

Que Diabos é essa merda?

Agarro as bordas da banheira com força.

O homem prossegue:

— *Asperges me, Domine, hyssopo, et mundabor. Asperges me, Domine, hyssopo, et mundabor.*

As palavras desconhecidas — *em latim?* — ecoam sinistras pela sala, sobre o crepitar das chamas, sobre o som das batidas do meu coração. Quando ele termina o discurso, a mulher murmura:

— Afunde outra vez.
— De jeito nenhum, porra.
Sob a máscara pesada, sua voz é afiada.
— Afunde ou o farei afundar.
Reteso a mandíbula, pensando em inúmeras respostas ofensivas, mas escolhendo engolir todas elas. Não quero que a desgraçada force minha cabeça de novo.

Encaro a imensidão rubra na qual estou mergulhado, mal posso discernir meus membros imersos no líquido. É bizarro e asqueroso. *Mas já estou aqui, já estou fodido.*

Encaro as duas pessoas ao lado da banheira, a mulher mais próxima, o homem em pé; duas estátuas, dois malucos, dois carrascos.

Se ainda quero encontrar Calvin, não posso continuar testando minha sorte.

Reviro os olhos.

Como quiser.

Afundo no sangue. Aperto pálpebras e lábios. Desço até minhas costas tocarem a base de porcelana. Fazendo isso de forma controlada, tenho a sensação de retornar ao útero. *Engraçado.* Nunca achei que me lembraria de como era estar no útero, mas lembro. *E lembro que apenas 50% do espaço era meu.*

No fundo da banheira, não há sons, não há violência, apenas... paz, serenidade. Por um segundo, me permito estar no útero da minha mãe novamente.

Eles sabiam que eu sentiria isso? Queriam que eu me sentisse assim?
Por quê?

Emerjo.

Esfrego o rosto, olho para o lado.

A mulher está diante da cruz de madeira, as algemas abertas.

— Suba.

Filha da puta, murmuro sem voz. Encaro-a por alguns segundos, até acumular a coragem — ou insanidade — necessária para me levantar da banheira sangrenta. O líquido escorre do meu corpo como uma cachoeira — me sinto um demônio saído da camada mais profunda do inferno. As roupas, outrora brancas, estão transformadas, o tecido eternamente manchado. *Como minha alma.*

Encho os pulmões e passo as mãos pelos fios, penteando-os para trás. Sei que devo estar bastante intimidador agora, então tiro proveito disso pelo pouco tempo que posso. Vi uma cena parecida em um filme de terror quando era criança.

Empino o queixo. Dou um passo para fora da banheira, então outro. Chego perto da estrutura de tortura, deixando um rastro sangrento no chão da sala. As tochas parecem responder ao sangue em minha pele, queimando mais forte, brilhando mais intensamente. A temperatura se eleva.

— Suba nos apoios.

Subo nos apoios, molhando-os com sangue. Minhas costas tocam a porção onde as duas colunas da cruz se encontram.

— Estenda os braços.

Estendo-os.

A mulher fecha as algemas ao redor dos meus pulsos, os cliques metálicos ecoam no ambiente, um após o outro. Não possuem trancas, mas não conseguiria abri-las por conta própria, alguém de fora teria que fazê-lo.

Semicerro o olhar enquanto as duas pessoas se aproximam da porta, adaga e livro guardados, como se tivessem terminado seu trabalho por ora. Que trabalho é esse, exatamente? Não faço ideia.

— Vão só me deixar aqui? Até quando?

O homem reabre a porta e deixa a sala sem me dirigir mais a atenção. A mulher faz o mesmo.

— Vou rasgar a garganta dos dois com meus dentes. Eu *vou*. Se não nessa vida, em outra — rosno.

Eles me ignoram, deixando-me preso e ensanguentado na cruz.

O líquido rubro continua escorrendo; da minha cabeça ao pescoço, do pescoço ao torso, do torso às pernas, das pernas aos apoios dos pés. Pinga no chão. *Tum.*

Tum.

Tum.

Eles deixaram a porta aberta, e me deixaram diante dela. Engulo em seco.

Estou esperando alguém — ou *algo*.

E bem quando o pensamento me atravessa, uma nova figura surge diante dos meus olhos.

Está vestida como todos os outros, mas é mais alta, mais... *imponente*.

Imediatamente me reteso, puxando os pulsos nas algemas, numa tentava fútil e inconsciente de ganhar algum controle sobre meu corpo.

O apoio dos pés está escorregadio graças ao sangue, então não posso me mover muito.

A figura para na porta, manto e máscara iluminados pelas tochas.

— Veio me torturar um pouco mais?

O indivíduo permanece estático, me observando, ferino como todos os outros desgraçados com que tive contato, mas algo nele é diferente. Apesar da estatura — quase do tamanho da cruz —, não me sinto exatamente ameaçado. Meu coração acelera.

Eu conheço essa pessoa.

Ele segura a máscara e a afasta do rosto, puxando o capuz do manto ao mesmo tempo, revelando sua face.

Minhas veias se tornam cinzas. Meu horror, real e incalculável.

É a face que conheço bem demais.

— Pai?

ASSIM NA TERRA COMO NO INFERNO

Andrew

Meus olhos começam a arder no instante em que a palavra deixa meus lábios. Tão sutil, tão doce. Encaro seus olhos, azuis como os meus; seus fios, vermelhos como os meus; os traços de seu rosto, uma versão mais velha do meu. A cicatriz na sobrancelha direita, as linhas fundas em sua testa, a barba rala, desconfortável ao toque. *É ele. É mesmo ele.*

Meu coração me manda pular da cruz e agarrá-lo, abraçá-lo forte e nunca mais o largar.

Estou salvo. É claro que estou salvo. É claro que ele só fingiu que não me conhecia no telefone para despistar qualquer um que estivesse escutando, é claro que partiu em direção à ilha no mesmo instante, se infiltrou no culto e encontrou seu caminho até mim, até *nós*.

É claro.

Sorrio, aliviado. Lágrimas de êxtase deixam meus olhos, cortam caminho pelas machas de sangue em minhas bochechas.

— Pai, por favor, me tire daqui antes que eles voltem. Até agora vi cinco, mas podem existir mais. — Puxo as correntes das algemas outra vez. Miro-as. — Acho que consegue abrir essas coisas sem uma chave. — Volto a ele. — Pai, anda...

Talvez esteja emocionado em me ver.

Talvez me encontrar preso a uma cruz, coberto de sangue, tenha lhe paralisado.

— Sei que a visão é chocante, mas preciso que volte à realidade. Pai. Me tire daqui. Calvin tá em algum lugar do subsolo, temos que encontrá-lo antes que...

Mas ele não se move, não importam minhas palavras, não importa o quanto eu insista.

Meu pai permanece parado na porta, inerte, me encarando. Sem reação, sem... emoção.

E devagar, muito devagar, o alívio desaparece do meu peito.

— Pai...?

Ele desvia o olhar até o chão, dá alguns passos para o interior da sala e fecha a porta às suas costas.

— Não... — balbucio, me derramando em lágrimas de aflição.

Agarro as correntes, o metal frio roçando minhas palmas molhadas. É como ter alguém enfiando um punho no meu peito, esmagando meu coração.

— Pai, por favor... — passo a implorar, visão borrada, voz esfacelada.

Não posso acreditar em meus próprios olhos, no que está acontecendo bem na minha frente. Meu pai está aqui, está *aqui*, mas...

Ele não vai me ajudar.

Está diante do filho preso a uma cruz de madeira, ensanguentado dos pés à cabeça, depois de passar duas semanas em cativeiro.

E ele não vai me ajudar.

Na verdade, algo obscuro no meu peito diz que ele teve participação nisso, que me disse a verdade naquela ligação: *não tem mais filhos*.

Incapaz de continuar encarando-o, fecho os olhos e grito para o teto da sala, deixando que toda a frustração, todo o medo, todo o horror se manifestem. Minha voz torturada preenche o local, estridente. Quando minha garganta está rouca e não tenho mais forças para gritar, paro, de olhos fechados, chorando copiosamente.

— Você nos odeia tanto assim? — indago, furioso, quando consigo encará-lo novamente. — Esse era seu plano o tempo todo? Nos enviar pra cá pra sermos assassinados? *Me responda!* Você me deve pelo menos isso! *Me responda, pai!*

Ele inspira fundo, apenas levemente perturbado, como se eu não fosse nada além de uma pedra no seu sapato, uma inconveniência. Um gosto amargo me sobe à língua; tão, tão amargo.

— Como...? Como você pode fazer isso comigo, com Calvin?

Ele retira um livrinho pequeno, de capa escura, de dentro do manto — como aquele que o *homem* tinha em mãos há pouco. Abre numa página qualquer, ainda sem me dirigir a palavra.

— Olhe nos meus olhos — exijo, sombrio, e ele o faz. Não consigo manter o semblante severo por muito tempo, logo o aperto em meu peito fala mais alto e volto a me debruçar em lágrimas.

— Senhor... — Seus olhos seguem fixos em mim, há algo em seu rosto que não consigo decifrar, um tipo peculiar de dor. Suas íris começam a marejar. Meu estômago revira, e revira, e se retorce sobre si mesmo. — Apresento esta oferenda, minha própria carne e sangue, como expressão do meu amor por *Ti*.

— *Senhor?* Isso de novo, *não*. Pai, pare... — suplico. — Me tire daqui. *Sou sua família, droga!*

— Por favor... aceite esta oferenda em nome do Culto de Hall, e seguiremos *Te* servindo pela eternidade, *Senhor* misericordioso. Leviatã, filho das trevas. Lúcifer, pai da escuridão. — Cada palavra aumenta minha ânsia, é um soco mais forte no meu queixo, um golpe no meu coração já ferido, partindo-o em pedaços cada vez menores.

— *Lúcifer?* — Meu choque é desolador. — Do que você tá falando?

E ele prontamente me ignora. Fecha o livrinho, engole em seco. Há alguma hesitação em sua face, algum resquício de humanidade por trás da barbaridade. Infelizmente, acho que não é o suficiente. Talvez nunca tenha sido.

— Esse *Senhor*... é *Lúcifer?* É a *Ele* que você serve? Por que, pai? *Por quê?* Um culto satânico? Não posso acreditar nisso... — Tento argumentar comigo mesmo porque, infelizmente, a explicação faz sentido demais. A banheira cheia de sangue. As máscaras. Os instrumentos de tortura. As celas. O demônio de sombras. — Aquela coisa...? Aquela coisa é...?

O Diabo? O questionamento fica entalado na garganta, agonizante. *Estive tão perto do Diabo?*

Encaro a conclusão perturbadora por pouco tempo.

Meu pai inspira fundo uma última vez, faz menção de se virar em direção à porta.

Não posso deixá-lo escapar dessa tão facilmente.

— Espera. — Ele para, me ouvindo. — Nós te amamos, sabia? Mais do que qualquer coisa. Mesmo depois de toda a dor, depois de todas aquelas noites amaldiçoadas em que achei que mataria meu irmão, em que tive que estancar seu sangue com minhas próprias mãos e chorar baixinho com ele pra que você não nos ouvisse. Quero que se lembre disso. Mesmo assim... nós te amamos. — O sangue começa a secar em minha pele, as chamas das tochas queimam com mais força. Minha voz é áspera e irregular, mas as palavras saem duras. — Você nos fez sofrer, nos machucou, humilhou, desprezou, negligenciou. Tirou felicidade do sofrimento de seus próprios filhos. Você fez tudo isso. Mas, no fim, nós ainda te amamos. Porque é nosso pai. Mesmo agora, sabendo que nos enviou aqui pra sermos mortos, ainda te amo. Um amor sobre o qual não tenho controle, porque, George, se tivesse... eu o arrancaria do meu peito num segundo. — As lágrimas descem mais devagar, pesadas. Meu pai observa tudo calado, as íris cintilando, mas incapaz de reagir. Logo agora, resolveu esquecer o comportamento impulsivo e violento. — Talvez meu amor por você não seja suficiente; não tenho certeza do que quer com tudo isso. Mas nada que faça vai apagar o fato de que é nosso pai. Deve se lembrar disso. — É uma ordem. Me reteso na cruz, mágoa e desolação substituídas por repulsa, por ódio. — Espero que consiga viver uma vida longa depois disso, pai. Porque eu vou voltar pra te assombrar.

O único som presente na sala é o de minha respiração entrecortada.

Seu olhar se distancia, como se estivesse ponderando algo. Os punhos estão cerrados, tentando controlar alguma coisa que não posso identificar. Mágoa? Decepção? Não. Parece mais profundo, mais intenso.

Por fim, declara:

— Você não é mais meu filho. Acredite nisso. — Desvia o olhar para o chão, tingido de vermelho pelo sangue que escorreu do meu corpo quando saí da banheira. — É a única forma de tornar o Ritual menos doloroso.

E me dá as costas de vez. Volta a vestir o capuz do manto, encobre o rosto com a máscara demoníaca.

Reabre a porta.

— Matou nossa mãe também?

Ele reluta por um segundo, mas logo deixa a sala. A porta bate fortemente às suas costas. Ouço os passos se afastando pelo corredor enquanto luto contra as algemas, tentando me libertar. Acabo escorregando no apoio dos pés e fico pendurado pelos pulsos por alguns segundos, até conseguir me reequilibrar.

Porra.

Porra, porra, porra.

Um deles. Meu próprio pai.

O crepitar das chamas preenche a sala enquanto choro sozinho, calado, tentando ao máximo afastar essa dor lancinante no peito.

Em vez de ir embora, ela se intensifica.

Eu teria coragem de matá-lo?

Ainda há alguma merda de esperança? Contra um culto satânico?

Fico sozinho por um tempo. Tempo suficiente para que minhas lágrimas sequem, o sangue seco em minha pele comece a descascar e meus pulsos fiquem dormentes.

A porta é aberta depois de uma eternidade, os mesmos dois desgraçados de antes estão no batente.

— É hora — a mulher anuncia, uma ameaça velada na voz.

O RITUAL

Andrew

Capuz sobre meu rosto, os dois braços imobilizados pelos carrascos, sendo carregado por corredores e corredores — tentei montar um mapa mental para me localizar quando fugir com Calvin, mas já fiquei perdido. Sombras dançam diante dos meus olhos arregalados, a escuridão sob a venda perturbada pelas chamas das tochas que iluminam o caminho.

Estou fedendo a sangue; fraco, faminto e exausto; meu corpo, desgastado pela falta de um banho; minha mente, extenuada pelo estresse contínuo. Mesmo assim, preciso arranjar uma forma de escapar desta situação com meu irmão.

— Pra onde tão me levando? — questiono, sem resposta.

Resolvo roubar suas atenções de outra forma, então. Me debato, puxando meus braços. Eles os seguram com mais força, irritados.

A mulher enfia o rosto tão próximo do meu que sua máscara roça meu capuz.

— Fique quieto, garoto — cicia.

— Pra onde tão me levando, porra?

— Pra sua *purificação* — ela sussurra, afiada como uma navalha. — É uma honra imensa, sabia? Ser escolhido pelo *Senhor*. Ele seleciona as almas que quer consumir... a dedo.

Um calafrio atravessa minha espinha, mas escolho ignorá-lo.

— Uau, como sou sortudo — o sarcasmo soa inseguro.

Os dois continuam me carregando. Em certo momento, para minha surpresa, a mulher volta a falar:

— O *Senhor* ficará tão feliz conosco este ano. Duas oferendas. A recompensa será... *abundante*.

— O *Diabo*? É, claro. Porque o Diabo é famoso por sua gratidão.

— Você ficaria surpreso — ela rebate, num tom quase orgulhoso.

— Como podem cometer esse tipo de atrocidade em nome de um *Senhor*?

— São ossos do ofício. Tudo é pelo bem maior.

— Bem maior? Tá brincando?

— Se você não fosse o sacrifício desse ano, entenderia.

— Ah, acho que *já* entendo. Isso tudo é uma fachada, uma desculpa macabra pra sanar sua própria sede de sangue. Estão matando por si mesmos, não pelo seu *Senhor*. Aquela coisa me encarou nas celas mais cedo. — Há um suspiro sutil partindo dos dois. — Me encarou e não tentou me machucar. Se pudesse argumentar, diria que *não* quer que eu morra.

— Está passando dos limites, garoto. O *Senhor* já deixou *Seu* desejo claro.

— Pra *quem*, exatamente? O pai de Liam? Ele é o líder de tudo isso, não é? Seguem o que ele diz, sem questionamentos?

— Nossa fé é inabalável.

— E sua fé perdoa o derramamento de sangue de garotos que não têm nada a ver com isso?

Paramos de caminhar. Eles soltam meus braços, me viram em direção a uma das paredes. Talvez tenha atingido um ponto vulnerável. Entreabro a boca para insistir na tentativa de persuadi-los, mas o homem é mais rápido:

— Ajoelhe-se — ordena.

Respiro fundo, a voz fazendo meus ossos tremerem.

Ajoelho diante da parede, em silêncio, aguardando seus próximos passos. Estou esperando uma abertura, algo que me dê a oportunidade de virar a situação a meu favor.

No corredor, ao longe, outra voz se faz presente:

— Por favor, podemos falar sobre isso, *droga!*

— Calvin?

Volto-me para ele, sem conseguir enxergar nada sob o capuz.

— Andy... — murmura, aliviado ao me reconhecer.

Suspiro.

— Calvin, você tá bem? Eles fizeram alguma coisa com...

— *Me soltem! Me soltem!*

— Calvin?

Há o som de corpos sendo arrastados, passos e grunhidos, membros batendo em membros. Sua voz soa cada vez mais próxima. Estão carregando-o em minha direção.

— Calvin, tá tudo bem... — tento acalmá-lo. — Não *tente resistir.*

— Deveria ouvir seu irmão, garoto — a mulher ao meu lado reitera, e meu estômago se contorce em nojo.

Praticamente atiram-no de joelhos ao meu lado. Nossos ombros se tocam. Tento abraçá-lo, mas é claro que não consigo. Meus braços estão firmemente imobilizados pelos dois filhos da puta que me atormentam desde a sala de tortura.

— Você tá bem? — pergunto a ele, tentando não soar muito desesperado. Tentando, e falhando.

— Eles me jogaram numa banheira cheia de sangue e...

— Eu sei, eu sei. Fizeram o mesmo comigo — sussurro. — Duas pessoas do culto entraram lá pra te preparar?

— Sim.

— Mais alguém passou pela sua sala?

— Não. O que quer dizer?

— *Papai,* Calvin. Papai está aqui — e minha voz começa a quebrar. — Ele... é parte disso.

— Não. Andrew, é claro que não.

Sob o tecido grosso em minha cabeça, choramingo. Mais lágrimas.

— Sim, Calvin. *Vi* ele com meus próprios olhos.

— Deve estar enganado. Por que ele faria uma coisa dessas?

— Porque *nos odeia.* Não somos mais seus filhos, ele me disse. Se ao menos você pudesse olhar na minha cara, Calvin, veria... veria que não tô brincando. Papai mandou a gente pra cá pra ser...

E há uma longa pausa. Estranho a falta de reação das pessoas que nos trouxeram até aqui. Estão esperando algo? Ou estão nos permitindo ter este momento? É irracional considerar que esses monstros tenham algum tipo de sentimento.

Então, Calvin murmura, quase incompreensível:

— Andy, o que vamos fazer? Como vamos sair daqui?

E meu choro se acentua.

— E-Eu...

Não consigo sequer formular uma resposta. Não consigo, pois não há resposta. *O que poderia dizer para confortá-lo?* Não posso mentir. Não tenho mais certeza se conseguiremos...

— Já chega de falar — a mulher corta meus pensamentos, brutal como uma lâmina numa ferida aberta. — Está na hora.

Hora de quê?

Não preciso aguardar muito pela resposta.

O capuz é solto, então puxado da minha cabeça. Aperto os olhos inicialmente, mas então os abro.

Não estou diante de uma parede, e sim de uma porta. Grande e majestosa, cheia de padrões em alto relevo, desenhos cravados na madeira. Há duas maçanetas em argola. Viro o rosto em direção a Calvin, seu capuz também sendo retirado. Duas outras pessoas vestidas com mantos e máscaras o acompanham. Meu irmão usa roupas semelhantes às minhas, o corpo manchado em sangue.

Tudo vai ficar bem, me forço a mentir.

Como sabe disso?

Estamos juntos. Desde que estejamos juntos, tudo ficará bem. Sempre foi eu e você. Será assim até o fim.

Eu não quero morrer, Andy...

E fecho os olhos, despedaçado.

Duas pessoas se aproximam da porta e, com muito esforço, abrem-na. As duas partes da estrutura produzem um ruído grave ao se arrastarem pelo chão, revelando, devagar, a cena mais perturbadora que já presenciei.

Da penumbra dos corredores, surge a luz de dezenas de candelabros. Do frio, surge o calor das pequenas chamas. Do terror que vivenciamos no castelo até agora, surge um ainda pior.

De relance, posso ver Calvin empalidecendo, o queixo caindo mais a cada centímetro que a porta revela.

Perco o fôlego, incapaz de expressar reação alguma.

Não há esperança.

É mais uma sala, muito maior do que a última; o teto se eleva até desaparecer, as luzes das velas não alcançam seu limite; as paredes *são de pedra exposta, mas polida, dando-lhe um ar especial.* A extremidade oposta à porta é dominada por sombras. Próximo a essas sombras, há um palanque, sobre o qual descansa um altar de pedra, cinza, cruel. Meus olhos pairam sobre ele e minhas entranhas se retorcem; tremo, aterrorizado — é do tamanho perfeito para um corpo.

Próximo à porta — candelabros nas mãos, rostos encobertos por máscaras idênticas e mantos vermelhos recobrindo o corpo —, estão dezenas de pessoas enfileiradas, nos fitando. Elas se dividem em duas massas, uma de cada lado da sala, deixando um caminho livre no centro — um caminho que leva da porta ao altar. Não há portas do outro lado; entrar na sala é um caminho sem volta.

É ritualístico, é cerimonioso, é... abominável. É muito maior do que jamais imaginei. Não tinha certeza do significado de um *culto* até este momento, até esta imagem ficar, para sempre, gravada em minha memória. Meus ombros relaxam — não por alívio, mas por completa derrota. Calvin e eu estávamos fodidos desde o momento em que colocamos os pés nesta ilha; na verdade, desde que subimos naquele helicóptero.

Como pude acreditar que haveria saída?

Encaro essas máscaras sem vida, com expressões bizarras e vis, saídas de algum tipo de pesadelo. Quem são as pessoas sob elas? Os alunos? Não. Meus instintos me dizem que não. O ataque de Colter, o desaparecimento de Benjie, as falas de Liam, o encontro com meu pai... *as pessoas que vi na floresta naquela noite.*

São adultos; precisam ser. Adultos que desembarcaram na sur‑
dina, numa noite qualquer, que vieram até a ilha especialmente
para isso.

Um sacrifício.

Nós somos seus sacrifícios.

Começo a hiperventilar.

Nunca ouvi falar de alguém que estava prestes a ser sacrificado
por um culto e saiu vivo para contar história — *e ouço podcasts de
true crime para caralho.*

Gotículas de suor escorrem pela minha testa, o calor das velas me
desnorteando, o coração a ponto de pular pela boca.

Miro Calvin mais uma vez. Lentamente, ele corresponde meu
olhar.

Sinto muito.

Meus braços são puxados para trás, os dele também. Somos colo‑
cados em pé. Juntos, então, somos deslocados pelo centro da sala, as
pessoas se virando para nos encarar conforme seguimos em frente,
em direção ao altar. A cada passo, nos aproximamos de nossas mor‑
tes. *Sei disso, sei disso no meu coração.*

Meus pés se movem forçadamente. Paro de caminhar quando
atingimos a metade do trajeto, mas sou empurrado pelas costas, tro‑
peçando e quase caindo no chão; sou amparado pelos dois demônios
que têm me acompanhado desde a sala. Meu desespero se acentua.
Olho ao redor, o mundo parecendo girar e tremer.

O que devo fazer? O que devo fazer? O que devo fazer?

— Pai? — chamo, uma tentativa dolorosa. — Pai, está aí? Liam?

Meu braço é puxado para trás com mais força e uma adaga beija
minha garganta.

— Se falar mais uma palavra, vou arrancar sua língua, então seus
olhos. Não vai morrer sem eles. — A mulher faz uma pausa, mirando
Calvin por um segundo. Então, pressiona mais a lâmina. — Não. Vou
cortar a língua e os olhos de Calvin, o que acha? Vai ficar calado?

De relance, o encaro. O medo em sua face é assolador, as boche‑
chas molhadas pelas lágrimas silenciosas que descem.

Assinto sutilmente, com cuidado para não acabar me degolando.
A mulher se dá por convencida. Me arrasta até o palanque com mais pressa. Subo os degraus, topando os pés descalços na pequena escada. Então, sou posicionado bem atrás do altar, próximo de onde a sala é dominada pelas sombras. Sou obrigado a encarar a multidão de pessoas mascaradas enquanto me encaram de volta. A porta ainda está aberta. Talvez se eu conseguir me libertar e...

— Ah! — grunho quando um chute atinge a parte de trás das minhas pernas, me obrigando a ajoelhar no chão gélido. Duas mãos pesadas em meus ombros me mantêm no lugar, embora meus braços estejam livres.

Calvin é dirigido até o altar, pela esquerda, e posicionado mais à frente, bem rente à pedra. Seus ombros tremem, ele tenta olhar para trás, *para mim*, mas é impedido. Um golpe na nuca o faz cair de bruços no altar, machucando o queixo. Me impulsiono para a frente, na intenção de chegar até ele. Os dois carrascos apertam meus ombros com mais força.

Não há qualquer reação entre todos os outros presentes. *Qual deles é o meu pai?*

Calvin se segura no altar e tenta se levantar, sangue pingando de seu rosto. As pessoas que o carregaram até aqui o obrigam a ficar de joelhos.

A sala está imersa num silêncio asfixiante, rompido apenas pelos gemidos de dor do meu irmão. Seja lá o que estiverem pretendendo fazer, farão a ele primeiro.

Continuo me debatendo sutilmente sob o aperto em meus ombros, pensando em algo que possa argumentar. *Sequer existe argumento com essas pessoas?*

Então, o silêncio no lugar se aprofunda; até os grunhidos de Calvin cessam.

Atrás de mim, ouço passos, lentos, metódicos. Viro o rosto, encaro as sombras.

Da escuridão, surgem duas pessoas, vestidas nos mesmos mantos, escondidas atrás das mesmas máscaras. Mas há algo diferente nelas. *Por que surgiram depois de todo mundo?*

Passam sem me dirigir a atenção. Aproximam-se de Calvin. Ele é arrastado para o centro do altar, seu sangue manchando a pedra. Debate-se por puro instinto, pois é inútil. Então, os dois carrascos se afastam, deixando-o à mercê das duas outras pessoas.

Meu irmão as encara, trêmulo, aterrorizado.

Uma delas, a mais alta, aproxima a mão de seus cabelos. Calvin se afasta o quanto pode, temendo o toque, mas é imobilizado pela figura à sua esquerda. A mão encosta nos fios ensanguentados e secos do meu irmão, acariciando-os. *Mas que merda?*

Esse é...?

Pai? A palavra quase escapa dos meus lábios, mas, de relance, noto que a mulher ao lado está me encarando, apenas esperando a oportunidade de retalhar minha língua, e cavar meus olhos com sua adaga.

Calvin chora de medo, seus gemidos voltando a perturbar o silêncio sobrenatural da sala. Logo, a mão larga seus fios, mas os indivíduos continuam encarando-o.

Mais passos na escuridão. Dessa vez, mais pesados.

Miro as sombras novamente. Uma perna, então outra; o corpo, a cabeça. Quando a figura se faz visível, prendo a respiração, encolhendo-me no lugar.

Oh, Deus.

Ele caminha devagar sobre o palanque, quase como se não conseguisse suportar o peso da máscara. Recobrindo sua face, está a carcaça de um cervo — ao menos acredito ser um cervo, embora as dimensões não se encaixem perfeitamente; chifres enormes partindo da testa, orifícios profundos para os olhos e nariz, por onde a penumbra da sala penetra; o osso é branco e límpido, como se tivesse sido polido e alvejado com esmero. Seu manto também é diferente dos demais — preto, com detalhes dourados.

Quando passa por mim, vira a cabeça monstruosa em minha direção, e minha alma deixa o corpo. Engulo em seco, perdendo toda a coragem e determinação que acreditei ter. Por um segundo, acredito que vai saltar e rasgar minhas entranhas aqui e agora.

Mas estou enganado.

Ele continua em frente, aproximando-se de Calvin.

Lágrimas escorrem do meu rosto anestesiado, palavras como tristeza, medo e dor já não são capazes de expressar o que estou sentindo, especialmente ao ver meu irmão rodeado por essas três pessoas.

É nosso fim.

Calvin se debate com mais violência, lutando para se livrar dos braços que o agarram e correr para longe da máscara que se aproxima. Ele implora e chora e se dissolve em pavor, até um murro atingir seu rosto, calando-o.

Observo toda a cena de trás, incapaz de fazer qualquer coisa, de cumprir a promessa que fiz ao meu irmão.

Eu quero fugir, Andy, ele me dizia quando as surras eram particularmente violentas, os hematomas em seu estômago o faziam se contrair de dor no chão do banheiro. Eu o segurava nos braços, acariciando sua face. *Não podemos, Cal. Ele iria nos achar no mesmo instante.* Então, ele se agarrava nos meus braços. Tão grande, mas tão pequeno. *Às vezes, acho que ele vai me matar. Eu não quero morrer. Eu não quero morrer.*

Fecho os olhos com força, até minhas pálpebras doerem. Quando as abro, meu irmão está completamente cercado, o manto preto da terceira pessoa encostando em suas costas. Ela ergue os braços em direção à multidão e anuncia:

— *Sanctus esto dominus noster.* — É latim, como o falado na sala enquanto eu mergulhava no sangue.

Cerro os punhos, mordendo o interior dos lábios. Reconheço a voz. *O que está fazendo aqui, sr. Rodriguez?*

É o filho da puta do Daniel.

Meu sangue volta a ferver. *O zelador é o líder do culto satânico?*

A multidão finalmente quebra seu silêncio num coro fantasmagórico:

— *Sanctus esto dominus noster.*

Daniel abaixa os braços devagar.

Calvin, encolhido e machucado no chão, diante do altar, vira o pescoço para trás, em minha direção. Nossos olhares se encontram.

Você vai ficar bem, as lágrimas borram minha visão. *Você vai ficar bem.*

Andy, por favor, eu não quero...

— Bem-vindos — sua voz grossa e rouca ecoa por cada centímetro da sala, estremecendo as paredes; o volume é amplificado pela máscara, embora soe mais abafada. — Nos reunimos neste solo sagrado, em mais um ciclo sob a lua cheia, para realizarmos o maior sacrifício que um servo pode fazer ao seu *Senhor*. Um sacrifício capaz de estremecer a terra sob nossos pés, a fibra do que é real ou irreal, do efêmero e do eterno. *Ele* é eterno e nos concedeu a oportunidade de compartilhar de uma fração de *Sua* glória infinita; uma fração; uma fração capaz de segurar o mundo pela garganta, de subjugá-lo a nossos pés. E tudo o que precisamos... tudo o que precisamos entregar a *Ele*... são estes meros sacrifícios. — Aponta para mim, então para Calvin.

Meu peito dispara. Calvin volta a chorar copiosamente.

As palavras são a prova de que nosso destino está selado, de que não há escapatória, não haverá misericórdia.

Nosso pai permanece firme, prendendo Calvin no lugar pelos ombros. *Desgraçado*.

— O *Senhor* é sempre maravilhoso e misericordioso. Em *Seus* dons, em *Seus* ensinamentos, em *Sua* devoção a nós. *Dele* é a vossa vida. *Dele* é o vosso corpo. *Dele*... é tudo. *Dele* é esta oferenda. Nossa devoção a *Ele* deve ser igualmente maravilhosa. Nosso sacrifício deve ser igualmente... *abundante*. O preço a pagar é tão misericordioso, tão pequeno. *Laus be*.

— *Laus be* — o coro, novamente, ecoa.

Merda. Essas pessoas realmente são doentes.

— Hoje, excepcionalmente, contamos com a presença do meu filho. — Vira-se para o indivíduo à esquerda de Calvin, uma das pessoas que surgiu das sombras antes dele. *Filho? O que quer dizer com filho?* — No início do ano, deixei sobre seus ombros a responsabilidade de capturar nossos sacrifícios. E, como podemos ver, ele se mostrou apto à tarefa. Sua perseverança merece ser exaltada. Orgulho preenche minhas veias neste momento. Sem dúvida, tem um caminho glorioso daqui para frente, aos pés do *Senhor*.

Está falando sobre... *Liam?*

Minha cabeça gira e gira.

Se Daniel é o pai de Liam, então quer dizer que Daniel é...

Wyatt.

Não.

Isso não pode estar certo.

Liam me fita pelo mais breve dos segundos, girando a lâmina da traição no meu peito. Então, assente ao pai, sem dúvidas estampando um sorriso vitorioso sob a máscara.

Se pudesse, pularia em sua garganta e o esganaria com minhas próprias mãos, lhe provocaria uma parcela minúscula da dor pela qual me fez passar. Mas não posso, ele está fora do meu alcance. Acreditei que era meu amigo e levarei esse erro para o túmulo.

Eu só queria...

Só queria poder ver meus amigos uma última vez. Roberto, Elijah. Até mesmo o desgraçado do Lucas. Eu o odeio tanto, *tanto*, que gostaria de poder olhar nos seus malditos olhos novamente, agarrá-lo com toda a força do mundo, mesmo que por um segundo.

Eu queria tantas coisas, queria poder me graduar em engenharia, conhecer mais pessoas, viajar pelo mundo, casar, ter uma família; queria dormir e acordar num lugar que não fosse hostil, queria nunca mais sentir essas dores; queria ter sido corajoso o suficiente para defender meu irmão todas as vezes em que precisou; queria ser forte o bastante para salvá-lo agora.

Eu queria continuar sonhando.

— *Attenrobendumeos, ad consiendrum, ad ligandumeos, pariter et solvendum, et ad congregantumeos coram me* — Daniel entoa, pisando nos meus desejos.

E o coral de pessoas o segue, religiosamente:

— *Attenrobendumeos, ad consiendrum, ad ligandumeos, pariter et solvendum, et ad congregantumeos coram me!*

Um breve momento de silêncio.
Daniel dá alguns passos para trás, faz um gesto indicando o altar.
— Deitem o sacrifício.
Sou rasgado em dois.
— *Não!* — grito, já não me importando mais com minha própria língua. — *Não! Por favor, pai, não! Liam!*
Calvin é puxado para cima pelos braços.
— *Me soltem!*
E, então, é forçado a se deitar na pedra cinza, de costas. Se debate, puxa as mãos para tentar se libertar. Seus dois carrascos se aproximam, auxiliando Liam e nosso pai na tarefa de imobilizá-lo.
Meu irmão continua gritando exaustivamente, até sua garganta começar a arranhar, até a rouquidão alcançá-lo. Mas seu terror não diminui, mesmo quando a voz falha; pelo contrário, apenas aumenta.
Liam se afasta do altar e nosso pai solta seus braços, deixando o trabalho de imobilização aos carrascos. Miro a mulher e o homem em pé ao meu lado. *Esse é o seu trabalho?*
Liam caminha para trás até estar no meu nível, mas no outro lado do palanque. Estranhamente, sua atenção parece centrada em mim.
Quando Calvin está firme no lugar, impossibilitado de se mover, com os dois carrascos ajoelhados em lados opostos do altar, prendendo seus braços como se fosse um animal, Daniel murmura:
— George. Siga em frente.
E vejo as forças evaporarem do corpo de Calvin, mágoa partindo sua face em mil pedacinhos, como se fosse feito de porcelana. Ele encara o homem sob a máscara, atônito.
— Sim, Wyatt — nosso pai murmura, a voz grave característica preenchendo a sala e tornando o pesadelo mais sórdido, mais real.
Wyatt.
Então é verdade.
Porra.
Puxo meus braços das mãos dos meus carrascos, quero livrar meu irmão desse sofrimento, *ao menos* desse, mas sou um completo

inútil, um fraco, miserável. Essas pessoas podiam partir meus ossos com um mero movimento se quisessem.

— Pai...? — Calvin murmura. Não tinha acreditado no que disse a ele antes de entrarmos na sala, a realidade lhe atinge como um projétil na testa. — *Pai! PAI!!*

— Oh, não... — sussurro para mim mesmo, a dor em sua voz me torturando.

— Pai, *por favor...* — Calvin tenta se levantar, chegar até nosso pai, mas permanece preso na mesa, vulnerável. — Por favor, me tire daqui. *Pai!* Não tá me escutando?

E, diferente de mim, ele não se dá conta de que nosso pai é mais um desses monstros — talvez o maior de todos. Continua clamando por ele, eufórico, aguardando o momento em que o homem que lhe trouxe à vida, que lhe machucou de tantas formas, vai voltar atrás e, ao menos uma vez, livrá-lo da dor.

Um momento que nunca vem.

E é *devastador*.

— Prossiga — Wyatt incita.

George entreabre a parte frontal do manto e apanha uma adaga, longa e afiada.

Calvin inspira fundo, esperneando e se debatendo com mais furor.

— Não. Não, pai. — Agora, tenta se afastar dele, arrastando a cabeça para fora do altar. Cada fibra em meu corpo agoniza. Grito em sua direção, chamando-o. — *Pai!* Pai, mas que porra?! Me soltem, seus desgraçados! *Me soltem!* — Então, seu olhar paira sobre mim. — *Andrew! Andrew, socorro!*

Sequer tenho forças para seguir tentando me libertar das pessoas que me imobilizam, mas tento. Tento chegar até ele, tirá-lo do altar, correr para fora desta sala, para fora deste castelo, para a liberdade, para a vida que ainda teríamos pela frente caso não tivéssemos entrado naquele helicóptero, caso não tivéssemos pisado aqui.

Suplico:

— *Soltem ele!*

Suplico:

— Me levem no lugar, me levem *primeiro*.

E rasgo meu peito em carne viva:

— Por favor, só... não façam isso.

E grito com tudo o que me resta. Tudo o que sou:

— Me levem, me levem, *por favor!*

E quando percebo que nada do que disser vai funcionar, inspiro fundo, tentando recuperar o fôlego. Meu rosto está encharcado, as lágrimas dissolvendo o sangue seco, me limpando, uma última vez.

— Calvin... — Prendo sua atenção. — Calvin, feche os olhos. Por favor, feche os olhos.

Mas ele não me entende, está perturbado demais para entender. Calvin chora:

— Não, não. Pai, por favor, não.

O garotinho que eu segurava no colo, no meio da noite:

— Não faça isso, por favor. Eu sou seu filho.

O garoto que me odiava tanto, e com razão:

— Por que tá fazendo isso?

O irmão que fui covarde demais para defender tantas vezes:

— Por favor, não...

E nosso pai segura a adaga com as duas mãos, erguendo-a no ar, a ponta direcionada ao peito do garoto deitado no altar.

— Calvin... — murmuro uma última vez, o mundo girando como se eu estivesse intoxicado. — Calvin, olhe pra mim. Não tire seus olhos de mim, entendeu?

E, ao menos isso, ele consegue fazer.

Espero que me perdoe, Andy, espero que me julgue merecedor do seu perdão, que não me odeie...

— *Laudate Dominum* — George entoa.

Não posso morrer sabendo que me odeia.

— *Laudate Dominum* — o coro ecoa.

É claro que te perdoo.

A lâmina desce.

Eu te amo tanto.

Passo a gaze com álcool num dos cortes em seu peito. Ele se afasta, fecha o rosto numa expressão de dor, mas logo se acalma. Limpo o ferimento.
— Me canta uma música — diz enquanto abro as abas do band-aid.
— O quê?
— É, uma música. — Sorri, sutil, e então me dá um tapinha no ombro. — Por favor.
Inspiro fundo, ponderando.
Estamos sozinhos no banheiro, sentados no chão. Temos dez anos. São onze horas e cinquenta e sete minutos. Amanhã será nosso aniversário.
Lá fora, uma tempestade violenta castiga a cidade. *Será um furacão?*
Coloco o band-aid em seu peito, delicadamente.
— Okay.
E canto para ele uma canção de ninar. A única que conheço.
Calvin abaixa a camiseta, se aninha em meus braços.
Acompanho o horário pelo relógio em meu pulso.
Quando é meia-noite do dia três de julho, sussurro a ele:
— Feliz aniversário.

ASCENSÃO

Andrew

A lâmina desliza para fora de seu peito, sangue escorrendo do cabo à ponta.

Meu irmão repousa sobre o altar, os olhos perpetuamente abertos, fixos nos meus. Fui a última coisa que viu antes de morrer, antes de ser assassinado pelo nosso próprio pai.

Aperto os lábios com força, incapaz de desviar o olhar do dele, incapaz de absorver toda a tragédia. Não sinto nada por dentro, ao mesmo tempo em que cada fibra do meu corpo arde de desolação. É quase paradoxal. Não me sinto mais humano. Me sinto como um saco de carne que eles podem abrir naquela mesa quando acharem necessário.

Minha cabeça está rodando; parte da visão, escura. Mal consigo me mover por conta própria.

Eles retiram o corpo de Calvin do altar, puxando-o como se fosse uma carcaça, largando-o nos degraus ao lado do palanque. Seu sangue ainda está quente na pedra quando me repousam sobre ela. Não resisto tanto quanto ele, não me sinto mais vivo. Sequer é necessário que segurem meus braços. Os carrascos se juntam à plateia abaixo do palanque.

O sangue do meu irmão está sob mim. Repugnante.

Uma última lágrima silenciosa escorre pela minha face.

Não tenho um rosto para o qual olhar, alguém que me ame e me conforte nos últimos momentos. *Está tudo bem.* Fecho os olhos, imagino o rosto dos meus amigos, do meu irmão, e peço que seja rápido.

Posso sentir o peso da lâmina sobre mim, ensanguentada, ansiando por fatiar meu coração.

Finalmente vou ver minha mãe. Só a conheço através de fotos. Espero que me perdoe por falhar com Calvin.

— *Laudate Dominum.*

— *Laudate Dominum.*

Que assim seja.

QUEIMADO

Lucas

1 dia atrás

Liam me vira no chão, como um saco de órgãos. Estou atordoado, minhas reações são lentas, o borrão escuro no meu campo de visão se expande mais a cada instante. Sem perder tempo, ele me faz sentar no tapete, então se senta atrás de mim. Envolve meu pescoço com o braço. *Um mata-leão.* Quando percebo a armadilha, tento lutar; é inútil. Tento falar; é inútil. Não há como me livrar dessa.

O ar fica preso em meus pulmões enquanto minha traqueia é esmagada. Abro a boca para gritar, mas nenhum som escapa. *A escuridão se alastra.* Seguro seus braços, arranhando a pele. *A escuridão se alastra.* Ele não se move, firme na missão de me demolir, de acabar com a existência desprezível de Lucas White.

Fecho os olhos, cedendo. Resistir não é mais uma opção. Imagino algo belo e agradável nos meus últimos momentos.

Está bem ali, o horizonte entre vida e morte. Só preciso cruzá-lo, e todo esse sofrimento acabará. Estendo as mãos, tentando alcançá-lo, mas não consigo. Na verdade, ele parece se distanciar até estar impossivelmente longe.

Algo sólido colide contra meu rosto.

Abro os olhos bruscamente, sugando ar pela boca. Meu corpo se curva no chão enquanto meus pulmões aspiram com violência, o ar rasgando a traqueia em direção ao peito. Tusso, me engasgo e asfixio até o ritmo da respiração retornar ao normal.

De olhos abertos, fito o teto da sala de Wyatt. Ao lado, a mesa do diretor e as janelas; as cortinas espessas abertas, permitindo que a luz da lua ilumine o cômodo. O corpo de Roberto jaz no chão, seu sangue empoçando o tapete. Do meu outro lado, a porta escancarada.

Como isso é possível?

Como ainda estou vivo?

Pequenos gemidos de dor se elevam na sala e são minha resposta. Me apoio pelos cotovelos e ergo o tronco, mirando a cena.

Liam está apoiado na estante vazia, parcialmente deitado sobre os livros jogados no chão. Elijah está agachado em sua frente, o punho enfiado no meio do seu peito, como se agarrasse seu coração com as próprias mãos.

Entreabro os lábios e esfrego minha garganta, a lembrança do estrangulamento de momentos atrás bem viva na minha carne.

Os dois se encaram, como se eu não existisse na sala.

Liam parece intrigado; chocado, sem dúvidas, mas de uma forma curiosa, quase contemplativa. A boca está aberta, e dela saem os grunhidos de dor. Do canto dos lábios, descem fios de sangue. Uma das mãos segura o ombro de Elijah, enquanto a outra toca seu cotovelo. Tenta retirar o punho de dentro de si, mas não tem forças para fazê-lo.

Elijah, por outro lado, está plácido, mirando o garoto, que mata de maneira tão brutal, com uma serenidade acalentadora. O golpe mais parece um carinho, tão suave, tão... confortável.

Liam abaixa o olhar para o próprio peito, devagar, admirando o golpe. Estou certo de que tem as mesmas perguntas que eu. *De onde você veio? Como é capaz de fazer isso? Já olhou para trás e viu o cadáver no chão?*

E, assim como eu, ele não consegue enunciá-las.

A brisa noturna bate mais forte contra as janelas, assoviando uma canção melancólica, balançando as cortinas de cetim.

Elijah sussurra, pouco mais alto do que o vento:

— Shhh... — Toca a lateral do rosto de Liam. O loiro desgraçado começa a hiperventilar, saindo do transe, se dando conta de que está morrendo. Lágrimas escapam de seus olhos enquanto sangue transborda da boca. — Não tente se debater. Apenas aceite o frio abraço. — Liam tenta gritar, tenta falar algo, mas tudo o que consegue é apressar o processo. Elijah se aproxima mais dele. — Relaxe agora. Olhos fechados. — Passa a mão sobre suas pálpebras, cerrando-as. — Inspire fundo uma última vez. — Liam obedece. Ou melhor, tenta. — Você vai precisar.

E, lentamente, o garoto de fios brancos e longos retira o punho de seu peito. Para minha surpresa, o punho ensanguentado não está segurando o coração de Liam. Não é necessário, no entanto.

Liam morre em poucos segundos, o peito parando de se movimentar, os grunhidos de dor cessando. Delicadamente, Elijah deita-o sobre os livros, apoiando sua cabeça sobre uma cópia aberta de *Frankenstein*, de Mary Shelley.

Continuo respirando fundo, observando a cena, incapaz de falar uma palavra sequer.

Elijah fita o rosto sem vida de Liam uma última vez antes de se virar.

Ele não se dirige a mim. Aproxima-se logo do corpo de Roberto.

Meu coração aperta, um nó devastador na garganta.

— Elijah... — Minha voz sai ríspida, rouca e quebradiça, cada palavra doendo ao deixar a garganta fodida. — Elijah, eu sinto muito... — Me arrasto até estar próximo dele.

O garoto se senta na poça de sangue formada pelo ferimento atroz de Roberto, puxa-o pelos ombros, apoia a cabeça dele em suas coxas. Retira alguns dos cachinhos bagunçados da testa, toca o rosto suavemente. Sua delicadeza, seu carinho, sua devoção criam um contraste agressivo com o estado perturbador do cadáver de Roberto. Elijah não parece se importar.

Ele continua acariciando as bochechas do garoto, olhar centrado nas pálpebras fechadas.

A dor do fracasso, da tragédia, da aceitação me agoniza. As lágrimas são rápidas e arrasadoras, trazem à tona muito daquilo que jamais conseguirei colocar em palavras. Não sinto mais vergonha de chorar.

Toco o rosto de Roberto também, sua pele já fria, minhas digitais limpando-o de algumas gotículas de sangue. Como Elijah, encaro de perto o horror de seu crânio aberto. O horror que *eu* causei. Toco seus cabelos, macios e complacentes. São cheirosos também. Nunca disse isso a ele, mas gostava do cheiro do seu xampu. *Gostaria de poder voltar no tempo e dizer.*
Oh, Deus.
Minhas lágrimas caem sobre seu terno.

— Está errado — Elijah murmura depois de um tempo, melódico, como se estivesse entoando uma canção de ninar. — Não é culpa sua. — Aproxima os lábios da testa ensanguentada de Roberto e a beija, tão calidamente que parte meu coração em mais algumas centenas de pedaços. — Eu disse a ele... — sussurra contra a pele do garoto — que você tava em perigo. Ele me escutou. Porque eram amigos.

— Não, não. Isso *é* culpa minha, eu devia ter acabado com Liam quando tive a chance, ou não devia ter arrastado ele pra cá junto comigo, ou...

— Nem tudo é sobre você, Lucas. Não agora — ele me interrompe, mais severo, e o nó em minha garganta é selvagem. Subitamente, toda a culpa, todo o meu remorso se acentuam. Encaro o garoto de fios longos, meu rosto encharcado. — Roberto trilhou o próprio caminho. Esse caminho incluiu você, mas também incluiu muitas outras pessoas, muitos momentos que não lhe dizem respeito. Alguns felizes, alguns mórbidos. É desrespeitoso resumir sua existência, ou partida, a erros que *você* cometeu.

Me derreto em devastação, choro copiosamente, de uma forma que nunca fiz antes.

— *Sinto muito.* Gostaria de nunca o ter conhecido. Assim, pelo menos, ainda estaria vivo.

Ele afasta uma das mãos de Roberto e toca meu rosto, enxugando algumas das lágrimas.

— Mas ele não seria *Roberto*. Ao menos, não *este* aqui. Laços transformam um indivíduo, Lucas. Acha que Roberto, agora, desejaria nunca ter te conhecido? Não. Ele se sente grato, grato pelas pessoas que teve em sua vida, não importa quão breve tenha sido. Ele foi seu amigo.

Soluço, toco sua mão em meu rosto.

— Eu amava ele.

Elijah desvia o olhar para o garoto em seu colo.

— Eu também.

— Todo mundo que eu amo... se vai. Eu nunca... não queria... sinto muito...

— Não há nada pelo que se desculpar, Lucas.

— Por que não chegou antes? Por que não salvou ele no meu lugar? Sou só um miserável, sem valor. Ele era... ele era bom, bom pra mim, pra você... tinha fé nas pessoas.

Frustração se mescla à fúria, que se mescla à tormenta. Grunho, grito. Levanto-me do tapete, chuto alguns livros no chão até o cabo do revólver estar visível novamente. Apanho-o. O metal é gelado, repulsivo. Leio as inscrições na lateral do cano. É uma Glock G19. Desengatilho o cão. Abro o carregador. Ainda há cinco projéteis. Limpo a garganta, as lágrimas começam a cessar, a desolação rapidamente substituída por uma ira dilacerante. Enxugo minhas bochechas. Cinco balas não são o suficiente pra acabar com a multidão que encontrei naquele abrigo, mas com certeza é o suficiente para cuidar de alguns deles — alguns que, *particularmente*, merecem morrer.

— Sinto sua raiva — Elijah murmura, o olhar ainda centrado no garoto que repousa em seu colo.

— Pode me culpar por isso? — rebato, ríspido. — Devia ter matado Liam mais devagar, o desgraçado foi embora rápido demais. Não merecia uma morte misericordiosa.

— E é *você* que decide isso?

— Vou ter minha vingança com Wyatt, com... — soluço — com a mãe dele. Sua própria mãe permitiu que isso acontecesse.

Guardo a Glock na parte de trás da cintura da minha calça. Seguro a estante e a chuto, chuto, chuto até quebrar uma, duas, cinco prateleiras. Estou mais cheio de fúria do que jamais estive, poderia rasgar a Terra com minhas próprias mãos.

Após a pequena demonstração de descontrole, permaneço em silêncio, parado, recuperando o fôlego.

Elijah ainda brinca com os cachinhos de Roberto. Posso imaginar o que está passando por sua mente; as lembranças, os momentos que viveram juntos, talvez o arrependimento por ter desaparecido daquela forma, por não ter passado mais tempo com ele, por não ter dito que o amava antes de perdê-lo. Deve estar se flagelando por ter se envolvido com Andrew, comigo.

Observo-o.

Observo-o abraçar Roberto serenamente e sussurrar ao seu ouvido:

— Mesmo que o tempo se esqueça de tudo... vai lembrar que, um dia, eu fui seu; e que você foi meu. Eu te amei. Efêmero, mas amei. Como uma onda que se forma no meio do oceano e se quebra na praia. Não sei o que sou..., mas ainda sou capaz de amar. — Um último beijo em sua têmpora, aquela que não está estourada no tapete. — Sinto muito, meu amor. — Então, deita-o na camurça, devagar. Em seguida, se levanta, sem retirar os olhos do corpo de Roberto.

— Leve o corpo dele com você — me diz —, deixe-o em algum lugar seguro, no seu quarto. — Do bolso frontal interno do terno, puxa um papel dobrado. Estende-o a mim, sem me encarar.

Apanho o papel sem questionamentos, abro.

— Isso é...?

— Um mapa detalhado da ilha. Foi o mapa que Andrew usou quando buscou Calvin na floresta. Se ao menos ele soubesse que seu irmão estivera aqui o tempo todo...

— *Você* sabia onde Calvin tava esse tempo todo?

— Não. Não naquele momento. Agora, sim.

— E como você conseguiu esse mapa?

— Ele largou na nossa mesa depois que usou, frustrado. Mais do que frustrado... *furioso*, porque teria que pensar numa forma de se aproximar do seu pior inimigo.

Minha mente é levada direto àquele corredor, àquela noite, ao garoto tentando seu melhor para me *stalkear* sem ser notado.

— Bom. — Engulo em seco. — Isso vai ser útil pra caralho. — Não consigo conter minha excitação ou minha emoção diante da memória de Andrew.

— Ele marcou a saída, ou melhor, entrada, do subsolo com um ponto. Não é muito exato, mas é o suficiente pra ajudar você a se localizar, Lucas.

E o tom mórbido das palavras me incomoda.

— Ajudar a *me* localizar? O que quer dizer? Vamos partir nessa juntos! — É um pedido que soa como uma ordem.

Elijah faz uma breve pausa.

— Quando terminar o que precisa fazer, enterre Roberto aqui, na ilha... pra que seu corpo possa descansar ao lado do meu. — Fico em silêncio. Ele me mira sobre o ombro: — Por favor. — As íris cintilam, úmidas, solícitas.

Inspiro fundo.

— Sim, sim, claro. Mas você vai ficar comigo, não vai? Vai me ajudar a salvar Andrew, certo? — Ele não responde. Apenas volta a encarar Roberto. — Elijah, porra... — Agarro seu ombro, na intenção de virá-lo para mim, mas percebo que estou sendo indelicado demais. — Por favor, não me deixe sozinho — peço. — Estou... — *com medo.*

Ele não parece comovido. Permanece calado por um longo tempo até murmurar:

— Não tenho certeza do que sou, mas sei algumas coisas: cheguei nessa ilha no navio do meu bisavô, cento e catorze anos atrás. Woodrow Hall. — Vira o rosto em direção ao quadro na parede. Observa-o por muito tempo, tempo no qual minha angústia se intensifica. — Era o homem mais brilhante que eu já tinha conhecido. Eu o amava, ele fundou esta escola. — Agacha-se e toca o tapete. Tenho a impressão de que está tentando tocar a pedra no chão. — Eu o amava tanto. É estranho; acho que *ainda* amo. Qual você acha que é a parte mais bizarra disso? A possibilidade de alguém já morto conseguir amar, ou que esse amor seja voltado a uma das pessoas responsáveis pela sua morte? E não é só ele. — Volta a ficar em pé. — Amava minha família, minha mãe, meu pai... *ainda* os sinto aqui, dentro de mim.

É cruel. É cruel não poder escolher quem você ama ou odeia. — Há uma pausa que, embora breve, é cheia de significados. Quando volta a falar, soa triste. — Eu era só uma criança quando eles me mataram. Como você, Lucas, eu tinha sonhos, e medos, e pessoas que me amavam. Eles me mataram. — Suspira. — Estou preso aqui desde então, revivendo os mesmos quatro anos do ensino médio, pra sempre. Não posso sair da ilha. Sou parte dela, como ela é parte de mim.

Caminho até ficar em sua frente, com cuidado para não obstruir sua visão de Roberto.

— Você *vai* sair daqui. Não vou falhar com vocês duas vezes.

O rascunho de um sorriso nos lábios.

— Você nunca falhou comigo, idiota. — Então, mais sério: — Não pode permitir que isso aconteça com Andrew. Não pode deixá-lo ficar preso aqui pra sempre, como eu, com *Ele*.

— *Ele*? Quem é *Ele*? Aquela coisa lá fora? Aquele... demônio? *Ele* é a razão pela qual você tá preso aqui, né? Ótimo. Só preciso arranjar uma forma de acabar com esse filho da puta também.

Ele balança a cabeça de um lado para o outro.

— Seu vigor é admirável. Ou seria ilusão? Não tem como *acabar* com a própria natureza, Lucas. Algumas forças simplesmente... existem. Alguns laços não podem ser quebrados sem consequências severas. Não pense em mim. Sua melhor chance é escapar com Andrew daqui e não olhar pra trás.

— Já disse que não vou fazer isso. Não vou te deixar aqui com... com seja lá o que for aquela coisa.

E seus olhos se desviam em direção aos meus.

— Enterre Roberto na ilha.

E, tão abrupto quanto surgiu, ele se vai, me abandonando na cena da tragédia.

— Não. — Balanço os braços no espaço vazio que ele antes ocupara, olho ao redor. — Não, não, não. Volta aqui, droga. *Elijah!* Merda. — Miro Roberto, então o céu lá fora. A brisa se acalmou.

Pego meu amigo no colo, ignorando a imagem perturbadora de sua cabeça.

Cuspo no cadáver de Liam.
Deixo a sala de Wyatt.
Estou sozinho.
Sempre sozinho.

* * *

Sigo as instruções de Elijah à risca. Desço aos dormitórios dos calouros, deixo o corpo de Roberto em sua cama e o cubro com o lençol. Saio do quarto, sem antes lhe lançar um último olhar de comiseração. *Eu vou matá-los. Prometo.*

Dirijo-me, então, à recepção, tomando cuidado para nunca sair das sombras. Em determinado momento, me torno mais escuridão do que ser humano.

Tenho duas opções ao passar pelo segurança: uma coronhada que o desacorde ou uma bala. Deixo a escolha nas mãos dele.

O homem alto e corpulento está sonolento e, portanto, vira suas costas para mim num momento oportuno. Não precisará perder a vida hoje.

Saio do castelo, desço a escadaria em direção à clareira. A lua segue imponente no céu, mas, ao longe, os primeiros raios alaranjados começam a quebrar a monotonia azul da noite. *Vai amanhecer em breve.* Sigo à direita, como fiz antes, desta vez penosamente ciente de que há um abrigo subterrâneo, cheio de psicopatas, não muito longe. Quando a distância entre o castelo e a floresta se torna pífia, a clareira quase desaparecendo, me deparo com a entrada do subsolo, um orifício na rocha nua, profundamente escuro e sinistro.

Dou uma olhada no seu interior e inspiro fundo uma única vez. Empunho a Glock, atento a qualquer um que cruze meu caminho. *Tô indo até você, meu amor.*

Então, eu e as entranhas do castelo nos tornamos um só, ao mesmo tempo que os pássaros da manhã começam a cantar suas canções na floresta.

Não tenho um mapa deste lugar, então navego por instinto. Chego à encruzilhada, arranco uma das tochas das paredes. Encaro as chamas em minhas mãos. Usar essa coisa pode ser muito perigoso, não posso arriscar ser visto. Devolvo a tocha ao lugar em que a encontrei, parto pelo caminho que segui com Andrew dias atrás, no completo breu.

***

Agora

Pode ter sido apenas alguns minutos, ou muitas horas. Caminho a esmo, angustiado para encontrar Andrew logo. Se o sol já se ergueu lá fora, significa que é o dia do sacrifício. Nossas horas estão contadas.

Também significa que passei uma noite inteira sem dormir, depois de levar uma pancada violenta na cabeça. Não é surpresa que meus pés estejam começando a se arrastar, ou que meus ombros comecem a pesar. *Preciso descansar.*

Mas não posso.

Não enquanto não o encontrar.

Então, me forço a seguir caminhando. Por um tempo desconhecido. Passando por salas vazias, corredores estreitos, curvas acentuadas. *Este lugar é mesmo um labirinto.* Às vezes, quero apenas gritar o nome de Andrew e esperar por sua resposta; mas temo que a voz que me responda não seja a sua. A escuridão total faz eu me sentir minúsculo, insignificante; me enlouquece rapidamente. Vou tocando as paredes, usando-as de apoio. A cada instante, me arrependo de ter deixado a tocha para trás.

Em determinado momento, não sei mais se estou vivo; meus pés, anestesiados; a mente, inebriada. Não consigo dar dez passos seguidos sem cambalear e acabar no chão.

Parece que estou aqui há dias.

Até ver os primeiros focos de luz, distantes e alaranjados. *Tochas.* Um corredor iluminado, finalmente.

Engulo em seco, revólver firme na mão, e me aproximo com cautela. As luzes das tochas são esparsas, o corredor ainda é dominado por penumbra, mas já é um avanço para quem esteve — há, sabe-se lá Deus, quanto tempo — no breu total.

Entro no início do corredor parcialmente iluminado e o observo. Há várias portas, todas de madeira. Mais à frente, ele continua, as tochas mais frequentes, as luzes mais intensas. Ouço murmúrios vindo do interior de uma das salas, as paredes grossas demais para que eu consiga discernir qualquer palavra.

E não tenho o luxo de continuar tentando. Logo, passos se aproximam.

Merda.

Corro de volta ao corredor escuro, me escondendo em uma das últimas salas vazias. Agacho, olhos e dedos atentos.

Uma pessoa deixa uma das salas do corredor iluminado. Está vestida num manto vermelho bizarro, o rosto encoberto por uma máscara de Halloween demoníaca. Sem dúvidas, é um dos membros do culto.

Fico em pé lentamente, respiração presa.

A pessoa para na porta, hesitando. Então, a fecha, arranca uma tocha das paredes e parte em minha direção.

Me escondo um pouco mais e espero até ela passar. Então, ataco-a com uma chave de braço. Enfio o cano do revólver em sua têmpora.

— Shh... sem um pio. Ninguém aqui precisa se machucar. — Puxo-a para o interior da sala escura, a tocha balançando em suas mãos.

Atiro-a no chão, a mira firme em sua cabeça. A tocha cai ao lado, nos iluminando parcialmente. Outra coisa cai, do interior de seu manto. Uma adaga, longa, afiada e de ponta curva. O barulho de metal batendo no chão é alarmante. Destravo o cão da arma, me preparando para disparar.

— Não se preocupe — a pessoa sob a máscara murmura —, não vou machucá-lo. — A voz é masculina, remotamente familiar.

Ele realmente não se move, mas não vou correr riscos. Encosto o cano da Glock em sua nuca e apanho a adaga. O cabo é macio; a lâmina, pesada. Sinto um desconforto imediato ao segurar a coisa em minhas mãos. Volto a me levantar.

— Tira a porra da máscara, devagar, ou vou explodir seus miolos.

O cara parece hesitar por um segundo, como o fez na porta da sala.

— Você *quer* morrer? Que merda tá esperando? — tento gritar sussurrando.

— Não vai conseguir sair pelo mesmo lugar que entrou. Tem dezenas de pessoas entrando por esses corredores nesse exato segundo, apenas minutos atrás de você.

Piso em suas costas e lhe forço a deitar no chão.

— Perguntei alguma coisa? *Tira a porra da máscara, seu filho da puta!*

Ele finalmente o faz. Deixa a máscara ao lado, retira o capuz do manto devagar.

Reteso a mandíbula, os fios vermelhos são inconfundíveis.

Ainda no chão, ele vira o rosto em minha direção, uma expressão enigmática na face.

— Se me matar, nunca mais vai ver Andrew — afirma, enquanto estou decidindo o valor de explodir seu crânio aqui e agora.

O FIM DO AMOR

Andrew

Primeiro, ouço o disparo.

Depois, sinto os pedaços de carne se espalhando sobre mim.

Então, o grito de Daniel, ensurdecedor:

— *Não!*

Mas nada da lâmina, nada do meu coração retalhado.

Abro os olhos a tempo de ver a adaga caindo das mãos do meu pai, metal se chocando com pedra quando ela despenca no chão, tão atroz, mas tão frágil ao mesmo tempo. Sem ninguém segurando o cabo, a lâmina é inútil; sem ninguém a empurrando contra pele e carne, é só mais um objeto comum, patético.

Parte do crânio do meu pai está estourada, seu cérebro espirrado sobre mim. A máscara foi impulsionada para longe, embora o que reste de sua cabeça continue encoberto pelo capuz do manto. Em seus olhos, não há mais vida. O mundo para enquanto observo a imagem grotesca. Ele cai, inicialmente de joelhos, rente ao altar, como se estivesse rezando; então, tomba para o lado, os miolos se remexendo, seu sangue maculando o palanque.

Uso minhas mãos para levantar meu tronco no altar, observando a cena com mais atenção.

Liam está rendendo Wyatt com uma chave de braço, apontando um revólver para suas têmporas. A máscara de ossos está atirada no chão, o diretor completamente refém de seu filho, assombro contorcendo seu rosto terrível — um rosto que me enganou, o rosto do zelador que me mandou ficar longe do subsolo, mas também o rosto da pessoa por trás de toda essa barbaridade.

Mas por quê? Por que Liam me ajudaria agora?

— Não se aproximem, seus filhos da puta! — grita, selvagem, a todos os outros na sala. — Se alguém se mover, a cabeça do líder de vocês vai pelos ares. Entenderam? Querem ver o crânio dele espatifado no chão como o desse outro filho da puta? *Querem?* Seu *Senhor* não ficaria muito feliz com isso, né? É melhor não tentarem nada.

Entreabro os lábios, ansiando por ar; um gemido de surpresa escapa da minha garganta, tão intenso, tão... avassalador.

Não é Liam sob aquela máscara, nunca fora.

É Lucas.

É Lucas.

É...

— Andrew, pegue a adaga e venha pra atrás de mim — ele comanda. Catatônico, não consigo reagir de imediato. — *Andrew, agora!* — Mas logo noto desespero em sua voz, uma nuance de terror sutil, quase imperceptível. É esse terror, esse medo anômalo ao Lucas White que eu conhecia até então, que me faz sair do choque.

Desço do altar, apanho a adaga que meu pai usou. O cabo é confortável, mas olhar para sua lâmina me deixa enojado — ainda está banhada no sangue de Calvin. O cadáver do meu irmão segue largado ao lado do palanque, como se não fosse nada.

Corro para trás do garoto que acabou de salvar minha vida, para trás do garoto cujo rosto desejei tanto rever.

Depois da morte de Calvin, achei não ter mais ninguém que me amasse neste mundo.

Eu estava errado, mais uma vez. *Sempre estou errado.* Um sorriso exasperado se estica em meus lábios torturados, um sorriso que dói, mas regenera. Recupero as forças necessárias para seguir em frente.

Como indicado, nenhuma das outras pessoas na sala ousa se aproximar.

— Você não é Liam... — Daniel murmura, tentando mirar o garoto às suas costas, mas falhando pela posição em que se encontra.

— Não fode, seu puto — Lucas replica.

— Onde ele tá? Onde tá o meu filho?

Filho?

— Fiz com ele exatamente o que prometi que faria. Deveria ter visto sua cara antes de morrer. — Lucas começa a rir, cruel, mas satisfatório, tão satisfatório. — Foi a coisa mais engraçada do mundo. Matei o putinho na sua sala. O que você acha disso, diretor? Hm? *Tá feliz?* É melhor que esteja, porque logo vai encontrar ele, no inferno. Ouviu isso, Andy? Esse desgraçado aqui é o diretor. Tava fazendo *cosplay* de zelador esse tempo todo pra nos vigiar. — Aperta mais o cano do revólver em sua cabeça. — *Filho da puta.*

Não respondo nem paro para pensar nas consequências do que ele está dizendo. Retiro a máscara de sua face e o manto de sua cabeça. Livro-o desse disfarce demoníaco, mirando seu rosto outra vez, depois de tantas semanas, depois de tanto tempo preso na escuridão.

— *É mesmo você* — murmuro.

— O quê? Achou que tava alucinando? Não, ruivinho, esse rostinho é bonito demais pra viver só nos seus sonhos. — Sorri, cínico.

Nossos olhares se encontram, faíscas incendiárias se espalhando por todos os lados.

— Eu te odeio tanto... — sorrio também — que acho que te amo.

— Sabia que não resistiria a mim por muito tempo.

Um dos carrascos tenta se aproximar pela esquerda, esgueirando-se pelas sombras e pelo corpo de Calvin. Lucas desvia a arma de Daniel para cabeça da pessoa que se aproxima, por um segundo. É o necessário para disparar contra a testa do desgraçado. Logo, a mira está de volta em Daniel, o carrasco morto próximo ao meu irmão, nos degraus do palanque.

Lucas se dirige à plateia outra vez:

— Mais algum idiota quer uma bala na testa? Sem problemas, é só falar. Tenho munição aqui pra todos vocês, desgraçados. Cortesia de um amiguinho que fiz de última hora.

— Você nunca vai conseguir escapar daqui — Daniel cicia.

— É o que vamos ver... — Lucas sussurra de volta. Então, mais alto: — Abram caminho. — Há um caminho livre até a porta, mas suponho que ele queira ainda mais espaço para passar com segurança. Ninguém no local se movimenta, no entanto. Ira se mistura a nervosismo em seu rosto. — *Abram a porra do caminho até a porra da porta ou eu vou matar cada um de vocês* — brada.

Uma única pessoa se mexe na multidão, partindo de trás, de uma das últimas fileiras. O candelabro não está mais em suas mãos. O indivíduo caminha até estar tão próximo do altar quanto julga seguro, então retira sua máscara, expondo um rosto familiar. *Já vi esse rosto na televisão antes.*

— Lucas... — o homem de meia-idade chama, apreensão em sua face. — Lucas, o que você tá fazendo?

E Lucas hesita por um segundo, algo no homem o deixando transtornado.

— Um coma, pai? — cospe, e preciso alternar o olhar entre os dois para entender as semelhanças. *É seu pai. O ex-presidente.* — Bem, adivinha só; vai precisar de um pouco mais do que isso pra me derrubar.

Franzo o cenho, a conversa entre os dois claramente tem mais histórico do que posso compreender. Vasculho todas as outras pessoas do culto; meu pai era parte disso, assim como o pai de Lucas, o pai de Liam. *Será que...?*

— Pare com essa bagunça — o homem grisalho se aproxima mais do altar, subindo os degraus do palanque devagar, como se temesse ser atacado por uma besta feroz. — Nós precisamos...

— Assassinar dois garotos inocentes? — Lucas o interrompe. — Precisa disso pra manter sua riqueza, seu *poder*? Talvez não devesse ter nada disso pra início de conversa. — O garoto dá alguns passos à frente, arrastando Daniel consigo. Fica a uma distância segura, mas íntima, de seu pai. — Anote bem o que estou dizendo: eu *vou* voltar por Michael.

O homem semicerra os olhos.

— Não me ameace, Lucas. *Ainda* sou seu pai.

— Não. Não é — vocifera. *Besta feroz* define bem quem, ou melhor, o que Lucas é neste momento. — Você é um *monstro* desgraçado. Um que nunca mais vou ver na vida. — Obriga Daniel a se ajoelhar. — Não se aproxime mais, ou seu liderzinho vai virar história.

Angústia começa a me dominar, a calma dessas pessoas é perturbadora, como se estivessem um passo à nossa frente. São dezenas contra dois. Apesar de termos seu líder como refém, ainda pode existir uma maneira de nos encurralarem.

Precisamos sair daqui logo.

Me aproximo de Calvin. Meu coração aperta, mas tento compartimentalizar a dor por enquanto. Fecho seus olhos. *Descanse em paz, meu irmão.* Apanho-o nos braços, ainda segurando a adaga em uma das mãos.

Faço menção a atravessar a multidão, mas as pessoas na fileira mais próxima me impedem, obstruindo o caminho. Ao invés de se afastarem, elas começam a se aproximar.

— Merda, Lucas... — Dou alguns passos para trás. Volto a me esconder às costas do garoto que me salvou.

Lucas também percebe que nossas chances de escapar estão se esvaindo.

Ele aperta o revólver contra as têmporas de Daniel.

— Não me ouviram, seus filhos da puta? — Seu pai, em particular, começa a se aproximar com mais afinco. Atrás dele, a multidão inteira segue. A porta da sala é fechada. Estamos fodidos. — Merda. — Nervoso, ele aponta o revólver ora para seu pai, ora para Daniel. — *Você. Pare.*

— Ainda podemos consertar isso, filho. — Ele chega cada vez mais perto, um passo de cada vez. As mãos estão erguidas em rendição, mas seus olhos comunicam outra coisa, comunicam que não pretende nos deixar escapar daqui. — Sei que ainda tem algo glorioso dentro de você. Foi *feito* pra isso. — Abre os braços, indicando a multidão que se aproxima. — Foi feito pra ser um de *nós*. Liam era fraco. Você, não; foi feito da mesma casca grossa que o seu pai. Ainda pode ser perdoado, desde que nos entregue o garoto.

— Não, merda. Não. Ele é *meu*, de *ninguém mais!*
— Pode ter outros como ele, não há nada de especial nesse...
— *Pare de falar!*
As palavras de seu pai me causam calafrios. Deito o corpo de Calvin no chão ao lado, próximo. Entro em posição de defesa. Estamos quase sendo engolidos pela porção da sala encoberta pelas sombras.
Lucas puxa Daniel para trás, se afastando do pai.
Não há para onde fugir, no entanto.
Talvez...
Talvez se eu me entregar...
— Lucas?
— Cala a boca, *Andrew!* Nem se atreva a falar o que tá passando pela sua mente. Merda...
— Todo esse sofrimento vai acabar logo, meu filho.
— *Parem de se aproximar!* — ordena de novo, sem efeito algum.
Acontece de uma vez.
O pai pula em cima de Lucas, empurrando o braço do filho para cima, afastando a mira da cabeça de Daniel, direcionando-a ao teto. Lucas dispara uma única vez antes de ser impulsionado para trás, caindo de costas com seu pai por cima, a arma foge de sua mão, despencando ao lado. Daniel se arrasta para longe da briga.
À distância, todos os outros seguem se aproximando a passos firmes, alguns já alcançam os degraus, passando pelo altar.
Fico parado no lugar, preso entre ajudar Lucas na briga contra o pai ou recapturar Daniel como refém.
E, antes que tome minha decisão, o revólver já está empunhado, o cabo envolto numa mão estranha. O cano é direcionado a mim, um dedo se afunda no gatilho.
O disparo é feito.
Não fosse pela reação rápida de Lucas, golpeando o braço do pai, teria acertado minha cabeça.
Mas não é rápido o suficiente.
Sinto um impacto na cintura.
A multidão para de se aproximar, me observando com atenção.

Franzo o cenho, abaixando o olhar devagar.

Meu abdome, lentamente, se abre numa bagunça sanguinolenta; meu próprio sangue se misturando ao sangue seco na camiseta, vermelho vivo se misturando ao vermelho desbotado. Toco o flanco atingido. Sinto o pulsar do líquido morno que, tão desesperadamente, me escapa.

Então, a dor me golpeia. E é visceral.

Entreabro os lábios, buscando ar, e me desfaço no chão.

— *Andrew!*

Lucas se debate até estar livre do pai, sem muito esforço — parece que o objetivo do homem foi cumprido. Ele se arrasta até mim, e é a única pessoa se movimentando na sala. Me alcança, toma minha cabeça em seu colo.

— Não, não, não. — Mira a ferida aberta em meu abdome. Aperta-a, na intenção de estancar o sangramento, mas o toque faz eu me contorcer no chão de dor. — Desculpa, desculpa. — Afasta as mãos, desesperado. Seus olhos cintilam. Lucas White está chorando. *Quem é este garoto? Com certeza não é o mesmo que —* Vem, vamos sair daqui. — Envolve meu pescoço e meus joelhos, tentando me levantar, mas, outra vez, agonizo sob o menor movimento. — Andrew, por favor...

— Aaack... — Tento falar a ele que está tudo bem, que pode me deixar aqui e se salvar, mas apenas um som gutural deixa minha garganta, doloroso, sobre-humano. — L-L...

E, quanto mais me esforço, mais minha visão escurece. Já não consigo discernir muito além do rosto de Lucas sobre mim.

Ergo uma mão para tentar tocá-lo.

Apago antes de conseguir.

— *Não! Andrew!* — Sua voz é a última coisa que ecoa nos meus ouvidos.

Interlúdio IV

OS OUTROS

Seu nome era...

***

Seu nome era Elijah Hall. Ele nasceu em...

***

Seu nome era Elijah Hall. Ele nasceu em 1892. Era filho de...

***

Seu nome era Elijah Hall. Ele nasceu em 1892. Era filho de Gregory e Martha Hall. Bisneto de Woodrow Hall. Ele morreu em 1909. Uma adaga foi atravessada pelo seu coração.

***

Essa era a história de Elijah. Curta. Brutal. Uma brisa no tempo, esquecida há muito. Sua memória não permaneceu viva em ninguém; não de verdade. Sua alma continuou aqui, perpetuamente presa no ciclo de tormento *Dele*, mas o indivíduo que existiu, que sofreu, chorou, amou e teve o coração despedaçado, esse já não existia há séculos. Ninguém lhe amou. Nem seu bisavô, nem seus pais, nem seus colegas. Não teve ninguém que pensasse nele nas noites vazias ou nos momentos de melancolia.

Elijah viveu uma vida desprovida de amor, mesmo que só tenha percebido isso após morrer.

Mas ele... *ele* ainda era capaz de amar. Amou Roberto Silva, o garoto de sorriso fácil que fazia de tudo para lhe proteger — mesmo que fosse ele que precisasse de proteção.

Elijah amou Andrew Rodriguez. Como poderia não amar? O amigo corajoso, bravo e especial, que encerrou sua existência de inocuidade. *Meu nome é Andrew,* ele lhe disse naquele auditório, *e esse é meu irmão Calvin.* Agora, os dois estão seguindo o seu caminho em direção àquele altar, em direção àquela adaga; seu amor vai escorrer pela pedra como o dele escorreu. Tão trágico, tão... injusto. Amar é doloroso. Mas também é um milagre.

As paredes ao seu redor eram *brancas*, e *vazias*, e *infinitas*. Elijah permaneceu escondido nelas desde que fugiu do subsolo, pelo que pareceram breves segundos. Estava seguro, estava sozinho entre as paredes. Até não estar mais, até escorrer através delas e pisar no castelo, de novo, acompanhando o garoto que sonhava com seu rosto, que escrevia seu nome no vapor do chuveiro durante o banho, sem saber ao certo o que significava.

Roberto... Ele sussurrava enquanto o seguia. *Roberto, Roberto, Roberto.* E quando ele se virava em sua direção, se escondia. Envergonhado, apavorado. *Olhe para mim, Roberto, mas não me encare. Me reconheça, mas não me questione.* Até não suportar mais o afastamento.

Laus be. Laus be. Laus be, Elijah ecoava, as fraturas do momento de sua morte ultrapassando as barreiras do tempo e do espaço, percutindo nas paredes sólidas do castelo. *Pai, por favor.* Estas paredes, por outro lado, não eram confortáveis, não eram seguras. Mas eram as paredes em que Roberto e Andrew estavam.

Ele sangrava no chão quando Roberto se aproximou e o tocou. O toque o fez vibrar, o fez se recompor um pouco mais.

Meu pai fez isso comigo. Nunca mais permita que ele me toque.

Não se lembra de mim? Por favor, se lembre de mim. Preciso que se lembre.

Esses corredores não são seguros. Estou preso neles, e não estou sozinho.

Meu nome é Elijah Hall. Nasci em 1892. Sou filho de Gregory e Martha Hall. Bisneto de Woodrow Hall. Morri em 1909. Uma adaga foi atravessada pelo meu coração.

E, agora, estavam levando Lucas para a enfermaria.

Seu amigo precisa de ajuda.

Ele correu para ajudá-lo.

E perdeu a vida por causa disso, naquela sala escura e que cheirava a mofo, na véspera da lua cheia.

Enquanto encarava o rosto sem vida do garoto que amava, o coração de Elijah parou. O que era um absurdo, claro. Seu coração tinha parado há séculos. Mas, com Roberto, era como se voltasse a bater. *Estranho. Tudo com Roberto era estranho.*

Então, como se já não bastasse ter seu coração atravessado pela lâmina uma vez, Elijah teve que reviver tudo, e doía como nunca, e fraturava seu ser. *Mesmo que o tempo se esqueça de tudo... vai lembrar que, um dia, eu fui seu; e que você foi meu.*

Ele sentia a culpa de Lucas, sua raiva. *Eu amava ele.* Segurou seu rosto ensopado, absorvendo sua dor. *Eu também.*

Roberto morreu ajudando seu amigo, morreu por amor.

Elijah desejava que alguém tivesse lhe ajudado quando ele precisou, há tanto tempo.

Tempo e amor são conceitos abstratos, tão complexos.

Elijah chegou tarde demais para salvar seu amor. É verdade.

Mas talvez ainda haja tempo para salvar o outro.

* * *

— Você é o culpado disso — acusa quando se aproxima *Dele*. Está apoiado no balaústre do terraço de uma das torres do castelo, observando a maré noturna ao longe, muito ao longe.

Uma risadinha ácida escapa pelos cantos de *Seus* lábios.

— Nunca toquei num fio de cabelo seu, Elijah. — De soslaio, *Ele* o observa.

Elijah repousa os antebraços no concreto frio do balaústre, inclinando-se em direção à vegetação que se estende por quilômetros sob eles.

— Mas me escolheu — o garoto rebate, encara a lateral de *Seu* rosto.

— Não foi o único. Outros garotos atraíram minha atenção ao longo dos anos, Ellie, por motivos diversos. Não muitos, entretanto. Nem todo mundo pode ser especial, no fim.

— *Especial?* — A palavra soa amarga. — Por que *eu*? O que tenho de tão especial?

Ele não responde de imediato, sombras de melancolia dançam por *Sua* face pelo que parecem horas, horas em que a lua se desloca no céu, em que a maré passa de calma a agitada. Fora de *Sua* forma feral, *Ele* é apenas um homem comum, cabelos anormalmente longos e pretos como a noite, traços finos e afiados, pele grudada nos ossos.

Quando finalmente abre a boca, tem um tom nostálgico:

— Acreditaria se eu dissesse que... — Vira-se em direção a Elijah, animado. — Você me lembra alguém que conheci... há muito tempo? — Elijah acreditava. Lendo isso em seus olhos, o Diabo continua: — Um dos meus irmãos. — Franze o cenho. — Precisava que ficasse aqui comigo, para sempre. — Abre os braços, um sorriso largo. — Nesta ilha linda. Você foi o primeiro que mantive aqui, a primeira alma que retive apenas para mim. Eu o observei repetir o ciclo de novo, de novo e de novo. Fiquei entediado de todos que vieram depois. Mas não de você. Nunca de você. Eu poderia observá-lo repetir o ciclo para sempre.

— Minha alma não é *Sua*. Não tinha o direito de me prender aqui, não tinha o direito de decidir meu futuro por mim. Ao menos se importa com todo o sofrimento que causou? Eu não deveria estar aqui. Nenhum de nós deveria.

E o Diabo recolhe os braços, frustrado.

— Mas estamos. Então você pode aceitar isso, ficar entre seus irmãos, ou ir embora. Não posso forçá-lo a ficar. Não sou um monstro, Ellie, independentemente do que pense sobre mim. Sou apenas... *adorado* como um. Sabe, eu pretendia manter seu amigo, Andrew, aqui também. Isso não seria especial? Ficariam juntos na ilha para sempre. Ele sequer teria noção do que aconteceu. Você não contaria a ele, não é mesmo, Elijah? Não seria tão cruel.

— Isso não seria crueldade, seria... esclarecimento. Andrew não *vai* ficar aqui.

— Está me desafiando? Como pode ser tão... ingrato? Esse paraíso que construí para você não é o suficiente?

Desvia o rosto para a vista, inquieto. *Seus* sapatos pretos, de couro, reluzem na lua. Ele se segura no balaústre, inspirando fundo. As mãos são finas — quase cadavéricas —, as unhas pontudas protendendo de cada um dos dedos.

Elijah o observa com uma curiosidade apática.

— Meu pai me expulsou de casa, me transformou... *nisto* — Ele reclama. — O seu te matou. Te transformou... *nisso*. — Gesticula para indicar o garoto. Uma brisa os golpeia, balançando os fios de ambos. — Parece que somos mais semelhantes do que pensa, caro Elijah. Não acha poético? Ao menos, você estará ao lado de alguém que sabe o que sofreu. Dos seus irmãos, que passaram pela exata mesma coisa que você. *Fique aqui.* É injusto que apenas *um* ser carregue esse fardo todo, não acha? — indaga com ironia.

Elijah não vacila.

Há um cansaço distante no semblante do garoto quando murmura:

— Você é apenas um ser ordinário, abastecido de rejeição, propelido por... rancor. Não é especial. Assim como eu nunca fui, como nenhum dos garotos que prendeu nessa ilha são.

O Diabo deixa uma risada sarcástica ecoar pelo terraço.

— Como ousa falar comigo desse jeito? — Aproxima-se de Elijah em um vulto, sombras envolvendo os dois. Aponta uma das unhas afiadas para o rosto entristecido. — Tudo o que você é hoje é por *minha* causa. — Retesa a mandíbula e recolhe o dedo. — Não seria *nada* sem mim, apenas mais um cadáver para o Culto de sua família. Me diga: o que sentiu ao matar aquele garoto? *Gostou?* É bom, não é? Poderíamos continuar fazendo isso pela eternidade, juntos. Pode se tornar um espírito vingativo, caçar aqueles que acabaram com a vida do seu amorzinho. Tão triste, Ellie. Realmente sinto muito pelo que aconteceu.

Elijah respira fundo e se afasta das sombras. Pode ouvir o farfalhar das folhas nas copas das árvores, os sons agudos das aves noturnas.

— O quê? — o Diabo insiste. — Ainda é um assunto sensível demais?

— Não tenho prazer ou orgulho do que fiz, mas o fiz com um propósito. Pode dizer o mesmo? Não, é claro que não. Acredito que você já foi amável algum dia; talvez até tenha sido amado e nunca soube. Mas, então, se deixou consumir por malícia, egoísmo; por crueldade. Você é a origem de tudo isso, não é? Quem poderia amar um ser como você? — pondera. — Está errado. Não somos parecidos em nada. Você se tornou incapaz de amar.

— Lembra como seu pai arrastou uma adaga pelo seu peito? — grunhe, dissimulado. — Ainda consegue sentir, não consegue? A lâmina atravessando sua caixa de ossos.

Elijah desconsidera com uma lufada de ar.

— Não pode mais me afetar com as lembranças, com a dor que me causou. Tudo o que eu tinha já foi esmagado. Do meu sofrimento, no entanto, não nascerá ódio, *vingança* ou ressentimento. Não. Outra coisa.

E diz:

— Você nem vale todo o sofrimento que causou.

Fala:

— Sou Elijah Hall. Eu tenho sonhos, tenho medos, tenho pessoas que amo. *Sou* capaz de amar. — Uma pontada em seu coração. — E preciso salvá-lo agora.

Ele toca em seu braço, desesperado.

— *Não me abandone.* Seja egoísta, pelo menos uma vez. Não se sacrifique de novo. Se fizer isso... deixará de existir, não será mais nada.

Elijah fecha os olhos e o abraça.

O Diabo fica inerte, paralisado; então, treme sob seus braços. *Será que alguém já o abraçou antes?* A perversidade que tem propagado há milênios é grandiosa demais para ser retificada com um simples abraço. E um abraço é tudo o que Elijah tem a oferecer. Mesmo assim, ele consegue *alguma coisa*. Um fino raio de luz encontra uma fresta e a atravessa. Não é muito, mas Elijah precisa se apressar; por ora, tem que ser o suficiente.

— Talvez eu deixe de existir nessa forma, mas continuarei vivo em outras. É o melhor que podemos esperar.

Ele desfaz o abraço e, pelo mais breve dos segundos, tem a impressão de ver o Diabo chorar. Não era apenas uma impressão, mas ele fingiria que era, para preservar a ordem das coisas. O Diabo *precisa* ser um monstro, afinal de contas — e todos sabem que monstros *não choram*.

Eles ainda podem apreciar coisas belas, no entanto.

— Não ficarei aqui por muito mais tempo. Mas... você tem razão. — A maré se acalma. — Essa ilha é linda.

* * *

Ele se aproximou do garoto de fios ruivos. Marty. Morto em 1914.

— O que você é? — Marty perguntou.

Ele abraçou o garoto de apenas quinze anos. Teddy. Morto em 1968.

— O mesmo que você — Elijah respondeu.

Ele tocou o rosto do garoto de olhos castanhos. Peter. Morto em 2021.

— Não. Não, eu... — Peter tentou argumentar, assustado.

Elijah olhou no fundo de seus olhos.

— Está morto.

Ele lhes deu suas palavras.

— As pessoas que você mais amava na vida fizeram isso.

Ele lhes deu compreensão.

— Sei o que está sentindo.

Deu tudo o que restava de Elijah Hall.

— Estas paredes são uma prisão.

Ele foi amigo, e corajoso, e bravo, e especial, encerrou suas existências de inocuidade, como Andrew Rodriguez.

— É hora de se libertar.

Seu nome era...

O NOME É ELIJAH HALL, CARALHO

Lucas

Os olhos de Andrew se fecham, a ferida em seu estômago continua jorrando sangue.

— Não. Não, não, não. Andrew, abra os olhos. — Seguro seu rosto com as duas mãos. Quando ele não obedece, tento abrir as pálpebras por conta própria. Elas não permanecem abertas por muito tempo. A única indicação de que está vivo é sua respiração, mas até mesmo ela está ficando fraca. — Andrew — começo a chorar de medo, — me escute. Andrew, droga, fale comigo. Por favor, por favor, fale comigo. — Encosto a testa na dele e deixo que as lágrimas corram livres. Mesmo se retirá-lo daqui, agora, levaria horas até sair do subsolo. E então, o quê? Cynthia é a única enfermeira do castelo, e está morta. Miro seu abdome. A quantidade de sangue é... brutal. — Por favor, não... não faça isso comigo. — Abraço-o. Abraço-o com toda a força que ainda tenho, abraço e sinto os movimentos de seu peito diminuírem a cada segundo, a respiração rarefeita em minha nuca.

— Isso é o certo, Lucas. — A voz de meu pai, vertiginosa, ecoa em algum lugar atrás de mim. — Pela nossa família, por você. Sei que tudo parece mais intenso nessa idade; que seu primeiro amor parece o único e verdadeiro; que esse garoto... parece ser a única pessoa que vai amar na vida. Mas isso não é verdade. Em breve, vai esquecê-lo. Em breve, vai virar a página do livro. Restará apenas uma memória. Uma memória que também será esquecida. — Afundo o rosto no pescoço do garoto que amo, me despedaçando. *Por que, Deus, por quê? Por que tanto sofrimento? Por que tanta dor?* — Com o tempo, vai entender que essa era a única coisa que poderia ser feita. Com o tempo, vai me perdoar...

— Andrew, por favor... — continuo choramingando contra sua pele. Seu peito, agora, quase inerte. Volto a deitá-lo no chão, observando-o de perto, desolado. — Eu te amo. Por favor... não me deixe também. Por favor, Deus. — É como se aquela adaga tivesse atravessado meu peito.

— Não há Deus, Lucas. — É Wyatt quem rebate desta vez. Passos apressados se aproximam das minhas costas. — Apenas o Diabo.

Inebriado, só percebo sua aproximação quando meus braços já estão sendo imobilizados, e o rosto de Andrew se afasta do meu.

— Não. Não, me soltem. — Eu me debato, me debato, me debato. — *Porra! Me soltem!*

As duas pessoas que me carregam são mais fortes, no entanto; me arrastam para fora do palanque.

Quando desço o último degrau, meu pai surge no campo de visão outra vez.

— Desista de lutar, filho. Ele está morto.

Ao longe, no palanque, Wyatt analisa o estrago. O corpo sem vida de George próximo ao altar; o cadáver de Calvin mais ou menos no centro, quase ao lado de Andrew; o carrasco desgraçado, morto nos degraus. O diretor segura sua máscara de ossos enquanto caminha. Aproxima-se de Andrew, mirando-o com desdém.

— Graças a Joseph, o Ritual foi feito — declara, sem muita emoção.

Minhas lágrimas são ferozes. Por dentro, estou entrando em combustão.

— *Fique longe dele, filho da puta!* — grito ao líder do culto demoníaco. — *Fique longe!*

E Wyatt me fita com um sorrisinho vitorioso.

Antes que possa abrir a boca, no entanto, o triunfo derrete de sua face. A máscara cai de sua mão, produzindo um ruído oco ao atingir o chão. As íris observam algo atrás de nós, petrificadas.

Confuso, viro o pescoço. *E quase não consigo acreditar nos meus olhos.* O aperto em meus braços é afrouxado, as pessoas que me seguravam ficam em choque com a visão. Consigo me libertar. Dou passos para trás, subindo o palanque até minhas costas encontrarem a pedra fria do altar.

— "Não há Deus"? — *Elijah repete, grave, enquanto caminha em direção ao estrado.*

Suspiro, aliviado, eufórico.

— Como pode estar aqui? — Wyatt cicia, parte irritado, parte aterrorizado. Corre com seu manto escuro e longo, em direção ao revólver. Consegue apanhá-lo e destravar o cão, mas, quando está voltando-o à frente, Elijah já está sobre ele, puxando a arma de suas mãos, enfiando uma mão em seu peito, como o vi fazer com Liam.

A Glock cai no chão, esquecida, enquanto Wyatt grunhe de dor e surpresa, da mesma forma que seu filho.

Analiso a multidão na sala. *Elijah não voltou sozinho.*

Cerca de vinte outros garotos surgiram junto a ele, espalhados entre os membros do culto. Alunos, garotos que via diariamente pelos corredores. Alguns que atormentei por pura implicância. Já vi todos esses rostos antes, no livro que queimei na sala de Wyatt. São os garotos que foram assassinados e continuaram na ilha, presos, como Elijah.

Próximo à porta...

Peter.

Encaro-o, e ele me encara de volta. Há tristeza em seu semblante, mas também algo a mais; aceitação, convicção.

Os membros do culto logo percebem que estão cercados. Eles se entreolham, agitados, os candelabros balançando de um lado para o outro em suas mãos. Pela primeira vez, murmúrios se elevam na sala.

— Agora reaprenderam a falar, seus filhos da puta? — grito. — *Agora?* Depois de tudo o que nos fizeram passar?

— Filho... — Meu pai caminha em direção à porta, devagar, virando o rosto de um lado para o outro, mirando os garotos que surgiram na sala. Eles o encaram de volta, curiosos. — Tudo foi feito por um motivo maior.

— Não tente justificar suas atrocidades.

Peter se move em direção ao meu pai. Joseph se assusta e se vira para encarar o garoto.

— Quem é você? Eu nunca... nunca vi você antes.

Peter inclina o pescoço para o lado.

— Está mentindo.

Meu pai começa a hiperventilar.

— Garoto insolente. Não temam — eleva a voz para todos os outros membros do culto. — Nosso *Senhor* vai nos proteger.

Peter solta uma lufada de ar pela boca.

— *Senhor?* — E, lentamente, enfia a mão no peito do meu pai, como Elijah fez com Wyatt. — Encontre seu *Senhor* agora.

Meu pai grita, clamando por ajuda. Uma ajuda que não vem, porque todos os outros membros do culto são atacados ao mesmo tempo.

Me agarro no altar e, angustiado, observo o derramamento de sangue, os gritos estremecendo as paredes da sala. O coral de vozes ecoa mais alto e mais fervoroso do que nunca, uma última vez.

Há fúria nos garotos, é verdade. Mas também há gentileza, perdão.

Quando as vozes cessam e todos os corpos caem sem vida no chão, eles desaparecem devagar, como Elijah fez no subsolo depois de encarar seu corpo pela primeira vez, dissolvendo-se em pleno ar. Por fim, é como se nunca tivessem estado ali.

Respirando fundo, sem fôlego pela insanidade que acabei de presenciar, cambaleio até o corpo de Andrew, no palanque. Puxo sua cabeça para meu colo. Elijah mantém Wyatt vivo por mais algum tempo.

— Não há Deus... — Elijah sussurra. O rosto do diretor está transtornado pela dor. — Não, não há. Você tá certo. Deus não é... — meu amigo pondera enquanto o homem agoniza — uma figura, como a deformidade que vocês adoram. Ele é... — Sorri, um sorriso belo e amável. — *Amor.* Está em todos nós.

— Elijah... — Wyatt esganiça, curvando-se à frente. Sangue começa a descer de seus lábios.

— Está tudo bem... — Toca a lateral de seu rosto, acalmando-o. — Você vai encontrar seu filho agora. — E puxa a mão para fora, brutalmente.

Wyatt cai morto no chão, uma poça de sangue se formando sob o corpo.

Elijah observa o estrago por um tempo, triste. Então, se aproxima de nós.

— Andrew tá morto, Elijah, ele tá...

O garoto de fios loiros, tão loiros que parecem brancos, se ajoelha, passando uma das mãos pela testa de Andrew.

— Não. Não está. Mas quase.

— O-O quê?

— Shhh...

Gentilmente, ele retira Andrew dos meus braços e o deita no chão. Arrasta um polegar sobre seu queixo, as sobrancelhas, qualquer lugar em sua face que ainda tenha sangue seco, limpando-o.

Então, Elijah murmura, como se Andrew pudesse ouvi-lo:

— Você não vai morrer. Não agora. Não vai ficar aqui.

Penteia seus fios secos para os lados, com carinho.

Diz:

— Vai viver, porque é amado. Porque Lucas te amou, seu irmão te amou, tantas pessoas te amaram — engole em seco —, e se firmaram nesse amor até o último momento.

Continua:

— Vai viver, porque *eu* te amo, porque... — pausa — nesse mundo, mesmo que tudo esteja fadado à destruição, e mesmo que um dia nossa amizade seja apenas uma memória apagada... algo... distante e grandiosamente insignificante... — Toca seu coração, o local por onde aquela adaga deveria ter atravessado. — Este momento vai sobreviver. Será o último sobrevivente, talvez. Eu te amei, eu... fui capaz de amar.

E completa:

— Você não vai ficar aqui, não como eu, não como... tantos outros. Não há justiça neste universo. Mesmo assim... — um sorriso nos lábios pálidos —, poderemos fingir que há. — E, a cada palavra, ele parece se dissolver junto ao ar, deixando de existir.

O sangramento do abdome de Andrew cessa. Os movimentos de seu peito ficam mais intensos, mais nítidos.

Por fim, quando está prestes a desaparecer, ele murmura, divertido:

— Andrew Rodriguez — sorri —, não é um nome engraçado?

E Elijah se vai. Sua voz, sua presença, se tornando apenas uma lembrança.

Não tenho coragem de respondê-lo, não tenho coragem de falar uma palavra sequer.

A única iluminação restante na sala é a das velas largadas no chão, vivas mesmo depois do massacre.

Entreabro os lábios, aspirando ar enquanto choro.

Sim, Elijah.

É um nome engraçado.

RETIFICAR

Andrew

Abro os olhos, mas não é como acordar de um pesadelo. É um despertar lento, do tipo que se faz quando se passa horas e horas preso num sono profundo e, no fim, se está revigorado.

A primeira coisa que vejo é o teto escuro da sala. Pensamentos angustiantes passam pela minha mente.

Então, seu rosto. Molhado, me observando. Tão próximo que posso tocá-lo. Dessa vez, nada me impede.

— Ei — digo, baixinho.

— Ei — ele diz de volta.

Letárgico, vou absorvendo os detalhes ao redor, sem pressa. A sala está mais escura do que antes, estamos no palanque, afastados da porta. Não há som algum além do de nossas respirações. A de Lucas é mais intensa, como se estivesse lutando para recuperar o fôlego.

— Você tá bem? — ele sussurra, olhar atento a todos os meus movimentos.

— Acho que sim. — Me ajuda a sentar, ainda em seu colo. Seus braços me envolvem como se sua vida dependesse disso. O calor de seu corpo me incendeia. Toco-o da mesma forma, passando os dedos pelos fios espetados de sua nuca, me segurando em seus ombros fortes.

Sentado sobre suas pernas, encaro meu abdome. A enorme mancha de sangue ainda está presente na camiseta. Com os dedos, investigo o orifício deixado pelo projétil, o local na cintura por onde me penetrou. Lucas acompanha meu olhar. Não há mais ferida aberta, não há cicatriz, mas a poça de líquido vermelho ainda está no palanque. *Estou alucinando?*

Lucas tateia algo no chão e, quando o acha, segura entre dois dedos à minha frente.

— Procurando isso? — É o projétil que estava dentro de mim, ainda ensanguentado.

— Como...? — É o que consigo balbuciar, encarando o pequeno pedaço de metal. Retiro-o de seus dedos, observando cada detalhe.

Ele enche o peito antes de responder:

— Com a ajuda de um velho amigo.

Alterno o olhar entre o rosto do garoto que me segura e a bala. Há perguntas demais, mas sei que serão respondidas com o tempo.

— Eu morri? — questiono, mesmo sem saber se ele será capaz de me dar uma resposta. — Seu pai, ele...

— Meu pai não vai ser mais um problema. Nenhum deles, Andy... — E há certa melancolia na voz, no cintilar entristecido de suas íris. — Você tá aqui agora. Isso é tudo o que importa.

— Eu tô. Eu tô vivo. — Encaro a realidade.

Ele sorri, bobo, lágrimas descendo dos olhos como cachoeiras.

— Achei que fosse te perder — diz, e então aperta os lábios com força, choramingando. Enfia a cabeça em meu pescoço.

— Achei que tivesse perdido — falo, reflexivo, e logo vou me dissociando do breve estado de paz.

Olho para trás dos ombros de Lucas, em direção à porção da sala mais próxima à porta, e a visão é grotesca.

— O que aconteceu aqui? — sussurro no seu ouvido.

Ele não responde de imediato. Passa mais alguns segundos em silêncio, rosto colado na minha pele. Então, se afasta. Fica em pé e estende as mãos, me ajudando a fazer o mesmo. Me envolve pela cintura, mantendo-me tão próximo de si quanto é possível. Miramos, juntos, o estrago sanguinolento, brutal, iluminado parcamente pelas chamas de algumas velas remanescentes.

— Elijah voltou pra... — sua voz falha — nos ajudar. E trouxe amigos. — Encara meu rosto, de lado.

Permaneço observando a tragédia.

A menção a Elijah me deixa abalado.

— Que amigos?

— Ele não era o único... — Parece se digladiar com as próprias palavras. Talvez ainda esteja em choque por seja lá o que tenha acontecido. — Os garotos que eles sacrificavam, Andrew... ficavam presos nesse lugar. Alguns deles, pelo menos. Suas almas... não conseguiam escapar.

— Eu sei — murmuro.

— Sabe?

— Liam me disse algo sobre isso numa de suas visitas à cela — explico. — Não entendi o que quis dizer no momento.

E sinto os ombros de Lucas enrijecerem.

— Ele foi lá pra te atormentar? — Há fúria em sua voz. Assinto. — Quantas vezes?

— Todos os dias, antes de ir pras aulas. — Miro o garoto que me tem nos braços. — Lucas... o que aconteceu com Liam? Você matou mesmo ele?

Ele umedece os lábios.

— Não. Gostaria de ter feito, no entanto. Eu subestimei o desgraçado. A gente tava na sala de Wyatt. Roberto e eu. Depois de recuperarmos nossas memórias. Liam nos surpreendeu, tomou Roberto de refém e, antes que eu pudesse fazer qualquer coisa...

— Roberto tá morto? — Sua expressão de dor é resposta suficiente. Uma pontada em meu peito tão, tão dolorido.

— Ele ia me matar também, mas Elijah surgiu na hora certa. Matou o filho da puta. Ele só... chegou lá tarde demais.

— Oh, não...

— É tudo culpa minha. — Ele se desmancha em lágrimas outra vez.

Abraço-o fortemente, envolvendo os braços em seu pescoço. Aperto-o contra mim, aperto-o até nossas respirações cessarem.

— Não, não é. Não pode pensar assim.

Conforto-o durante a crise de choro, afogando minha própria dor.

Seus amigos te abandonaram, Liam me disse. E, por tantas vezes, quase acreditei, quase o deixei entrar na minha cabeça. Mas eu sabia, aqui no fundo; sabia que nunca me deixariam.

Roberto...

Quando Lucas consegue se recompor minimamente, pergunto:

— E Elijah? O que aconteceu com ele?

Ele se afasta, esfregando os olhos úmidos. Penteia os fios para trás, colocando os pensamentos no lugar.

Encara os corpos sem vida, massacrados aos pés do palanque.

— Trouxe os garotos assassinados pra cá, Andy, pra que eles — indica os cadáveres — pudessem ter justiça, finalmente. Eles desapareceram depois. Talvez suas almas estejam em paz. — Se volta para Wyatt, morto no palanque. — Elijah cuidou *dele*. Depois, também... se foi. Eu não sei... não sei o que aconteceu, exatamente, mas... ele se aproximou de você, quando você tava morrendo, e te tocou. Não um toque qualquer. Eu acho... acho que ele se sacrificou por você. Se foi pra que você pudesse voltar. Disse que você ainda não tava morto de fato, mas quase. Sem Roberto, talvez fosse o melhor que pudesse fazer. Ao menos, é no que acredito. E acredito que Elijah está em paz agora. Como todos os outros espíritos presos nesse lugar.

Sei que as palavras de Lucas são cheias de esperança, mas tudo o que fazem é cavar um buraco no meu peito. *Elijah...* seu rosto se projeta em minha mente; o sorriso tímido, os fios brancos e longos, os olhos sempre curiosos, sempre divertidos. *Eu te amo também.*

Volto-me aos corpos no palanque. Daniel — ou *Wyatt* — mais ao fundo, próximo de onde acordei. Quase no centro da estrutura, Calvin, no lugar onde o deixei. Próximo ao altar, no entanto...

Meus olhos marejam.

Devagar, caminho até seu corpo. Meu pai está tombado de lado. Conserto sua posição, fechando seus olhos. Ajoelho. Me permito lamentar sua perda em silêncio, mesmo que não devesse, mesmo que esse seja o monstro que me encaminhou a este lugar, mesmo que tenha atravessado uma lâmina pelo coração do meu irmão.

Lucas se aproxima e deposita uma mão de consolo em meu ombro. Toco-a.

— Ele me ajudou, Andrew. — Sua voz é cautelosa, relutante.

Volto-me para ele.

— O quê?

Lucas também se agacha, mais próximo do corpo do meu pai.

— O disfarce, me colocar no lugar de Liam, foi ideia dele, depois que contei o que aconteceu na sala do diretor. — Ele retira o manto que esteve usando esse tempo todo e o atira para trás. Está vestido com uma calça jeans surrada e uma camiseta preta. Segura minha mão e a leva aos lábios, beijando meus dedos e os esfregando em seu rosto. Por fim, suspira. — Não havia como salvar Calvin, mas... havia um jeito de salvar você. Ele se sacrificou.

Volto ao rosto do meu pai, maculado pelo disparo feito por Lucas. Sou tomado por um misto de emoções conflitantes.

— Ele matou meu irmão, seu próprio filho — argumento. — Depois de toda a dor que nos fez passar. Como assim não havia como salvar Calvin?

— Precisávamos do menor número de pessoas possível no palanque, pegá-los no momento mais desprevenido. Era nossa única abertura. Sabíamos que Calvin seria... bem, sacrificado primeiro, porque é o primogênito. Estava escrito no livro que encontrei na sala de Wyatt, e Wyatt me disse isso quando descobri onde nossos pais se escondiam. Se você fosse o primogênito, Andy... não tenho certeza se conseguiríamos fazer qualquer coisa. *Precisávamos* do elemento surpresa que a calma da primeira morte os traria. E, mesmo assim... você viu como deu tudo errado. — Uma breve pausa. — Sinto muito, de verdade. Não acho que seu pai esperava que você o perdoasse. Só... só pediu que eu te explicasse a verdade. Ele se odiava pelo que era, pelo que perdeu, então projetava esse ódio em vocês. Queria que soubesse que ele amava vocês, mesmo que nunca tenha demonstrado isso. E que não conseguiria mais viver com o monstro que tinha se tornado.

Absorvo a informação, como se estivesse engolindo uma pílula amarga.

— Ele nos *amava*? — repito sofregamente. Então, uma risada sem humor. — Que jeito estranho de amar alguém.

Afasto-me de George e caminho até Calvin. Está deitado da mesma maneira que o deixei quando a multidão se aproximava. Ajoelho ao seu lado, passo os dedos pelos fios em sua testa, arrumando-os. Tomo sua mão inerte, fria; aperto-a. Relembro seus últimos momentos, a forma como repetiu que *não queria morrer*, como prometi que *não deixaria isso acontecer*.

E, agora, aqui estou. Vivo. Em seu lugar. *Como poderei viver comigo mesmo?*

Lucas se aproxima, ajoelhando-se ao meu lado.

— Alguns minutos... — murmuro.

— O quê?

— Ele era o primogênito por... — inspiro fundo — alguns minutos. Só isso.

— Eu sinto muito, Andy, se ao menos soubesse quanto... — E sua voz volta a ficar quebradiça.

— Dói tanto, Lucas. Tanto... — Me curvo para a frente, sentando sobre meus calcanhares. — Tanta morte por minha causa, tanto sofrimento... — Fecho os olhos e suspiro. — Valho mesmo tudo isso? O que eu deveria fazer agora? Não tenho mais ninguém.

Ele me abraça de lado, beijando minha cabeça. Seu calor me dá conforto, sua solidez me impede de desmoronar.

— Eu sei, eu sei. Gostaria de poder tirar essa dor de você. Gostaria que nada disso tivesse acontecido. — Ele não hesita: — Você tem a mim, sempre terá. Por ora, Andy, eu terei que servir. — Agarro seu braço com a mão livre, praticamente fincando as unhas em seu antebraço. Ele não vacila. Afunda o rosto em meus fios ensanguentados.

Contemplo o corpo sem vida de Calvin até as coisas começarem a fazer sentido, até deixar de sentir que estou me afogando.

— Perdemos tanto... — lastimo, preso em seu abraço. — Roberto. Elijah. Calvin. Liam.

— Meu pai, o seu. Todos aqueles garotos — ele complementa.

— Mesmo que alguns não mereçam nosso luto, os perdemos de qualquer forma. Tudo isso precisa ter um propósito, precisa ter um motivo.

Ele se afasta, o suficiente para segurar meu rosto com as duas mãos e me obrigar a encará-lo.

— O motivo é estarmos juntos, agora. *Vivos*, podermos continuar nossas vidas. Eu disse a Roberto... — Seus lábios tremem. — Disse a ele que todos nós sairíamos da ilha. Não cumpri essa promessa. Mas aqui faço outra, uma que vou honrar com minha vida: você é *meu*, nunca mais vou perdê-lo.

Encaro seu rosto desolado e *vejo-o*. Vejo-o de verdade. O garoto sob a pele do homem; a pele delicada sob as tatuagens; a vulnerabilidade sob camadas e camadas de dureza. Vejo seus medos, e seus pesadelos, e suas fraquezas. Nos seus olhos, vejo o reflexo do meu coração. Na sua voz, ouço minha alma. Lucas é meu chão. Lucas é minha pele. Meu amor.

Ele. Ele é a minha resposta. Com Lucas ao meu lado, uma hora... conseguirei conviver comigo mesmo.

— Temos um ao outro — repito, convicto. — Isso será o suficiente.

E ele assente, veemente.

E me larga, para passar os braços sob a nuca e os joelhos de Calvin, pegando-o no colo. Levanta.

— Vamos enterrá-lo fora daqui, na floresta.

Assinto. Acompanho-o.

Quando nos viramos em direção ao massacre, no entanto, hesitamos.

— Devemos levar mais alguém? — questiono. — Precisamos pensar no que fazer. Todos os membros do culto estão aqui? Estão mortos?

— Não. Meu pai disse isso quando Liam me levou ao lugar em que eles se escondiam, fora do castelo. Nem todos os membros do culto estavam na ilha, apenas os representantes das famílias que fundaram a Masters junto com Hall, os professores, os funcionários. Os outros pais não estavam aqui. Tem membros espalhados no mundo todo. *Milhares*, ele disse. Merda, Andy.

Pondero bastante sobre isso.

— E qual era seu plano pra fugir daqui?

— Pegar um dos barcos deles. Estão todos ancorados na costa oeste. Então, resgatar Michael. Precisaremos ficar escondidos por um tempo, seremos dados como desaparecidos.

— Não — interrompo.

— O que quer dizer? Tem uma ideia melhor?

Alterno o olhar entre o garoto que amo e os corpos sem vida do culto.

— Não podemos desaparecer. Se o fizéssemos, poderiam nos considerar suspeitos. Seríamos caçados. Caso nos encontrassem, seríamos presos. Nunca conseguiríamos resgatar seu irmão, por exemplo.

Ele franze o cenho, mas logo nota a falha em seu plano.

— O que devemos fazer, então?

Engulo em seco, impiedoso. Não há mais espaço para fragilidade se quisermos escapar de tudo isso.

— Eles vão procurar uma resposta, Lucas. O restante do culto e a polícia. A mídia. Esse vai ser um daqueles acontecimentos que choca o mundo. Mas nem todos na ilha estão mortos. Nem todos os *alunos* estão mortos. Não podemos ser suspeitos, temos que nos tornar... *sobreviventes. Precisamos* estar aqui quando o resgate chegar. Vamos nos camuflar; apenas dois garotos que não tiveram nada a ver com isso. Eles vão investigar e chegar à conclusão de que os culpados são os adultos, de um jeito ou de outro. O culto não vai poder nos atingir; até onde souberem, somos tão inocentes quanto qualquer um dos outros alunos.

— E a escola será fechada. Ninguém mais terá que passar pelo que Calvin, Elijah e os outros passaram — completa o raciocínio.

— É nossa única chance... — Suspiro, em êxtase. — Não saber de nada, não falar sobre nada, agirmos com completa surpresa quando... quando os corpos forem encontrados. — Mordo o interior do lábio, convicto. — Ninguém nunca poderá saber o que aconteceu aqui.

— Eu queimei o livro... a... *Bíblia* deles, onde tavam todas as fotos, todos os registros dos garotos sacrificados.

— Bom.
Voltamos a caminhar para fora da sala.
Me agacho e apanho um candelabro para iluminar nosso caminho.
Abro a porta pesada de madeira.
— Sabe como sair desse lugar? — pergunto.
— Seu pai me deu algumas instruções.
Então, nos corredores, sussurra:
— Há outra pessoa que precisamos enterrar com Calvin. Elijah me pediu.

* * *

Naquela mesma noite, enterramos meu irmão e Roberto na floresta, sob a copa densa das árvores, acompanhados da lua e de alguns animais noturnos: uma coruja e um roedor. Usamos pás roubadas da sala do zelador. Lucas limpa as digitais e abandona a Glock nas mãos de Roberto, deixo minhas roupas ensanguentadas na cova com Calvin. Então, os cobrimos com terra, os rostos se perdendo em meio ao solo até não existirem mais.

— Tinha mesmo munição pra acabar com todo mundo na sala? — O pensamento cruza minha mente enquanto jogo a última pá de terra sobre Calvin.

Lucas ri.

— Tava blefando. Eles foram idiotas o suficiente pra acreditar. Por um tempo, pelo menos.

Encobrimos os túmulos improvisados com parte da vegetação. Ao terminarmos, estão indiscerníveis do resto da floresta.

— Encontrarão o cadáver de Liam na sala de Wyatt — Lucas comenta.

— Que encontrem. Talvez acreditem que o próprio pai o matou.

Lamento a perda do meu irmão, do meu amigo, uma última vez enquanto me apoio em Lucas. Ele beija minhas têmporas.

E, pela primeira vez desde que esse pesadelo teve início, me sinto seguro.

Enquanto ele me segurar, sei que estarei seguro.

— Nunca acharão os corpos *deles*, no entanto — digo, a brisa noturna passando calma entre nós. — Seremos os únicos que saberão o que aconteceu.

Lucas respira fundo.

— Espero que Roberto esteja junto a Elijah.

— Meu irmão sofreu a vida inteira. Espero que finalmente esteja em paz. Espero que saiba que sua memória continuará viva em mim. Um dia, o reencontrarei.

Lucas me aperta mais firme. Abraço-o.

— Espero que estejam livres.

E os primeiros raios do alvorecer começam a quebrar a monotonia da noite.

— O que faremos agora? — ele me pergunta.

— Agora... — Beijo-o. — Esperamos.

***

Retornamos ao castelo quando o horizonte já está manchado de laranja e rosa. O nascer do sol se aproxima.

Devolvemos as pás à antiga sala do zelador.

Quando cruzamos o último corredor em direção ao dormitório dos segundanistas — seria impossível dormir no meu quarto, já que fizeram questão de sumir com minha cama, como sumiram com a de Calvin —, nos deparamos com uma figura obstruindo o caminho.

Lucas pula em minha frente, me protegendo instintivamente. Tenta alcançar a Glock atrás da calça, e deve se xingar mentalmente ao perceber que ela está enterrada na floresta.

A figura é familiar, no entanto. Um homem. Cabelo longo e escuro, tão magro que os ossos quase rasgam a pele, alto, vestindo um terno preto que lembra o estilo de algum século passado. As unhas são longas e afiadas; os lábios, azulados.

Ele nos encara. Os olhos, totalmente pretos; uma grande pupila, nada de íris. Não parece respirar. Uma energia pesada preenche o corredor, como se o ar estivesse envenenado. Ele está posicionado na sombra entre duas janelas, fugindo do sol do amanhecer.

É sobre-humano. É... *familiar*.

Já estive em sua presença antes, muitas vezes.

Ele me olhou, dessa mesma forma, através das grades daquela cela.

Já enfiei meu punho em suas entranhas de sombras, o assisti flutuar sobre um riacho.

Engulo em seco, o coração disparado. Na minha frente, sei que Lucas está aterrorizado. Agarro sua camisa.

Se morrermos, morreremos como um só.

— Quem é você? — Lucas questiona.

O homem ergue o pescoço, como se ouvir a voz de Lucas fosse uma experiência desagradável. Esganiça. É o *grrr* que estou tão acostumado a ouvir.

— Sei quem você é — disparo diante de seu silêncio. — Te disse: não tenho mais medo de você. E não vamos servi-lo. Não somos nossos pais. Nos mate, aqui e agora, porque não vai conseguir nada de nós — desafio, me segurando em Lucas para ter firmeza.

O homem permanece nos encarando pelo que parece uma eternidade, alternando a atenção entre o rosto de Lucas e o meu. Por fim, pisca longamente.

E, em vez de nos atacar, desaparece nas sombras.

Depois de alguns segundos, percebo que estive machucando Lucas com meu aperto. Ele não se move nem reclama. Agarra minha mão e me conduz ao seu quarto.

A CANÇÃO DO CISNE

Andrew

Nos deitamos em sua cama de solteiro, apertados, limpos, no escurinho sob as cobertas. Um de frente para o outro. Ele passa um braço sobre mim, acariciando meu ombro. Com o passar da adrenalina, a dor das pancadas está começando a se manifestar, o peso dos terrores começando a ser cobrado.

Me aninho mais em seu peito. Seu calor afasta as dores, os terrores. Seu abraço conserta tudo.

Logo os alunos perceberão que estão sem café da manhã.

Então, perceberão que os professores não estão em lugar algum.

Talvez alguém encontre o corpo de Liam na sala de seu pai.

E o pandemônio será instaurado. Algo bem *Senhor das moscas*.

Ah, Calvin.

Alguém irá até o telefone da recepção e ligará para a Guarda-Costeira.

Estarão aqui até o fim do dia.

E nós dois... nem precisaremos deixar a cama.

Lucas brinca com meus fios, livres de sangue seco.

— Nada vai nos separar de novo — afirma. — Nada nem ninguém.

Sorrio, inebriado.

— Gosto da sua convicção.

— Sou um homem convicto.

— *Meu* homem convicto.

Ele me aperta mais contra si, gosta de um pouco de possessividade.
— *Seu* homem. E você é o meu.
— Claro, seu idiota.
Beijo seu pescoço.
— Sabe no que eu tava pensando? — ele pergunta. Mergulho em seu olhar divertido. — A gente podia assistir a um filme de terror quando voltar pra casa.
— Hm. Não acha que passamos por terrores o suficiente?
— Sim, mas eles podem nos ajudar a... desligar a mente, sabe?
— É... pensando por esse lado, talvez. — Traço seus bíceps com um dedo.
— Vão fazer um novo filme do Jason — comenta.
Arqueio uma sobrancelha.
— Tá me chamando pra um *date*?
Ele levanta o torso na cama, se sentando, me fitando meio de lado.
— Sim. — Então, fica de joelhos em minha frente, fazendo uma curvatura cavalheiresca. — Me daria a honra de me acompanhar num *date* no cinema, sr. Rodriguez?
Também fico de joelhos, aceitando a mão que me estende.
— Oh. Não posso recusar tamanha gentileza, sr. White.
Rimos juntos de nossas bobagens, e ele se atira sobre mim, derrubando todo o peso de seu torso sobre o meu. É reconfortante. Gostaria que ele me esmagasse.
Passa as mãos sob minha cintura. Descanso os braços sobre suas escápulas.
— Vou sentir falta de Elijah. — As palavras me escapam, tristes. Gostando ou não, os traumas, as tristezas sempre nos acompanharão daqui para frente.
— Vou sentir falta de ter uma vida normal — ele grunhe contra meu pescoço.
— *Normal* e *Lucas White* são duas coisas que não combinam.
— Talvez... — Se ergue pelos cotovelos, o suficiente para se afundar em meus olhos. — Mas sabe o que combina comigo? *Você*.
Não posso evitar um leve rubor, por mais estúpido que seja.

— Essa é a sua melhor cantada? — provoco.
— Depois das merdas que passei? Sim.

Passo a ponta da língua pelos lábios. Traço suas sobrancelhas com o polegar. Ele fecha os olhos, aproveitando meu toque.

— É a única que preciso. — Beijo-o outra vez. Seus lábios macios são familiares, o hálito fresco também. A dança de nossas línguas; seu sabor, tão forte, quase embriagante. Faço-o envolver minha cintura outra vez. Ele o faz de bom grado. — Nunca me solte — sussurro quando nossas bocas se afastam.

— Não vou — sussurra de volta, as palavras quentes arrepiando minha nuca.

— Prometa.

Ele beija minhas bochechas, o lóbulo da minha orelha, a depressão sob minha mandíbula; me beija todo, até meu rosto estar completamente úmido pela sua saliva, como se quisesse marcar seu território.

Por fim:

— Eu prometo, Andrew Rodriguez, que nunca vou te soltar e que agora você é meu.

Eu digo:

— Brega.

Ele responde:

— Idiota.

Eu falo:

— Eu te amo.

E ele diz, com uma sinceridade que rasga meu peito, abrindo-se a ele como jamais esteve aberto a qualquer outra pessoa:

— Eu também.

Suspiro:

— Não sei se consigo viver sem você.

Ele suspira de volta:

— Não precisará. E não quero que esse pensamento volte a cruzar sua mente.

Inspiro fundo, inspiro *ele*.

— Okay.

Nós nos beijamos outra vez, lentamente. Traço cada parte de sua boca com a ponta da língua. Então, aproximo o nariz de seu pescoço, aspirando seu cheiro; o cheiro que agora é meu.

Lucas nos envolve com as cobertas novamente. Envolvo sua cintura com as pernas, a temperatura subindo entre nossos corpos. Gotículas de suor se acumulam em sua testa. Limpo-as com o polegar, e então o levo à boca, *provando-o*.

— Vamos pegar Michael — beija os cantos dos meus lábios — e, então, viver numa cabana no interior de Wyoming. — Puxo sua camiseta para fora, então a minha, então sua calça, então a minha. — Afastada de tudo e todos. Só nós três. Pra sempre — declara com toda a convicção do mundo, e pausa, aguardando minha reação.

— Pra sempre — respondo, com todo o meu ser.

E o dia se estende.

O pandemônio acontece enquanto dormimos abraçados, pele na pele, suor em suor.

Quando acordamos, podemos ouvir os helicópteros voando sobre o castelo.

2

Entrevistador: Vocês nunca desconfiaram que poderia haver um culto em atuação no colégio?

Ex-aluno da Masters 1 (Anthony): Não. Mano, nem sabíamos que tinha um subsolo no castelo.

Ex-aluno da Masters 2 (Romeo): A gente vivia nossa vida normal, sabe? Aulas, tarefas, uma festinha secreta aqui ou ali. Algumas pessoas contrabandeavam bebidas e drogas, era a única diversão que tínhamos naquele fim de mundo durante praticamente o ano inteiro.

Entrevistador: E tinham alguma noção de que os pais de alguns dos outros garotos poderiam estar envolvidos? Ou os professores? Algum dos adultos se comportava de maneira estranha?

Romeo: Não, cara. Na real, acho que os alunos que eram meio malucos. Sabe, ficar tão longe de casa por tanto tempo mexe com a sua cabeça.

Entrevistador: O que sentiram quando ficaram sabendo que todas aquelas pessoas resolveram tirar a própria vida numa cerimônia ritualística?

Anthony: Foi um choque total. Quando não achamos nenhum adulto no prédio naquele dia, nunca pensamos que... isso é fodido, cara. Foi só quando a gente tava no helicóptero, voltando pra terra firme, que ouvimos os caras falarem que tinham achado corpos no subsolo.

Entrevistador: E quem fez a ligação pra Guarda-Costeira?

Romeo: Nosso amigo, Caio. A coisa tava ficando estranha demais, já tinha gente acreditando que os adultos tinham sido abduzidos ou levados no apocalipse da Bíblia. Pra você ver como a gente era ignorante e não sabia o que tava acontecendo.

Entrevistador: Romeo e Anthony, sei que são amigos de Lucas White. O romance dele com Andrew Rodriguez se tornou uma das principais pautas do caso. Diante de tragédias tão grandes, as pessoas buscam quaisquer resquícios de esperança nos quais possam se agarrar. É isso o que Lucas e Andrew são pra vocês também? Os outros sobreviventes, quero dizer. São a esperança na qual podem se agarrar agora?

Anthony e Romeo: Sim.

3

"Foi como estar no inferno, vendo todas aquelas notícias, todas aquelas fotos do que aconteceu no colégio. Me senti tão imponente, era como se o tempo estivesse passando devagar. Chorei por horas, dias seguidos. Mas sou grato. Grato por estar vivo, grato pelo garoto que amo estar vivo. Perdi meu pai naquele dia, meu irmão continua desaparecido. Não tenho mais muitas esperanças de encontrá-lo. Mas sou grato por ainda estar aqui."

Andrew Rodriguez, um dos sobreviventes do massacre ocorrido na renomada Academia Masters, disse ao *Good Morning America*. Ao seu lado, estava Lucas White, seu parceiro, também sobrevivente. Os dois esperam "lançar luz sobre esse momento obscuro da história de nosso país" e afirmam ainda estarem interessados em concluir o ensino médio, mas em Miami, sem nunca mais soltarem a mão um do outro.

O pai de Andrew era George Rodriguez, ex-Secretário de Estado da Casa Branca. O pai de Lucas era Joseph White, ex-Presidente da Nação, que manteve a existência de Lucas, e de seu irmão, Michael, em segredo da mídia e do governo. Os dois estão entre as vítimas do massacre, encontradas um mês atrás, no subsolo do colégio. A polícia e o FBI ainda trabalham com a hipótese de um suicídio coletivo, levando em conta que as vítimas pareciam pertencer a algum tipo de culto satânico.

Epílogo

ANDREW

Um mês depois

Lucas segura minha mão enquanto caminhamos pelo estúdio de gravação. Assessores de produção às nossas costas, operadores de câmera filmando nossa chegada.

Mais um dia de cobertura do massacre da Masters, mais uma entrevista. É a nossa vigésima. A segunda somente no *Good Morning America*.

Me tornei uma celebridade da noite para o dia, todos nos tornamos. Mas preciso me lembrar de que sou apenas mais um sobrevivente. Um garoto inocente de dezesseis anos, cujo irmão continua desaparecido na ilha, cujo pai fazia parte de um culto satânico que se suicidou de maneira horrenda no subsolo do castelo.

Lucas aperta minha mão quando percebe que minha mente está se desviando demais. Nossa entrevista será conjunta, o que torna tudo muito mais fácil. Com o nome de seu pai exposto na mídia, ele está sofrendo mais do que eu. Mas sei que se mantém forte por mim, *para* mim. Para Michael, para sua mãe. Sua família, que agora se tornou a minha também.

Meus dois avós já morreram. Sem outros parentes próximos, a fortuna do meu pai foi transferida para mim. Porém, nem todo o dinheiro do mundo pode apagar o que passei naquela escola, na cela, no altar.

Lucas beija minha mão, sempre solícito.

Eu te amo, sussurra sem voz.

Eu te amo também. Beijo os nós de seus dedos.

Entramos no cenário, sendo recepcionados pela apresentadora. Seu sorriso é largo, mas sei que, no fundo, só quer extrair o máximo que pode da nossa tragédia, explorar mais do caso que está *"chocando o mundo inteiro"*. E nem posso culpá-la. É o seu trabalho.

O cenário é cheio de luzes e cores vibrantes. Por ser gravado na *Times Square,* do lado de fora, podemos ver uma grande multidão aglomerada, próxima ao vidro. Cartazes com mensagens de apoio e condolências erguidos altos no ar. Alguns sobre mim, muitos sobre Lucas. A esmagadora maioria sobre nosso romance. Lucas me beija em frente à plateia, e todos vão à loucura. Vejo vários rostos emocionados.

Meu coração esquenta.

Lucas e eu nos sentamos em duas poltronas beges, lado a lado, de costas para o vidro e para a plateia, em frente às câmeras. Há uma mesa de vidro e, então, o assento da apresentadora. Ela se acomoda, pernas cruzadas, vestido laranja, cabelo loiro perfeitamente alinhado. Miro meu terno, a gravata cujo nó Lucas ajustou mais cedo. Sobre os apoios das poltronas, nossas mãos continuam unidas. Nunca as soltamos. *Nunca.*

Entramos no ar.

A apresentadora faz seu discurso introdutório sobre a tragédia, mencionando manchetes, as atualizações mais recentes e alguma curiosidade que provavelmente deveria ter guardado para si própria.

Por fim, se dirige a nós:

— Bom dia, rapazes. Muito obrigada por estarem aqui comigo mais uma vez. Não posso imaginar a coragem necessária pra falar sobre o que aconteceu naquele colégio, com todos os telespectadores de casa. Estão prontos para compartilhar um pouco mais conosco?

Assinto sutilmente, um sorriso gentil.

— É claro.

Dez anos depois

Andrew

Nos subúrbios de Cheyenne, Wyoming, chego com Lucas e Oliver do parque. É o entardecer de um sábado de julho. O sol está agradável.

Estaciono o carro, Oliver praticamente salta de seu assento, correndo em direção à casa.

— Oh, merda. — Lucas corre atrás do nosso filho. A porta está trancada, e o garoto tem estado cheio de energia ultimamente.

Observo-o alcançar Oliver e pegá-lo no colo, girando-o no ar. Eles se divertem por um tempo, até cansarem. Na varanda, Lucas apanha o molho de chaves do bolso e destranca a porta. Os dois se perdem no interior.

Desço do carro, mãos escondidas nos bolsos do casaco, e dou uma boa olhada ao redor. Respiro fundo, o ar morno do verão preenchendo meus pulmões.

Retiro meu celular do bolso, checando as notificações. Depois de terminar a faculdade de engenharia — que frequentei junto com Lucas —, me dediquei a documentar minha rotina junto ao homem que amo. Compartilho as etapas de nossa vida com os seguidores que tenho acumulado desde a tragédia da Masters, tanto tempo atrás.

As luzes da casa são ligadas. Oliver estava com fome. Espero que Lucas não lhe dê as malditas bolachas recheadas *de novo*.

Preso aos devaneios, demoro a perceber a aproximação de dois caras à esquerda; cada um segurando uma criança pela mãozinha. Percebo somente quando estou na varanda. Semicerro os olhos em sua direção. Não são familiares.

— Quem são vocês? — pergunto.

Os dois homens se entreolham e, embora diminuam a velocidade de seus passos, não respondem de imediato. As duas crianças são adoráveis, no entanto. Dois garotinhos. Não me sinto ameaçado — se fosse o caso, já teria gritado por Lucas.

Ele surge na varanda em poucos segundos, no entanto, como se *sentisse* meu desconforto. Segura o cabo do revólver, preso ao coldre do cinto. O aperto se afrouxa quando percebe as crianças.

— Podemos ajudá-los? — Lucas questiona.

Os dois homens se entreolham outra vez, já na base da varanda.

— Sabemos o que aconteceu com vocês naquele colégio — um deles, de pele retinta e olhos de um castanho profundo, entoa. Puxa uma das crianças para seu colo.

Nossos semblantes se fecham. A insinuação é perturbadora. Dou alguns passos para trás, Lucas passando à minha frente. Empunha a arma de fato, ameaçador.

— Acho melhor deixarem minha propriedade.

— Oh, por favor, acha que é o único aqui com uma Glock? — o homem com o garoto no colo desdenha. Não parece ser muito mais velho do que nós, mas seu tom é sábio, calmo, mesmo diante de um revólver. — Coloque essa coisa no coldre de novo, não é adequado perto das crianças.

— Mano... quem é você? — Lucas praticamente rosna.

O segundo rapaz, olhos azuis, enrubescido pelo clima morno, senta a outra criança nas escadas da varanda. Brinca com ela enquanto diz:

— Desculpem a falta de educação do meu marido. — Trocam olhares íntimos, que apenas um casal poderia compreender. — Meu nome é Tomas. Esse é Matt. — Estende uma mão em nossa direção. É nossa vez de trocar olhares. — Sabemos uma coisa ou outra sobre pessoas que gostam de assassinar garotos por esporte. Que tal discutirmos tudo enquanto tomamos um belo café? Ansel aqui está com fome, não é, Ansel?

O garotinho sentado nas escadas dá uma risadinha, adorável.

Lucas abaixa a mira de seu revólver no mesmo instante em que Oliver aparece, um pacote de bolachas recheadas nas mãos.

FIM

Agradecimentos

Por que dizer adeus é tão difícil?

Se eu dissesse quantas vezes chorei durante a escrita desse livro, você provavelmente riria de mim (isto é, se não está com a visão borrada pelas lágrimas neste momento). Costumo enrolar bastante para escrever meus finais, impossibilitado de largar as mãos dos meus personagens pela última vez, observar os garotos que eu criei irem embora e viverem suas vidas fora das páginas, fora do olhar observador do leitor ou da minha mão, ora, cruel. Mas aqui está, e espero que tenha se emocionado, surtado, gritado contra as páginas, dado pulinhos de animação, falado "ei, então essa é a explicação" ou "isso aqui se conecta ao primeiro livro" até perder a conta.

Ufa. Respira fundo, Mark.

Esse foi um dos livros mais complexos que já escrevi — senão, o *mais* complexo. Desde sua concepção, sabia que seria um desafio; organizar a quantidade de informações que precisavam ser explicadas, balancear quatro pontos de vista e dar fim à história desses personagens em um único volume sempre pareceu uma tarefa árdua. Ponderei várias vezes durante a escrita sobre a possibilidade de dividir esse segundo volume em dois, transformando o que deveria ser uma duologia, então, em trilogia. Mas uma vozinha na minha cabeça me dizia que *não, que este livro precisa ser contado em sua integralidade* e que *subjugar os leitores a mais um ano de espera depois de* um cliffhanger *seria cruel*. Então, me mantive firme ao plano inicial e, após muitos meses de trabalho, aqui está ele, o encerramento da história de Andrew e Lucas (por hora).

Eu não seria nada sem meus leitores, então nunca me canso de agradecê-los. Este livro é para vocês, um presente do meu coração. Espero que aproveitem. Meu amor por vocês é incondicional.

Muito obrigado aos meus pais, aos meus amigos, à minha psicóloga e ao meu personal trainer; todos aqueles para os quais despejo horas e horas de detalhes sobre meus enredos antes de escrevê-los. Vocês não entendem o valor de ter pessoas que me escutem e que me comuniquem, através de suas expressões faciais, quando uma coisa faz sentido, ou não.

Muito obrigado às meninas incríveis da minha agência. É um prazer imensurável trabalhar com Alba e Grazi, pilares nos quais posso me apoiar quando tenho dúvidas.

E, por fim, muito obrigado à Naci por acreditar neste projeto e levá-lo aos leitores que amo, aos leitores que *precisavam* dessa história, a todos aqueles que a levarão no coração para sempre.

É um prazer, um prazer imenso, escrever para vocês, e espero continuar fazendo isso pelo resto da vida.

Com todo o amor do mundo,

MARK.

Este livro foi publicado em outubro de 2024 pela
Editora Nacional, impressão pela Gráfica Leograf.